男子禁制ゲーム世界で俺がやるべき唯一のこと

百合の間に挟まる男として転生してしまいました

1

端桜 了
Ryo Hazakura

[illust.] hai

「飯、ですが」
NAME
スノウ

「ば〜か」

NAME
三条黎

「きゃっ!」
「なにがあろうとも、俺は、お前のことを護るよ」

「もういっかい、いって」

「……食べないんですか〜？」
NAME
ラピス・クルエ・
ラ・ルーメット

EVERYTHING FOR THE SCORE
DANSHI KINSEI GAME
SEKAI DE
ORE GA YARUBEKI
YUIITSU NO
KOTO

男子禁制ゲーム世界で俺がやるべき唯一のこと 1

百合の間に挟まる男として転生してしまいました

端桜 了

MF文庫J

口絵・本文イラスト●hai

「はっ、はっ、はっ……！」

路地裏に、呼吸音が響き渡る。

必死に駆ける少女は、何度も背後を振り返りながら、追跡者を振り切ろうとしていた。

「……ッ！」

その表情は、絶望へと変わる。

彼女の前に、そびえる壁。

三メートル半はあるだろうか。彼女の細腕と身体能力では、とても越えられるようなものではない。

「……ミコ」

びくりと、身じろぎして、少女は振り向く。

視線の先には、美しい少女がいた。

青白い月光を浴びた彼女は、夜風に黒髪をなびかせて、『ミコ』と呼んだ少女へと歩み寄っていく。

ミコは、ゆっくりと後退《あとずさ》り……壁に背がついて、逃げ道をなくし、悔しそうに歯噛《はが》みした。

「い、言っとくけど！　わたし、貴女《あなた》と付き合うつもりなんてな——んっ」

黒髪の少女は、追い詰めた少女に口づける。

差し込んだ月の光が、円い輪郭をなぞるように、美しい少女たちを照らした。あたかもそれは、月の女神が与えた祝福のキスのようだった。

ふたりは、静かに離れる。

追い詰められていた少女は、頬《ほお》を染めて眼《め》を背けた。

「や、やめてよ……バカ……そんな気ないって言ってんじゃん……」

「いいから、目、閉じて」

再び、彼女たちは、口づけを交わした。

ふたりの横顔に朱が差して、夜の帳《とばり》を照らした満月は、舞台の中央に立つ彼女らへとスポットライトを浴びせる。

そう、コレは、このふたりの少女を主役とした美しい恋物語——ではなく。

「…………」

裏路地の隅の暗がり。

ヤンキー座りで、ハンバーガーを食いながら、じっと彼女たちを見つめる男。

「……やっぱ、百合《ゆり》って最高だわ」

俺こと、三条燈色《さんじようひいろ》の物語である。

＊

百合《ゆり》ゲーとは、女の子同士が結ばれるまでの過程を描くゲームだ。

百合と言えば、ユリ目ユリ科のユリ属に属する多年草を連想する方もいるかもしれないが、我々の呼ぶ『百合』とは『女の子同士の恋愛や友情関係を描いたジャンル』のことだ。

なぜ、百合ゲーと呼ばれるのか。

諸説あるが、女性同士の恋愛関係を百合の花に喩《たと》えたことから、百合は、女性同士の関係性を描くジャンルを指す言葉になったらしい。

『Everything for the Score』……通称、『エスコ』は百合ゲーである。

百合ゲーには、文章を読むことで話が進むノベルゲーが多いが、本作は、シミュレーション要素もふんだんに盛り込まれた珍しいタイプの百合ゲーだ。

世界観としては、現代日本に魔法が存在する並行世界。

特徴的なのは、素行、活躍、布団の畳み方まで、ありとあらゆることが評価され、政府から付けられるスコアが存在することだ。

主人公《プレイヤー》の目的は、魔法学園を舞台に各種能力値《パラメーター》を上げながらスコアを稼ぎ、四人のヒロインのうちの誰かと幸せになること。

本作は、百合愛好家たちにとっては、マストとも言えるくらいに有名なゲームではあるが、市場にはほぼ出回っておらずダウンロード版も存在しないため、一般的な知名度は正直低い。

そんなこともあって、発売から暫《しばら》く経《た》った後、プレミア価格が付いてしまった。

百合好きの俺が、入手困難だと知ったのは、プレミア価格が付いて転売ヤーが跋扈《ばっこ》し始めた頃である。

言い訳がましいが、高校生になったばかりの俺は引っ越しだの何だので忙しく、情報入手力《ユリ・サーチ》が足りていなかったのだ。

「……たすけてください」

「はい？」

「たすけてくださぁあああああああああああああああああああいッ！」

「音割れモンスター《ボイスチャット》!?　うるさっ!?　鼓膜突き抜けて、右から左に直通したが!?」

速攻魔法で百合好きの友人に頼み込み、ようやく借用出来たのは発売から二年が経った頃だった。

俺の百合に対するモチベーションは、世界最高峰を自負していた。

発送から家に着くまでの時間すらもどかしく、地元の配送所に着いた時点で、自転車にまたがり電話をかけていた。

「ヤマ〇運輸さん!?　橘《たちばな》ですけどぉ!?　荷物届いてますよね!?」

「え、あ、はい？」

「今から伝える住所に、遠投で置き配してもらってもいいですか!?」

「え？　あ、は!?　人類の肩では、届きませんよ!?」

「届かなくても良《い》いッ！　俺は、あんたの肩を信じてるッ！」

「え、いや、無――」

「いっけぇえええっ！」

「え、ちょっ、投げてませんよ!?　ひとりで、映画の予告編ばりに盛り上がらないでもらえますか!?」

結局、俺は、普通に配送所まで取りに行った。冷静になったので、電話対応してくれた遠投お兄さんには土下座した。

そんなこんなで、ようやく手に入れた百合《ゆり》ゲー。

エスコのパッケージは、高貴なる輝きを帯びているように見えて、プレイを始めた頃には視界が霞《かす》んでいた。

「前が……見えねェ……！」

美しいイラストに涙を流し、素晴らしきオープニングを堪能する。

至福の日曜日だった。

神ですら休む日曜日なのだ。矮小《わいしょう》な人間が百合で休息をとるのは、百合神公認の義務とも言える。

面倒事に溢《あふ》れる現実世界で、疲れ切った全身が潤っていくように思えた。

「ヒロイン、四人ともカワイイな。主人公とイチャイチャするのを眺めるのが楽しみだわ」

俺の将来の夢は、百合カップルが同居するマンションの観葉植物になって、毎日、水と百合をもらうことだ。

なので、基本的には、主人公の女性に感情移入しない。

飽くまでも、画面の外側の存在として、ちょっとした手助けをしたいのだ。

「思ったより、能力値《パラメーター》細分化されてんなぁ……最初は、どれから上げんのが最善だコレ……魔導触媒器《マジックデバイス》とかいうシステム、凝りすぎだろ……スコアは、基本、なにしても上がるから気にしなくても良さそうだな」

魔法ひとつ取っても、属性ごとに能力値が区分けされている。魔導触媒器という独自の武器システムもあり、思ったよりも自由度が高そうだ。

本ゲームは、ＲＰＧ要素もあるシミュレーションゲームだ。

プレイヤーは、主人公の一日の行動計画《スケジュール》を立てて彼女を成長させ、ハッピーエンドへと導く必要がある。

主人公には、午前と午後に行動権がある。

その行動権は、プレイヤーの手に委ねられ、選択した行動の結果が一日の終わりに表示される。

学園で授業を受けたり、魔法の訓練を行ったり、ヒロインと交流すれば、何かしらの能力値《パラメーター》とスコアが上がる。

行動によっては、イベントも発生して、能力値が上下するが……基本的には、メリットしかないイベントばかりで、加速度的にヒロインたちにも好かれていく。

「ぬるいな。一日置いた湯船くらいぬるい」

ほぼ、ノンストレス。

ただ、自由度が高く、ルートによっては高難易度にもなる。

エンディングは、各ヒロインごとの四種類だけではなく、冒険者として名を残す『冒険者エンド』、魔法学園の学園長にまで上り詰める『学園長エンド』、全てのヒロインを拒絶して悪に堕《お》ちる『悪堕ちエンド』まである。

ストレスはないのに、ボリュームたっぷり。

たぶん、百合《ゆり》ゲーでなくても、それなりに人気が出たんじゃなかろうか。と思われる本作にも、唯一無二のストレス要素がある。

『あれ～、ふたりでなにしてんの～？　俺も、混ぜてよ～？』

「出やがったな、クソがァ！」

本作、唯一の男キャラにしてお邪魔キャラ『三条《さんじょう》燈色《ひいろ》』の存在である。

さすがはお邪魔キャラと言うべきか、主人公とヒロインの仲を裂くような言動をとる。

マイナスイベントの大半には、この胡散臭《うさんくさ》い金髪男が絡んでいるのだ。

『え、ダンジョン行くの？　ふたりで？　なら、俺も入れてよ～』

「付いてくんじゃねぇえええええええええええええええええええええええええええええええええええっ！　死ねぇえええええええええええええええええええええええええええええええええええええええっ！」

ウザいことこの上ないことに、ダンジョン探索にも勝手に割り込んできて、我が物顔でパーティーインしてくる。この男がいる間、ヒロインとのイベントが発生しなくなる。その上、分割された経験値はちゃっかり持っていく。

『なになに？　ふたりでなにしてんの？　あやし～、俺だけハブかないでよ～』

「空気を読めぇえええええええええええええええええええええええええええええええええ！　空気をぉおおおおおおおおおおおおおおおおおおおおおおおおおおおお！　吸うな、死ねぇえええええええええええええええええええええええええええええええええ！」

本作が、一部の熱狂的ファンを除いて、いまいち人気が出なかった理由がわかった。

コイツだ。

この男の存在が癇《かん》に障る。

俺の寿命の半分を代価にして、このゲームから消し去りたいくらいに苛立《いらだ》つ。百合《ゆり》の間に挟まる男は死ね、の概念を100％凝縮還元したたばれクソ男だ。

当然、主人公たちにも蛇蝎《だかつ》の如《ごと》く嫌われているのだが、本人は強メンタルなのか気にした様子はない。

女性同士の恋愛関係が主題なだけあって、百合ゲーには、基本的に男が出てくることはない。出てきても、邪魔者だとか、モブだとか、背景の一部だとかそういう感じである。

ゲームに限らず、百合作品に出てくる男の大半は地雷だが、その中でもこのヒイロは死の百合破壊マインともいえる特大級地雷だ。パケ裏に『本作に出てくる一部のキャラクターは、あなたの脳に悪影響を及ぼします』と書いておいてほしいくらいに醜悪である。

「だ、ダメだ、コレ以上のプレイは命に関わる……百合で心を清めなければ……人間ではいられなくなる……」

この男のせいで、たまに、別の百合ゲーを挟まなければならなかった。

唯一の救いとしては、どのエンディングでもヒイロは悲惨な死を迎えるので、想像上の棺桶《かんおけ》を肩に担ぎ愉快なステップで祝福する精神回復フェイズが設けられていることだ。

　エスコは面白い。

　膨大なイベント量のお陰で、常に新鮮味があり、周回プレイが捗《はかど》る。連日、睡眠時間をギリギリまで削って無我夢中でプレイを続けた。

　気がつけば夜が明けており、一日が終わって次の朝を迎える。

　数日後、ありとあらゆるエンディングを制覇し、イベントＣＧも集め終え、既読率１００％となって、設定資料集も隅々まで読み込み……ようやく俺は、ゆっくりと休むことにした。

「……寝る前に飯でも買ってくるか」

　睡眠欲を上回る食欲を覚えて、俺は、家から出てコンビニへと向かう。

　強烈な眠気に抵抗しながら住宅街の道路脇を歩いていると、その狭い道路に猛烈な勢いで乗用車が突っ込んでくる。

「うおっと、あぶね！」

　ふらついていた俺は、辛うじて避《よ》ける。

　前々から危ないとは思っていたが、こんなところでもスピードを出す阿呆《あほう》どもが多数出没する。

　さっさと大通りに出るかと俺は足を早めて、ふと前方の人影に気づいた。肩を並べて付かず離れずの距離で歩く女の子二人組。

俺は、じっと彼女らを見つめる。

「…………」

俺の中の第百合感《リリィセンス》が反応し、素早く息を止めた俺は存在感を消した。

ふたりは、焦《じ》れったくなるくらいの緩慢さで距離を縮めていく。そっと、指と指を絡め合い、しっかりと手を繋《つな》ぎ合う。

満面の笑みを浮かべた俺は、壁に背を貼り付けて同化する。

本日は晴天なり。素晴らしきかな人生。時よ止まれ、お前は美しい。ありとあらゆる美辞麗句をもってしても、この尊さを言い表すことは出来ないだろう。

良《い》いモノを見たと、ご満悦の俺は、彼女らが立ち去るまで待つことにした。

そう思った時、前方から大型車が走ってくる。アスファルトにタイヤが擦れる猛烈な摩擦音、住宅街の狭苦しい路地に突っ込んでくる車体、聴覚と視覚が瞬時に『危険』を判断し全身に力が入る。

走行車の存在に気づいた女の子たちは、手を繋いだまま脇に避《よ》けようとして――反対方向へとお互いを引っ張り合った。

当然の帰結として、ふたりはこてんと転ぶ。

「おいおいおい……止まれ止まれ止まれ……見えてんだろ、止まれよ……！」

俺の願いとは裏腹に、制限速度を大幅に超えた車はブレーキを踏もうとはしない。

迫る、迫る、迫る！

凄《すさ》まじい速度で突っ込んでくる大型車の運転手は、スマートフォンを弄《いじ》っており、ニヤニヤと笑っていた。彼女らには、まるで気づいていない。

ふたりは、悲鳴を上げて――既に、俺は走り出していた。

「オラァアアアッ！」

睡眠不足でもつれる足を懸命に動かし、ようやく立ち上がったふたりを突き飛ばした時、眼前には大型車のボディがあった。

「……今月の百〇姫はまだ読めてないが」

後方に倒れ込んだ彼女らは、手と手を繋いでいて――俺は、勢いよく撥《は》ね飛ばされる。

「百合《ゆり》を護《まも》れたなら良しとするか」

全身の感覚が喪失し、衝撃と共に視界が黒ずんでいく。

全てが、真っ黒になって――俺は、跳ね起きる。

「うおっ!?　なんだ、夢か！　ビビったわ！　死んだかと思っ――」

軋《きし》む線路を浮き沈みする電車の走行音。切れかけている照明は点滅し、男性用の小便器がずらっと並んでいた。

チカッ、チカッ、チカッと、光と闇の境目を行き来する視界。

目の前には、鏡があった。

そこに映る自分の顔。

金色の髪に如何《いか》にも軽薄そうな表情、妙に整っている顔立ちに腹が立つ……散々、俺が悪態をついた顔がそこにあった。

「あれ？」

俺は、まばたきを繰り返して、その顔を撫《な》で回す。

「俺、ヒイロになってね……？」


その数時間後。

俺——橘樹《たちばないつき》は、自分がエスコの世界に、百合《ゆり》ゲー世界にお邪魔キャラの三条燈色《さんじょうひいろ》として転生したことを知った。

何度、駅前のトイレの鏡を見返しても、幾ら時が経《た》っても、どこからどう見ても、俺はヒイロのままだった。

通りをぶらついているうち、徐々に混乱から覚めてくる。

俺が冷静になれたのは、裏路地でハンバーガー片手に百合を鑑賞し終えた後だった。

間違いない。

今、俺がいるココは、エスコの世界だ。

なにせ、男の存在がなんとなく霞《かす》んでいる。

目の前の通りを歩く男性は、存在しているのには存在しているのだが、あたかも背景のように上手《うま》く捉えられない。

過去、俺は百合ゲーにおける男の扱いを四つにタイプ分けしたことがある。その4タイプに当てはめると、この世界の男性はタイプ③と④の複合型の特徴を示している。
① 男が存在しない
② 男が存在しない場所が舞台なので、男が登場することはない（女学校など）
③ 男が存在するが、サブキャラ、モブ、背景として扱われる
④ 男が存在するが、悪役かお邪魔キャラ
なにせ、この世界では誰も彼もが女性同士で腕を組み、裏路地では女性が女性とキスを交わしている。

「天国か……？」

どうやら、信心深い俺は、百合神の御手《みて》に包まれ天に召されたらしい。

五臓六腑《ごぞうろっぷ》に染み渡る多幸感に浸りながら、理想の世界を観光していられたのは束《つか》の間《ま》で、現状を整理してみれば自分が危険な立ち位置にいることに気づいた。

女の子として百合ゲー世界に転生していれば、今頃、膝を折って感謝の祈りを捧《ささ》げていたかもしれない。

だが俺は、あの『三条燈色《さんじようひいろ》』に転生してしまったのだ。

エスコの憎まれ役、お邪魔キャラにして、百合《ゆり》の間に挟まる男……悲惨な最期を宿命付けられているあのヒイロに。

「ヤバい……コレ、ヤバい……よな……」

駅前のトイレに退避した俺は、胸元のネクタイを緩める。

理由はわからないが、ヒイロはスーツ姿だった。中途半端に整った顔立ちのせいか、スーツ姿も様になっているものの、焦燥で歪《ゆが》んだ顔面は哀れなものだ。

エスコにおけるヒイロの結末はひとつしかない。

死――である。

とあるルートでは転落死、とあるルートでは溺死、とあるルートでは餓死、とあるルートではショック死、とあるルートでは実の妹に謀殺される。

最後の最後、ヒイロが悲惨な死を迎えることで、プレイヤーは爽快感を味わうことが出来るのだ。ありとあらゆる方面から追求されたシャーデンフロイデ、ヒイロの死は甘美なる蜜の味なのだ、なにがどうあってもヒイロには死んでもらわなければならない。

ヒイロの死因の大半には、主人公と四人のヒロインが関わってくる。

俺がヒイロとして生き残るには、主人公とヒロインに、何らかのアプローチをかける必要があるだろう。

例えば、先に、主人公とヒロインたちを亡き者にしてしまうとか。

「有り得んわッ！　たとえ命を落とそうとも、俺は、百合を守護《しゅご》る！」

とんでもない手段を思い描いたが、それだけは有り得ない。ヒロインの百合が破壊される場合、フィールドのヒイロもまた破壊される。

優先順位は、百合＞＞＞＞＞＞＞＞＞＞＞＞＞＞＞＞＞＞＞＞＞＞俺＞＞その他、だ。

百合を護《まも》るために死ぬのは本望だが、ゲームシナリオのように、アホみたいな死因で犬死にはしたくない。

犬死にを回避するために、別の手を考えよう。

真面目に研鑽《けんさん》を積んで、ありとあらゆる破滅に対処できるようになるとか。

もしかしたらヒイロも、まともに鍛え続けていれば、死の運命を免れることができるかも……まぁ、ヒイロが努力をしないのには相応の理由はあるのだが。

俺は、物思いに耽《ふけ》りながら、駅前を練り歩き――

「燈色さん」

凍《い》てつく声音。

振り向くと、純黒の長髪をもつ少女が立っていた。

真っ暗な、宇宙の暗黒を思わせる黒い目。中心の瞳は一等星のように光り輝き、対面する人間を蠱惑《こわく》する光輝を帯びていた。

凛《りん》とした佇《たたず》まいとしなやかな体躯《たいく》は、通りを歩く美女の中でも際立っていた。誰もが彼女を振り返り、頬《ほお》を染めている。身にまとっている蒼色《あおいろ》の礼装《ドレス》は、光のグラデーションを描いている。

三条黎《さんじようれい》――エスコにおける四人のヒロインのうちのひとり、ヒイロの妹である。

「急にいなくなられたので心配しました」

露ほども、心配していなそうな態度で彼女はささやく。

「失礼ながら、外にリムジンを待たせていますのでお早く。会食の時間に間に合わなければ、燈色《ひいろ》さんへの白眼視が強まります。この会食の意味、わかっておりますよね？」

レイ・ルートの後半で、彼女は、ヒイロを謀殺することになる。

もちろん、それ相応のことをヒイロが行った結果であり、俺は歓声を上げながらヘッドバンギングした側なのでなにも言えない。

なにも言えないが、今、ヒイロになって彼女と向き合うと、怖気《おぞけ》を覚えざるを得なかった。

言葉と態度でわかる。

彼女は、俺に、一欠片《ひとかけら》の好意も抱いていない。

「あぁ、わかってるよ」

「では、直《す》ぐに乗り込んでください。貴方《あなた》の捜索で時をとられました」

オペラグローブを嵌《は》めた腕を優雅に持ち上げて、彼女は、取り出した懐中時計に目をやった。

「…………っ」

その瞬間、微《かす》かに、彼女は顔をしかめた。

俺は、ぐるぐると、頭をフル回転させる。

会食……会食っていうと、三条家の会食か？

ようやく、俺は、なぜ自分がスーツ姿だったのか理解する。

ヒイロは、三条公爵家の一人息子だ。

エスコは、現代日本を舞台にしているが、華族……つまり、貴族階級が残り続けている世界だ。

公爵、侯爵、伯爵、子爵、男爵。

華族令によってランク分けされた上級華族と下級華族、その中でも三条家は公爵の位を戴《いただ》いている格式高い名家である。

つまるところ、俺は貴族の御曹司という訳である。

ゲームのシナリオ通りに進めば、その身分に甘えきって努力もなにもせず、最終的には命を落とすことになるのだが……差し当たって、三条家の会食に男であるヒイロが遅れれば、その立場の危うさから問題視されるのは確実だった。

「では、お遅れなく」

クールにそう言い放って、立ち去ろうとするレイを俺は引き止める。

「あ、そこのお嬢さん、ちょっとお待ちになって」

「……なんですか？」

「めっちゃ、露骨に嫌そうな顔するじゃん」

めっちゃ、露骨に嫌そうな顔するじゃん。

「は？　してませんが」

「あ、ごめん、生来の正直者気質が顔を出しちゃった……本音が、つい、心の奥底からぴょこんと口から漏れ出て……ちょっと、待ってて」

俺は、コンビニにダッシュして、絆創膏《ばんそうこう》を買って戻ってくる。

「ほい」

「……なんですか？」

「手、怪我《けが》してるんでしょ。会食って、ほら、フォークとかナイフ、持ったりするじゃん。食べるのキツくなるのもアレかと思って」

彼女は、目を見張る。

「なんで」

「俺はね」

キレイな笑顔で、俺は言った。

「百合《ゆり》に関することは、なにも見逃さないんだよ」

「……は？」

無表情だった彼女の仮面にヒビが入った。

浮かび上がってきた嫌悪の表情に、俺は慌てて答える。

「さっき、懐中時計を取り出した時に痛そうにしてたから。手元、なんか、怪我でもしたのかと思ってね。君のその美しい手は、将来の結婚相手（女性）のためにあるんだから大事にしないと」

ぽかんと。

彼女は、一瞬、呆《ほう》けてから口を開く。

「疾患を抱えてるのは、頭ですか？」

「あぁ、俺、百合ＩＱ１８０、ね」

無表情で、レイは画面《ウインドウ》を開いて番号を打つ。

「もしもし、急患です」

「ノータイムで、１１９にかけるのはおやめください。救急搬送からの号泣コンボで医療現場を混乱させるのは本意ではありません」

「冗談です」

無表情で、画面《ウインドウ》を閉じた彼女はそうつぶやく。

「でも、燈色《ひいろ》さんが冗談なんて……案外、そういう諧謔《かいぎゃく》も嗜《たしな》むのですね」

「我が生涯において、冗談の二文字で百合《ゆり》を穢《けが》したことはない。日本国民の義務として、納税と百合の保護を欠かしたことはないからな」

「そろそろ、現地に向かわなければ遅れますね」

俺の手から、絆創膏《ばんそうこう》をひったくって、レイは背を向ける。

「燈色さんもお遅れなきように。私の貴重な時間を奪ったのですから」

「お前だって、俺の貴重な口内水分を奪っただろ。返せよ」

にっこりと足元の水たまりを指した後、彼女は立ち去っていき、俺はリムジンに乗り込んで——三条《さんじょう》家の会食は、つつがなく終了した。

つつがなくと言い切って良《い》いのかは、正直、わからないが。

なにせ、俺のことは完全無視で、和やかな食事会は行われたからだ。

三条家の家名を継ぐのはレイに決まっていたし、長男である俺は、とある理由でお呼ばれしただけだったらしい。

何人か、人を殺していそうな威圧感を醸し出すババアが勢揃《せいぞろ》いで、ヤクザみたいに着物を着込んでいる偉容《いよう》が並ぶのは壮観だった。

誰も彼もが、ヘコヘコして、彼女たちの御機嫌取りをしていたので余程偉いんだろう。

レイもまた、そのお偉いさんと席を並べていて、作り笑顔で対応している姿は堂に入っていた。

対する俺には、誰も挨拶に来なかった。

誰も来ないのでこちらから挨拶しに行ったら、生まれついての礼儀正しさがクリティカルを叩《たた》き出したのか、ニヤニヤしながら『白衣性恋愛症◯群』を語る俺を怯《おび》えきった表情で見つめていた。

分家の連中も、本家のレイには頭が上がらない様子だったが、俺のことは路傍《ろぼう》の石どころか二酸化炭素が出てくる空気汚染機扱いだった。

これ見よがしに、隣で俺の悪口を言っていたので、ストローに袋をつけてフッて吹いて飛ばすやつで応戦した。

「ヒイロ」

宴もたけなわ。

サイダーをブクブク泡立てるのにも飽きた頃に、傲慢さと尊大さで六本木《ろっぽんぎ》にビルが建ちそうな婆《ばあ》さんが言った。

「あんたには、来年から鳳嬢《ほうじょう》魔法学園に入ってもらう」

鳳嬢魔法学園……エスコのメイン舞台となる魔法学園だ。

ココで、ゲームの主人公は、ヒロインたちと出逢《であ》うことになる。

ヒイロもこの学園に入って、百合の間に挟まることになる。最終的には、無残に死ぬ。

悲しいね。

「おっと、答えは聞いちゃいないよ。あんたは、そうしなくちゃならない。三条家《さんじょう》に生まれついたんだ、あんたには拒否権なんてないからね。いい加減、あたしらもあんたをどうにかしなきゃならないって感じててねぇ」

ちなみに、幾つかのサブエンドでは、厄介払いの意味でヒイロは三条家に暗殺される。たぶんコイツは、不幸の星の下で呑気《のんき》にピクニックシートを広げてる男なのだ。

「いや、それにしても、なんで魔法学園なんかに？」

「独立だよ、独立。あんた、何度か、分家相手に金の無心をしてるらしいねぇ。ガキの癖に、えげつない迫り方したって聞いた。あんたみたいに力を持て余してるバカは、魔法を学んで力の扱い方を学んだ方が良《い》いんだよ」

ハイ、嘘《ダウト》ーっ！

多額の献金によって三条家の息のかかった学園で、いつでもお手軽にコロコロ（暗殺のカワイイ言い方）できるからだろ！　用意周到だな、もっとやれ！　ただし、俺がヒイロじゃなければな！

「ま、精々、頑張りな。支援はしてやる」

結局のところ、今回の会食の目的は『お前を飼い殺す。もしくは物理的に殺す』と、俺に宣言することだった。

「で、得られた支援がコレ、ねぇ……」

　無事に、会食会場から自宅である三条家別邸への帰宅を成し遂げた俺は、ベッドの上に転がる魔導触媒器《マジックデバイス》を見つめる。

　三条家の会食の翌朝、ただいま、朝の七時。

　午前六時に起床して、ランニングを終えてからシャワーを浴び、自室にまで戻ってきたところだ。

　魔導触媒器。

　それは、傍《はた》から見れば、日本刀にしか見えない。

　よくよく見てみれば、鞘《さや》にはなにかを嵌《は》めるような、幾つかの凹《へこ》みがあることに気づく。

　その凹みと凹みを繋《つな》ぐようにして、直線と曲線が走っており、紋様じみた細工と化している。

　だが、それが、普通の刀ではないことは抜いてみれば一目瞭然。

　この刀、刀身がないのだ。

　鍔《つば》と鞘の入り口が、微少の魔力で軽く固定されている。湾曲している握り手には、引き金《トリガー》があり、鍔の中心には砲口のようなものが空いている。

　なぜ、このような機構になっているかと言うと……少し特殊な、エスコ特有の魔法の発動方法にある。

まず、この世界では、この魔導触媒器《マジックデバイス》を介してしか魔法が発動出来ない。

無手で「ファイアボール！」とか唱えても、絶対になにも出ない。出てくるのは、急に大声で叫び出したクレイジーだけだ。

魔法は、この魔導触媒器の引き金《トリガー》を引くことで発動する。

魔導触媒器は、刀を模したもの以外にも、杖《つえ》、水晶玉、腕輪、聖骸布、髪飾りなんて特異なものも存在するが、どの触媒《デバイス》でも共通しているのは、引き金が存在しソレを引くことで発動するということだ。

とは言っても、ただ引き金を引けば魔法が発動するわけでもない。

鞘《さや》の凹《へこ》みの部分、ココを式枠《スロット》と呼ぶが、この式枠に導体《コンソール》を嵌《は》める必要がある。

なんの導体を嵌めるかで、発動できる魔法が異なってくるのだ。

また、導体と導体は、鞘に刻まれた導線で繋《つな》がっていれば効果や威力が変わる。

この組み合わせこそが、エスコの戦闘の奥深さに関わってくる。本題からずれてるところに凝りすぎだろ、この百合《ゆり》ゲー。

「うげっ、この導体、ほぼジャンクじゃん……主人公の初期装備よりも酷《ひど》いぞ……組み合わせも威力特化だけだし……このままじゃ、使い物にならねぇっつうの……」

魔導触媒器の方は、紛れもなく一級品。

さすがは、天下の三条家《さんじょうけ》。体裁には気を遣うのか、ほぼ価値なしのヒイロ君にも、業物を寄越《よこ》したらしい。

が、導体の方はゴミ。こんなもん、三歳児の知育玩具代わりにしかならない。

「ダメだ、圧倒的に導体足りんわ……飯食ったら、ダンジョンに行くか……とりあえず、入学までの間に少しでも戦力を補充しとかないと、いつ、三条家に寝首をかかれるか……」

俺は、夢中になって、魔導触媒器を弄《いじ》り続け——

「…………」

「うおっ!?」

いつの間にか、無言で、部屋の隅に立っていた少女に気づいた。

新雪のように美しい白髪、その純白の合間から覗《のぞ》く瞳は深紅に輝いている。白と黒を合わせたメイド服は彼女の身体《からだ》をぴたりと包み、頭に載ったホワイトブリムは、その愛らしさにアクセントを加えていた。

原作ゲームでは見たことのないキャラクター、恐らく、モブキャラのひとりだろう。

小柄な彼女は、小首を傾《かし》げてこちらを見つめる。

「飯、ですが」

「……はい？」

彼女は、親指で後方の扉を指す。

「飯ですが」

「え、あ、はい……？」

くるりと、踵《きびす》を返した彼女は、再度、こちらを振り返って言った。

「ば〜か」

「は？　いや待て、メイド風情」

面倒くさそうに、立ち去ろうとした彼女は振り返る。

「なんでしょうか？」

「なんで、今、主人たる俺のことを罵倒した？　好きな女の子とかいる？」

「説教なのか恋バナなのか、どっちかにして欲しいんですが」

「好きな女の子とかいる？」

「そっちになっちゃうんですか」

無表情のメイドは、律儀に答える。

「好きな女の子はいません。罵倒に関しては、この間、私のメイド仲間に罵声を浴びせた仕返しです。恐れ入ったか、この微妙イケメン。や〜い、や〜い、クビにできるものならしてみろ腐れ金髪〜！　お前の母ちゃん、でべそお湯沸かし機〜！　ほくろから毛、生えろ〜！」

この間、というと、俺がヒイロに転生する前か。

あのクソ野郎、将来、咲くかもしれない百合《ゆり》の花を穢《けが》しやがって。いついかなる時でも、癇《かん》に障るオールウェイズクソ野郎が。

「なるほど、それは、どう考えても俺が悪いな。君の罵倒も、甘んじて受け入れよう。これから、その子のところに謝罪しにも行く。だが、これだけは胸に刻んでいてほしい……好きな女の子は作りなさい。愉快な御曹司とのお約束だよ」

彼女は、ぐぐぐっと、首を更に横へと倒した。

「……どなた？」

「いや、だから、愉快な御曹司」

「ヒイロとかいうクソ男は、今までの人生で頭を下げたことなんて一度もない筈《はず》ですが」

「なに、安心しろ。何事にも初めてはある。俺だって、初めて、百○姫を読んだ時には衝撃を覚えたもんだ」

なおも首を傾《かし》げている彼女に連れられ、被害者のメイドの子へと謝罪した俺は、食後、腹ごなしにダンジョンへと向かった。

向かった、が。

「いや、なんで、付いて来てんの？」

「…………」

なぜか、パーティーにメイドが加入《イン》していた。

俺の問いかけには応えず、名前すらも教えてくれない白髪メイドは暇そうに爪を弄《いじ》っている。どうやら、百合《ゆり》の間に挟まる男に対する好感度はゼロを通り越してマイナスらしい。同意見だ。

一旦、メイドのことはおいておいて。

俺は、魂に焼き付けた原作ゲーム知識、己の記憶を呼び覚ます。

ダンジョン。

世界各地に発生した、異界へと繋《つな》がる特異点……そこからは、人々を襲う魔物が溢《あふ》れ出し、ダンジョンの核を潰すまで入り口が閉じることはない。

基本的に、この魔物には、魔法以外の攻撃手段が通用しない。

そのため、主人公たちはダンジョンから溢れる魔物に対抗するため、魔法学園へと通うことになるのだ。

魔導触媒器《マジックデバイス》の扱いを学び、全世界のダンジョンの核を潰すまで、主人公たちの戦いは終わらない！

などと意味不明なことを説明書で供述されておりますが、大体のエンディングでは、ダンジョンのことなんて忘れて彼女らは幸せになります。

ダンジョンは、専門機関の管理下に置かれており、入り口は障壁で封じられている。無許可での立ち入りは禁じられており、許可証を必要とするが、三条《さんじょう》家の御曹司たる俺にはあっさりと許可が下りた。

とはいえ、その過程で、恐ろしい事実が判明したのだが。

どうやら、現段階の俺のスコアは……ゼロらしい。

エスコ世界では、素行、活躍、社会貢献度から布団の畳み方まで、ありとあらゆることが評価され、政府から与えられる『スコア』が序列を決める。

この世界では、なにもかもがスコアで決まる。

家格、学校での扱い、就活時の有利さ、飲み物の質から晩御飯のおかずの数まで。

なにせ、スコアは金銭的な取り扱いもされる。金の代わりにスコアでの支払いを行うこともできるのだ。

スコアは、魔導触媒器に紐付《ひもづ》けられている。

なので、自販機でジュースを買う時にも、勝手に自販機側でデバイスを読み取って、売ってくれる飲み物が変わったりする（0点の俺は、炭酸抜きコーラしか買えない）。

俺がいる都市『トーキョー』は、スコアでしか買い物出来ないコンビニや自販機が殆《ほとん》どだ。0点底辺層の俺は、わざわざ、現金支払い可能な駅前のコンビニまで行って、物資を調達してきたくらいである。

0点の俺がダンジョンの立ち入り許可証をあっさりと発行出来たのも、三条家のBBA《ババア》連中が手回ししたからだろう。

ワンチャン、ダンジョン内でくたばってくれないかな……という淡い期待みたいなものが透けて見える。

さて、なぜ、俺は0点なのでしょうか？

理由は簡単。

俺は百合《ゆり》の間に挟まる男であり、世界中からヘイトをもらっているからだ。この男、天性のタンク職である。進路希望調査表には、第一希望から第三希望まで『サンドバッグ』とでも書けば良《い》いんじゃないかな。

そんな俺ことヒイロくんは、学園生活内……つまりゲーム本編で、悲惨な死を宿命付けられている。

破滅を迎えるまでに、三条《さんじょう》家直属の暗殺部隊くらいは、一蹴できる力を手に入れておかなければならないだろう。

そのためには、魔法の習得と強化は欠かせない。

それには導体《コンソール》が必須であり、各種能力値《パラメーター》の成長も必要である。だからこそ、導体が手に入り、自身の成長も見込めるダンジョンにやって来たわけだ。

エスコ世界のダンジョンは、多岐に亘《わた》る。

洞窟、天空城、世界樹といったオーソドックスなものから、誰もいないデパート、取り壊しになったビル、大量の罠《わな》が仕掛けられた豪邸といった日常生活に結びつくものまで。

俺がやって来たダンジョンは、初心者向きと言われる『廃線駅のダンジョン』だ。地下五階層の浅さで、出現する魔物も、どうやったら負けられるのかわからない弱キャラばかりである。

俺は、屈伸しながら、自分の魔導触媒器《マジックデバイス》を見つめる。

九鬼正宗《くきまさむね》……実在する刀剣のひとつで、国宝に数えられる業物である。

エスコ世界では、式枠《スロット》3、筋力と敏捷《びんしょう》のスキルUPのパッシブスキル搭載のデバイス。どの式枠に導体を嵌《は》めても、導線が繋《つな》がって連鎖《コンボ》するので使い勝手が良い。

ゲーム本編では『悪堕《お》ちルート』で、ヒイロとの初対面時に『ころしてでもうばいとる』の選択肢を選ぶと、女性主人公が手に入れることができる。その選択肢が選ばれた瞬間、ヒイロはなぜか爆発四散する。選択肢ひとつで死ねるとか、開発者の殺意がすごい。

俺は、九鬼正宗に『属性：光』と『生成：玉』の導体を嵌めてから引き金《トリガー》を引く。

瞬時に——導体と導体が接続。

蒼白《あおじろ》い線が、鞘《さや》を走り抜けて、魔法が発動する。

発動——光玉《ライト》。

俺の目の前に、光の玉が出現する。

「おお～！」

かっくい～！

やっぱり、俺も男の子なので、魔法とかそういうの、実際に発動すると気持ちよくなっちゃうよね。

「………」

しかし、さっきから、こっちを睨《にら》んでるメイドが気になるな。罠《わな》でも仕掛けるか。

「それじゃあ、次は、光玉《ライト》を動かしちゃおうかなぁ！」

わざとらしく、声を上げて、俺は手のひらを構える。

そのまま、光玉を撃つ仕草をして、微動だにしない光玉を見つめる。

「あれれ～？　おかしいぞ～？」

ぴくりと、メイドが反応する。

「なんで、うごかないんだ～？　あれれ～？　不良品かなぁ～？」

こちらを見ながら、メイドはうずうずと身体《からだ》を動かしていた。

ふふ、教えたいだろ……教えたいんだろ……わかるぜ……人間という生物は、マウントとってなんぼの生物だからなぁ……！

「し、仕方ありませんね」

俺の『あれれ攻撃』に屈したのか、ドヤ顔のメイドがトコトコ寄ってくる。

フィーッシュッ！　フィッシュフィーッシュッ！

俺は、心の中でリールを巻きながら、九十度くらい首を曲げて攻勢に出る。

「わっかんないなぁ!?　わっかんない！　ひとつもわからない！　無知の知ですかね、コレは!?　大変だ、頭がよくなってる気がしてきた！」

「仕方ありませんね。ひれ伏しなさい、教えてあ――」

「貸して」

突然、横合いから別の少女が現れ、魔導触媒器《マジックデバイス》を奪われる。彼女は夢中になって、俺から奪った魔導触媒器を弄《いじ》り始めた。

「…………」

いや、誰だお前!?

絹糸のように滑らかな金髪、特徴的な二等辺三角形の耳。

銀色の耳飾りを付けた彼女は、すらりとした体躯《たいく》をもっており、エルフの特徴ともいえる弓を身に着けていた。

彼女がもつ碧眼《へきがん》は、月のように美しく、人の心を惑わせる。

露出の多い原作ゲーム通りの民族衣装、この美しい少女が何者なのかを知っている。

「はい、コレで完璧。『操作』系統の導体《コンソール》を嵌《は》めないと、射出出来ないから気をつけた方が良《い》いよ」

エルフの姫君、最強の一角、ヒイロ殺す率第一位、四ヒロインのうちのひとり。

「君、ダンジョン初心者？」

ラピス・クルエ・ラ・ルーメット――

「死なないうちに帰った方が良《い》いよ」

メイドの代わりに、ヒロインが釣れた。

唐突なヒロインの来襲に驚愕《きょうがく》した俺は、思わず両目を見開く。

ラピスは、エルフの国のお姫様だ。終盤、主人公たちが訪れる『世界樹のダンジョン』は、彼女の国の一部なので、彼女をパーティーに入れていないと立ち入ることが出来ない。

当然、彼女は三条《さんじょう》家なんて目じゃない金持《リッチ》ちである。

金持《リッチ》ちな上に強い。遠距離戦については、最強と言っても過言ではないだろう。

彼女が使う魔導触媒器《マジックデバイス》、『宝弓・緋天灼華《イリオヴアスイレマ》』はチート武器だ。距離が離れたら、まず近づく前に殺される。その上、導体《コンソール》の組み合わせ次第で中距離にも対応できるようになるので、近距離戦を挑むしか勝ち筋がない。

『悪堕《お》ちルート』では、彼女とも戦うことになるが、正直、ラスボスよりも強い。

そんな最強の一角、ラピスさんは、害悪ヒイロ殺処分率第一位でもある。

彼女のルートで、何度、ヒイロは死んだことだろう（とある魔人の死霊術で蘇《よみがえ》って、何度も殺される徹底ぶり）。

彼女への対応を間違えたら、OUT扱いで虫けらのように殺される。ゲーム内で一番笑ったヒイロの死因は、彼女の取っておいたアイスを食べてしまったことだが……今はもう、

笑えない。ホントに笑えない。

「なに、どうしたの」

腰元まで、伸びる金色の髪。

彼女の背面を包んでいるその長髪は、薄暗い廃駅の中でも輝いている。

ゲームキャラクターとしか思えない美しさで、彼女は、髪を掻《か》き上げてこちらを見つめる。

「男、か」

口に片手を当てて、彼女は笑う。

「思わず助けちゃったけど、男だったら助ける必要なかったかな」

こちらを小馬鹿にした物言いだが、男に対する発言としては当然とも言える。

百合《ゆり》に男はご法度、百合の間に挟まる男は死ね、は百合界隈《かいわい》の不文律だ。

そんなものは常識なので、このエスコ世界では、男は無視されるか虐げられるかだ。俺も女の子として転生してたら、男は無視していただろうし、ヒイロは○していたのでなにも言えない。

「しかも、スコア0点」

魔導触媒器《マジックデバイス》を通せば、他者のスコアであろうとも誰にでも見ることができる。

俺のスコアを見たのだろう、ラピスはくすくすと笑う。

「君、早く帰った方が良《い》いよ。スコア0は、死亡保険に入れないいんでしょ？」

バカにされているのはわかっているが、俺としては気にしている場合ではない。

アイツは……アイツは、いないだろうな。

俺はキョロキョロと辺りを見回し、ラピスよりもさらにヤバい、この段階で最も会いたくない女性《アレ》がいないことに胸を撫《な》で下ろした。

「ちょっと、聞いてるのっ！」

無視したと思われたのか、ムキになったラピスが食ってかかってくる。

「あぁ、ごめんごめん。助かった助かった。じゃあな」

危ないは危ないが、この段階のラピスは宝弓を持っておらず、初期ステ自体も大したことはない。安堵《あんど》していた俺は、適当に返事をする。

それが癇《かん》に障ったのか、立ち去ろうとする俺の腕を彼女は掴《つか》んだ。

「待ちなさいよ」

どっちやねーん！　早く帰った方が良いのか、このままココに居た方が良いのか、どっちやねーん！

「君、わたしが、誰かわかってるの」

「痴女っぽい格好したエルフ」

「ち、ちがっ！　コレは、正装でっ！　ど、どこ、見てるの!?」

「胸、太もも、胸、太もも」

「ふつーに答えるな！　二度見するな！　悪びれろっ！」

スカート丈を必死に伸ばしながら、顔を赤らめた彼女が睨《にら》みつけてくる。

元々、初期ラピスは、喧嘩《けんか》っ早いキャラである。今更ながら、対応の仕方を間違えたなと思いつつ、俺の腕を放さない彼女に目線を向ける。

「………」

正直、俺は、主人公と一緒にいるラピスが好きであって、ラピス単体が好きかといわれると……うーん……やっぱり、この子の魅力は、気を許した主人公と軽口を叩《たた》いてる時だと思うんだよなぁ。

百合《ゆり》ってのは、ふたり並ぶことで完成するわけであって、単体でお供えされても困るというか。

「な、なに？　言っとくけど、わたし、スコア3万点だから」

哀愁を漂わせる薄い胸を張って、彼女は威張る。

「君と3万点差、わかる？」

「えっ⁉　それって、つまり⁉」

俺は、驚きの表情を作り、ラピスは期待に顔を輝かせる。

「3万点差って……ことか……⁉」

煽《あお》られたラピスは、無言で腰後ろの弓を手に取った。

「運が良《い》いね」

ぴきぴきと、青筋を立てながら、ラピスはささやく。

「せっかくだから……戦闘の稽古、つけてあげる……構えなさい……」

おっ、稽古とは名ばかりの私刑《リンチ》を行うつもりだな。

彼女のルートで、稽古の最中に事故死したヒイロが何人いたことか。死んでいったヒイロたちに追悼《ざまあ》を。

「喜んで受けるが、条件がある」

まぁ、無意識に煽った甲斐《かい》はあったか。

「俺が勝ったら、あんたが持ってる導体《コンソール》をもらいたい」

こんな低階層で、ちまちま、低レアリティの導体なんて掘ってられない。丁度良い機会だ、カモにさせてもらおう。

「なに、勝てると思ってるの」

鼻で笑って、彼女は頷《うなず》く。

「勝てたら、ひとつどころか、全部あげるわよ」

「あ、そう……なら、不正がないように、お互いの魔導触媒器《マジックデバイス》を交換して確認し合おう。

正々堂々を旨とする、三条《さんじょう》家の決闘の作法だ。あんたは、遠距離主体だから、距離を取った方が良《い》いか？」

頷《うなず》いた彼女は、俺に確認を終えた九鬼正宗《くきまさむね》を突き出した。

「この状態で良いよ。ハンデ」

そう言ってくれると思ってたよ。

俺は、内心、ほくそ笑む。

初期ステのラピスは、別に、近距離戦が不得意ってわけでもないしな。徐々に、遠距離特化型になっていくタイプだ。

だから、彼女は、近距離戦にも自信がある筈《はず》だ。こう言ってくるのはわかってた。

「じゃあ、始めるぞ」

「ＯＫ」

余裕そうに笑みを浮かべて、ラピスは弓を片手に持つ。

「メイド、合図してくれ」

事態の推移を見守っていた三条家《さんじょうけ》のメイドは、こくりと頷いて片手を挙げた。

そして――振り下ろす。

「開始」

当然、ラピスは、距離を取る。

展開した機械弓の弦に指を添えて引き金《トリガー》を引くと、彼女の身体《からだ》は強化されて後ろに跳躍

──できない。

「えっ⁉」

「はい」

俺は、九鬼正宗を抜刀し──

「おしまい」

光剣を彼女の首筋に当てた。

ジジジジジ……波を立てるように揺れながら、形を変じる光刃を突きつけられ、彼女の額から汗が垂れ落ちる。

「な、なんで……そ、操作の導体《コンソール》すらも知らなかったのに……引き金から刀剣の形を取るまで……は、早すぎる……それに、なんで、わたしの身体強化が……発動しなかったの……」

俺は、もう片方の手を開く。

そこには、彼女のデバイスに付けられている筈の五個の導体があった。

「えっ⁉　い、いつの間に外し──さっきの、デバイス交換の時に！　でも、気づかない筈が⁉」

「代わりに、余ってたゴミ導体付けておいたからな。さすがに、見た目じゃわからないだろ。達人だったら、武器の重さで違和感に気づくらしいが……3万点のお姫様には荷が重かったかな」

　ラピスは、屈辱で顔を真っ赤にする。

「ひ、卑怯者《ひきょう》……！」

「戦いに卑怯もクソもないだろ。誰が『相手の導体《コンソール》を外してはいけない』なんて言ったんだ。敵対してる相手に、不用意に、唯一の武器を預ける方がバカだろ」

　俺は、魔法を解除して刀を鞘《さや》に戻す。

「約束通り、全部、もらっていくわ。気前良《い》いね、ありがとう」

　俺は、彼女のデバイスから外しておいた導体を全て持ち去ろうとして、涙目のラピスを視認し、そっと、それらを床に置いた。

「い、一個だけにしておこーっと」

　さ、さすがに、ヒロインを泣かせるのは……解釈違いです……。

　調子にノッて勝っちゃったけど、今更ながらに不安になってきた。恨みを抱かれて、将来的に殺されるんじゃないだろうか。

　ヒロインとの仲を育むよりも、戦力強化に注力したのはミスでは？

「お、おつかれしたぁ」

　俺は、コソコソと、その場から立ち去ろうとして――服裾を掴《つか》まれる。

「…………い」

「はい？」

「もっかい！」

真っ赤な目で、ラピスは叫ぶ。

「もっかい、しょうぶ！」

「ええ……」

その後、適当に負けた俺は「本気出せ！」と喚《わめ》く姫君を置き去りにして、ダンジョンから外へと逃げ出していった。

その次の日から、俺は、ダンジョンに潜る度にふたつの視線を感じることになった。

「…………」

「…………」

ひとつは白髪メイドのもので、もうひとつは金髪エルフのものだ。

このふたりが実はお付き合いをしていて、檻《おり》の中で「ゆりー！　ゆりー！」と喚いている珍獣『三条燈色《さんじょうひいろ》』を見物し、それをダシにしてイチャついているとかであれば、全くもって無問題《もーまんたい》なわけだが。

実際のところは、彼女らは、俺に興味の視線を向けていた。

異界に存在するエルフの王国『神殿光都《アルフヘイム》』のお姫様、原作ゲームにおける四ヒロインのうちのひとり、そして絶世の美少女……ラピス・クルエ・ラ・ルーメットは、壁に身体《からだ》を半分隠し、じーっとこちらを見つめていた。

昨日、痴女呼ばわりしたのが効いたのか、彼女はエルフの正装の上にダボダボのパーカーを着ていた。そのせいで、綺麗《きれい》な太ももだけが露出されることになり、逆に艶《なま》めかしさを増していた。

なぜ、男が嫌いな筈《はず》なのに、俺なんぞを追いかけ回しているのか。

理由は簡単で、彼女は最初の敗北を引きずっており、完膚なきまでに俺を叩《たた》きのめさなければ気が済まないらしい。

まぁ、確かに、彼女の身になって考えてみれば頷《うなず》ける。

スコア3万点のお姫様が、スコア0点の底辺男に負けたとあっては、その威信と矜持《きょうじ》に関わる。下に見ていた男を付け回してでも、再戦を挑み勝利を収め、前回の勝負結果を上書きしたいと思っているのだろう。

それに、ラピスは、前回の勝負結果に納得がいっていないようだった。

彼女のいうところの勝負とは、お天道様に背かない正々堂々、『お前、強いな！』、『お前こそ！』とかいう青臭いやり取りを経て、勝負後に友情が芽生えるタイプの少年漫画的精神溢《あふ》れるものなのだ。

たぶん、ラピスは「あんなの不意打ちだからノーカン」と思っているわけで、まともにやれば自分の方が強いと思っている。

いや、まさしく、その通りなので放って置いてください……。

そう思っているがゆえに、彼女の再戦に応じて勝利をプレゼントしたのだが、俺の尊い犠牲精神は『真面目にやっていない』と見做《みな》されているらしい。

真面目ってなんだよ。こちとら真面目一代、宿題は欠かさず提出し、百合《ゆり》ゲーの発売日以外にズル休みしたことない健康優良児だぞ。

その理不尽さにげんなりしていると、壁に隠れていたラピスがわざとらしく咳払《せきばら》いしながら近づいてくる。

「あれ？　スコア０点の人、どうして、こんなところにいるの？　偶然だね、久しぶり」

「…………」

いや、偶然を装うにも無理があるだろ。お前、ガッツリ、壁からはみ出てたよ。高校生男子のワイシャツくらいのはみ出し具合だったよ。

「ここで会ったが百年目だし、勝負しよっか」

「…………」

昔のＲＰＧみたいな唐突さで、勝負を挑んでくるよこのエルフ。目と目が合ったら、ポ○モン勝負かよ。歩いてすらいないのに、エンカウントするのやめてください。

ウキウキとしながら、彼女は自前の魔導触媒器《マジックデバイス》、白雪姫弓《エーレンベルク》を展開し（普段は、棒状に折りたたまれている）、構えようとしない俺を不審気に眺める。

「どうしたの？　死んだ？」

「誰の顔が死人顔だ、脈絡もなく立ち往生するわけないだろ。

あのね、ラピスさん、俺と君はほぼ初対面で他人同士、しかも俺は男で貴女《あなた》はお姫様、こういう風に仲良く勝負してるところを誰かに見られたら困るんじゃない？」

俺は、マイペースに、魔法瓶に入れた紅茶を飲んでいる白髪メイドを指差す。

他人の目もあるし、今回は諦めてください。いや、未来永劫《えいごう》、諦観の念を抱いたまま沈んでてくださいとお願いしたつもりだったが。

ラピスは、鼻で笑って、魔力で象《かたど》られた弦を引いた。

「そんなことよりも、わたしは、スコア０に負けっぱなしのままの方が嫌。別に、わたし、虫とか男って、普通に触れたりするし」

「男の俺は、そこらの虫扱いですか、お姫様。有り難い低評価を頂きまして、恐悦至極に存じ上げます」

「勘違いしないでね。見下してるとかじゃなくて、こっちの世界に倣ってるだけだから。実際、わたしが見てきた男の大半は無能か下衆《げす》かの二択だったたし。君がそうだって言ってるわけじゃないけど、この世界の大半の人間は男嫌いだと思うよ」

「となると、こうして、楽しくご歓談させて頂けてるのは例外中の例外か」

「少なくとも、神殿光都《アルフヘイム》じゃ考えられない。でも、安心して。わたし、そういう差別意識はないから」

本来なら、こうして、しゃべっているだけでも無礼討ちで殺されてもおかしくない。確かに、他と比べれば差別意識はないのかもな。他と比べれば。

「ともかく、君と仲良くするつもりはないから」

導体《コンソール》を光り輝かせながら、ラピスは、ゆっくりと眼《め》を細める。

「早く構えてよ。鈍臭さは美徳だとでも思ってる？」

「はいはい、わかったわかった。人を急《せ》かして円満に事が進んだ事例はないって、先人に学んだことはないのかね」

仕方ない。殺されない程度にボコられて、真面目に彼女の気を収めるか。

本来、ラピスの望むルールに則《のっと》って、正面から戦えば勝ち目なんてない勝負だ。繊細な演技は要求されず、まともにやれば良《い》いだけで、それで彼女が満足するなら付き合ってやるしかないだろう。

俺は、九鬼正宗《くきまさむね》を抜刀し――気配――一気に駆け出した。

「はっ！　不意打ちなんて、相変わらず、卑怯《ひきょう》な手ばっか――」

「しゃがめッ！」

ドッゴォッ！

凄《すさ》まじい破砕音と共に、ラピスの背後の壁が砕け散った。彼女を抱き締めた俺は、頭を掠《かす》めた大剣をギリギリで避《よ》ける。

ラピスを抱えたまま、床を転がった俺は、彼女を背中に隠し頭上を見上げる。

一対の大剣。

宙空に浮き上がった巨大な鎧《よろい》の塊は、その中身である紫色の靄《もや》を隙間から吐き出し、交差させた大剣をかち合わせる。

浮遊霊鎧《アーマーガイスト》……本来であれば、この低難易度ダンジョンには存在してはいけない魔物。唖《あ》然《ぜん》と見上げるラピスとは裏腹に俺はニヤリと笑った。

「レアエンカウントか」

ダンジョンは、異界へと繋《つな》がる特異点。

その特異点は、常に揺らいでいて不安定。それゆえに、全く予期しない異界《どこか》へと繋がることがある。

その際に発生するのが、レアエンカウントである。

原作ゲーム観点でいえば、ダンジョンを彷徨《さまよ》っていると低確率で遭遇する強敵だ。こいつを利用すれば、本来であれば手に入らないレアな導体《コンソール》を手に入れることができたり、大量の経験値でキャラクターを成長させることが可能になったりする。

なんでもありのレギュレーションで行われるタイムアタックでは、乱数調整で呼び出されてプレイヤーの糧にされるので『召喚経験値』呼ばわりされていたり、普通のプレイヤーからは邪魔者扱いされていたりと不遇な扱いを受けている。

しかし、よりによって浮遊霊鎧か。硬いし体力あるしで、倒し切るのに時間がかかるだろうし、ラピスも驚きで使い物にならないし。

「三十六計逃げるに如《し》かず。ユリカツのために帰宅部に所属した俺のゴーホーム能力を見せてやりますか」

導体、接続……『生成：魔力表層』『変化：視神経』『変化：筋骨格』。

俺が握った握り手を通し、蒼白《あおじろ》い線が、九鬼正宗《くきまさむね》の鞘《さや》を流れ抜ける。

発動、強化投影《テネブラエ》。

ラピスからもらった『生成：魔力表層』を基盤《ベース》にして、身体強化の魔法を発動した俺は、蒼《あお》と白の魔力の層で覆われる。

体内で魔力を流し続けている魔力線が、視神経と接続し、本来の肉体のスペックでは捉えられない動きも捉えられるようになる。身体《からだ》の内側で形成された魔力の骨組みが、骨と筋を覆い込んで能力を引き上げる。

「失礼、お姫様」

「え……え、えっ？」

腰を抜かしたラピスを抱き上げると、目を白黒させている彼女はバタバタと足を振る。

「ちょ、ちょっと、下ろしてよ！　自分で走れるからっ！」

「申し訳ないんだけど、ココで、お前に死なれても困るんだよ。俺が求める百合《ゆり》のために、我慢して頂こうか」

腰が抜けているせいか、ラピスの全体重が俺に預けられる。

お姫様抱っこしているせいで、太ももやら脇腹やらに触れざるを得なく、男の俺がこんな風に彼女に触れるのは大罪《ギルティ》なのだが緊急事態だから仕方ない。

俺は白髪メイドが逃げていることを確認し、浮遊霊鎧《アーマーガイスト》に向き直る。

傷と凹《へこ》みだらけの大鎧《よろい》は、しゅっぽっしゅっぽっと紫煙を吐き出し、重そうな鎧姿とは裏腹に俊敏な動きで逃げ道を塞ごうとしている。空中に浮かび上がった大剣は、その剣自体が意思を持つかのように、風切り音を鳴らしながら虚空を切り裂いていた。

ラピスを抱き上げたまま、俺は、笑みを浮かべる。

正面の大鎧は、無言で、俺を見下ろす。

「よーい……」

勢いよく――

「ドンッ！」

大剣が振り下ろされた。

「きゃあっ！」

甲高いラピスの悲鳴を聞きながら、俺は、真横に跳ぶ。

さっきまで、俺が居た場所に大剣が突き刺さる。轟音《ごうおん》と共に飛来した剣閃《けんせん》は、石畳を勢いよく弾《はじ》き飛ばす。ラピスをかばった俺は、飛んできた石礫《いしつぶて》を背で受け、石の散弾が食い込んでうめき声を上げる。

「ちょっと……」

二撃目が飛んできて、引きつけた俺は、その斬撃を紙一重で避《よ》ける。

ラピスは、俺が垂れ流した血を手で拭って呆然《ぼうぜん》と目を見開く。

「き、君、なにしてるの……怪我《けが》、してるじゃない……！」

「まぁ、さすがに、ノーダメとはいかないでしょうよ。そこに文句を言われても、スコア０カスタマーサポートは対応出来かねますわ」

「そ、そうじゃなくて！　わたしのこと、下ろして！　君、スコア０の癖に！　下ろしてって！　這《は》って逃げるから！　君、死んじゃうわよ!?」

「いやぁ、そういうのよくわかんねぇな」

俺は、笑う。

「俺、スコア０なんで」

しゅぽっ。

紫煙を吹き散らしながら、凄《すさ》まじい勢いで、鎧の塊が突進してくる。魔力を帯びて蒼白《あおじろ》く輝いた両目で、その姿を捉えた俺は跳躍する。

交錯。

飛来した鎧《よろい》を避《よ》けた俺は、その上に着地して駆け抜ける。蒼《あお》と白、鎧の上に魔力線が描かれ、飛んできた大剣を避けながら疾走する。

トッ――

鎧を蹴飛ばし、飛んだ俺は、そのまま出口へと突っ走ろうとして――大音響と共に、出口が瓦礫《がれき》で塞がれた。

振り向く。

投擲《とうてき》の姿勢で、固まった鎧。たかが鉄の塊が、表情を変えられるわけもなかったが、会心の笑みを浮かべているように思えた。

『出口』と記載された黄色の駅看板は、瓦礫の中に埋もれるようにして突き刺さっており
……俺は、浮遊霊鎧《アーマーガイスト》に笑顔を向ける。

「まいったね。そんなに、俺が恋しいのかよ」

くいっと、袖を引かれる。

不安そうにラピスは俺を見上げていて、俺は微笑《ほほえ》みかける。

「ラピス、勝負するか」

「……は？」

「あの鉄くれ」

俺は、浮遊霊鎧を親指で指す。

「見事にぶっ壊したら、お前の勝ち。壊せなかったら、俺の勝ち。どう、ノる？」

「いや、だって……あんなの……」

「え？　嘘《うそ》、逃げんの？　アレだけ、偉そうなこと言ってたのに？　嘘でしょ？　勝負勝負って、人のこと追いかけ回してたのに？」

「お、追いかけ回してないっ！　き、君が逃げるから！　だから、追いかけ回すというか……追いかけ回して悪いかっ！」

開き直っちゃったよ、このお姫様。

ふーふー、威嚇してくるラピスを見下ろして俺は苦笑する。

「ノッてこいよ、スコア0に負けるのが怖いのか？」

「だ、誰が……でも、わたし、腰が抜けちゃって……走れないし……」

「なら、俺がお前の足になってやるよ。恭しく、お姫様をお運び申し上げ、憎き彼奴《きやつ》の鼻面を叩《たた》きのめすお手伝いをさせて頂く」

「なにそれ」

ラピスは、ふんわりと微笑む。

「君がわたしのこと手伝ったら、もう、勝負にならないじゃない」

「それは人の捉え方次第」

音を立てて。

ラピスは、白雪姫弓《エーレンベルク》を展開し、俺の腕の中で構える。

その意思を感じ取った俺は、すべての出口を封鎖した浮遊霊鎧《アーマーガイスト》に笑みを向ける。

「行くぜ、鉄くれ」

俺は、両足に力を籠《こ》め――

「ボコボコにして、リサイクルしてやるよ」

駆けた。

瞬間、回転しながら飛来した大剣が俺の頬《ほお》を掠《かす》め、血しぶきがラピスの顔にかかる。それでも、彼女は眼《め》を閉じず、純白の長弓を引き絞った。

「スコア０！」

彼女は、叫び、俺はブレーキをかける。

「左に三歩ッ！」

「応ッ！」
一、二、の――
「三ッ！」

三歩目のタイミングで、ラピスが撃ち放った魔力の矢は、唸《うな》りながら大鎧《よろい》に迫り――弾《はじ》かれる。

「ダメ！　硬くて通らないっ！」

「ラピス、隙間だ！」

俺は、原作ゲームで示されていた弱点をラピスに提示する。

「鎧の隙間に、矢をブチ込めッ！」

瞬時の判断で、ラピスは、立て続けに三本の矢を撃ち放つ。

その手元から、エルフの魔弦の矢《マジックアロー》が風切り音を鳴らしながら解き放たれる。彼女の意思に追随し、自由自在に変化する魔幻の一矢。

ぎゅわんっ！

物理法則を超越し、異常なカーブを描いた矢は、大鎧の隙間に飛び込み――空間を震わせるような悲鳴が、空気を伝わって、俺たちの肌を粟立《あわだ》たせる。

「「イケるッ！」」

俺とラピスは、同時に叫んで、一気に加速する。

俺が踏み出す度に、魔力の痕跡が蒼《あお》と白の軌跡として地面に残り、弾け飛んだ石畳《コンクリ》が宙空を吹き飛ぶ。

加速、加速、加速ッ！

時と時の狭間《はざま》を疾駆する俺は、大剣と大剣が作り上げた格子の隙間を潜《くぐ》り抜け、それを足台にして——跳んだ。

「ラピスッ！」

宙空、静止、装填《そうてん》！

全身全霊、すべての魔力を一矢に籠《こ》めたラピスは、俺の手から放り投げられ、遥《はる》か頭上から己《おの》が眼《め》の先に敵を捉えた。

「穿《つらぬ》——」

彼女は、叫び、蒼白《そうはく》の巨矢が放たれる。

「けぇえええっ！」

ドッ——ゴッ——オッ！

凄《すさ》まじい勢いで揺れ曲がりながら墜落した魔弦の矢《マジックアロー》は、大鎧《よろい》の兜《かぶと》の隙間へと吸い込まれ、地面ごと穿《うが》って天から地へと蒼白の直線を描いた。

一瞬の静寂の後。

耳をつんざくような断末魔の叫びが迸《ほとばし》り、全身を壁と床に擦り付けながら、大鎧は自分で自分を閉じ込めた棺桶《かんおけ》の中を飛び回って——激痛と敗北感に苛《さいな》まれながら、蒼《あお》と白の光に包まれ弾《はじ》け飛んだ。

「あ、やっ、きゃぁあああああああああああああっ！」

「あいよっと」

悲鳴と共に落ちてきたお姫様を抱きとめると、彼女は、満面の笑みを浮かべて縋《すが》り付いてくる。

「やったぁ！　やったやったやったやったぁ！　勝った勝った勝った勝った！　君、本当にスコア0!?　スゴイ、スゴイ、スゴイ、スゴイよ！　やったぁあっ！」

「あの……そういうの、女の子にやってくれませんか……本当に、申し訳ないんですけども……ノーサンキューなんで……」

パッと、俺から手を放して。

顔を真っ赤にしたラピスは、あわあわと口を動かしながら「ご、ごめ！　ち、ちがくて！　あ、あの！　おり！　おりる！」と暴れ始める。

あまりに暴れるので、仕方なくラピスを下ろすと、腰が抜けたままの彼女は無防備な姿で地面に横たわった。

「…………」

「え？　どこ見て」

どこかで引っかかって破れたのか。

スリットが入って丸見えになった太ももを見ていると、赤面したラピスはバッと両手でそこを押さえ、俺は上着をかぶせてから彼女を抱き上げる。

「んじゃあ、帰るか」

「う、うん……」

閉ざされた非常口の扉を蹴り壊していると、彼女は、俺を見上げてそっとささやく。

「君、さ」

「ん？」

「名前……なんて言うの……？」

ようやく、扉が内側に開いて——光が差し込む。

気恥ずかしそうに、頬《ほお》を赤らめたラピスの金髪が、陽光に照らされ黄金の野原のように美しく輝く。

「山田《やまだ》」

俺は、爽やかな笑みを浮かべて囁《ささや》く。

「山田太郎《たろう》」

「タロウ……」

なぜか、彼女は、楽しそうにくすくすと笑う。

「男にも……君みたいなのがいるんだね……」

俺は、その不気味な発言は幻聴だと判断し、外へと続く階段を上りながら、コレでもうラピスの件は落着したと思い込んでいた。

堂々と偽名を教えてやったし、もう彼女とは関わることもないだろうと。

そう、思い込んでいたのだ。

＊

早朝、ランニングウェアを着て、ランニングを始める。

気持ちの良《い》い朝である。

朝日は輝き、小鳥たちは鳴き、世界はヒイロ以外を祝福する。

呼吸は二回吸って、二回吐く、テンポ良く。

「ふっ、ふっ、はっ、はっ……！」

引き金《トリガー》は引いてある。

強化された下肢。

蒼白《あおじろ》い魔力線が伸びた両足は、ぐんぐんと身体《からだ》を前に引っ張って、景色があっという間に流れ去っていく。

魔法の起点となるのは、魔導触媒器《マジックデバイス》。

だが、その魔法を如何《いか》に活用して増大させ、自分のものにするかは魔法士（エスコ世界における魔法使いの通称）の実力次第だ。

ゲーム的にいえば、能力値《パラメーター》である。

体力、筋力、魔力、知性、敏捷《びんしょう》。

エスコ世界における能力値は、この五種類だが、最も重要視される能力値は魔力である。

魔力は、魔法の基礎だ。

どれだけ強い魔導触媒器《マジックデバイス》、導体《コンソール》を手にしていても、魔法士の魔力がゴミでは光玉《ライト》を一発撃てば魔力切れ。

逆にいえば、どんなに弱いデバイスでも魔力が高ければ、一撃必殺の光玉も撃てる。

この魔力を上げるには、ひたすら、地味な鍛錬を繰り返すしかない。

この世界の外でコントローラーを握っていた時は『鍛錬』のコマンドを計画にセットして、その中から魔力強化を選べば良かったが、こうしてゲーム世界に来た今、効率よく魔力を上げるには魔力強化ランニングが必要だ。

身体強化系統の導体を付けて、下肢の強化に注力し、ランニングをしているだけではあるが――

「うわっ、なに、あの人、はやっ!?」

「魔法!?　それにしても速すぎない!?」

徐々に、その効果は現れ始めていた。少なくとも、この早朝五時に、俺よりも速いヤツはいないらしい。

俺は、速度を落として、わざと二人組のランナーにぶつかる。

「きゃっ！」

「だ、大丈夫？」

少女が、一緒に走っていた少女に抱きとめられる。

「……ぁ」

「ご、ごめ……すぐ、離れるね……」

「ううん、べつに……もうちょっと、このままで……」

辻百合《つじゆり》、御免！

階段の手すりを飛び越えて、そのまま跳躍、思い切りショートカットをかける。

公園内に着地。

俺の跳躍と着地を見ていた女性は、ぽかんとして、ヨガを中断していた。

走りながら、俺は、今後の計画に思いを馳《は》せる。

本番は、学園入学後だ。

とりあえず、死亡フラグまみれの学園編に備えて能力値を上げる。コレは必須事項だ。

原作ヒイロみたいに犬死にしたくないし。

お邪魔キャラのヒイロは、全プレイヤーのヘイトを一身に受け止める存在だが、能力値自体はそんなに悪くない。

悪いどころか、良いと言ってもいい。

装備している九鬼正宗《くきまさむね》は、運用次第で終盤戦にも通用する。ヘイトを集める存在ゆえか、体力がずば抜けて高く、名家、三条《さんじょう》家の血筋を継ぐ男だけあって魔力の伸び代は大きい。

まともに鍛えれば、ラスボス戦でも活躍できただろう。

まぁ、大概、その前に死ぬんですけどね(笑)。

というわけで、能力値《パラメーター》上げに勤《いそ》しめば、突発的なヒイロ死亡イベントはどうにかできるだろう。

能力値上げの次に重要視されるのはスコア上げだが、コレはもう諦めた方が良《い》いかもしれない。

あれから、何度かダンジョンに潜ってはみたものの、スコアは0点で固定されて微動だにしない。なにをしても上がらない。

スコア評価機関に問い合わせしたら、直《す》ぐに切られて数秒後に着拒された（普通に泣いた）。

たぶん、ヒイロのスコアは、今後、上がることはない。

スコアが、本当に大事になってくるのは学園入学後だ。なにかしら、抜け穴的なものを見つけて、スコアを上げなければ、ありとあらゆる弊害を受ける。

つーか、そろそろ、炭酸抜きコーラ以外の飲み物を飲みたい。泣くぞ。

能力値とスコア以外で重要になってくるのは、ヒロインの好感度くらいだが、今、彼女たちに絡むのは得策ではない。

もちろん、ヒロインたちの好感度を上げれば、ラピスのような『絶対ヒイロ殺すウーマン』の襲撃を避けられる可能性も出てくる。

だが、その過程でヒイロが『百合《ゆり》の間に挟まる男』判定を受ければ、この世界は、どのようにしてヒイロを処理するかわからない。

急にラスボスが降ってきて、GAME OVERとか普通に有り得る。いや、本当に有り得る。他人のアイスを食うだけで、キルスコアの加点に貢献できるヤツだぞコイツは。

それに、俺は、主人公とヒロインが結ばれる姿が見たいしな。陰ながら、百合の花に水をやるポジションがベストだ。

というわけで『しょうぶしろ、しょうぶ！』と付きまとってくる勝負大好きエルフと縁を切ることが出来て良かったのだが。

「………………」

俺は、ちらりと、樹上に隠れているエルフを瞥見《べっけん》する。

濃緑のローブとフードで姿を隠した美少女《エルフ》が、点々と、俺のランニングコースに配置されていた。

彼女らは、魔導触媒器《マジックデバイス》を通して連絡を取り合っている。

なんだ、あの不気味なエルフの監視網は……？

げんなりしつつ俺は、白昼堂々と鼻メガネを付けて、双眼鏡でこちらを監視するメイドを見つける。

「…………」

いや、アイツも、なんなんだよ！　しつこい水汚れみたいに、ずっとくっついてくるんだけど！

俺は、一瞬で詰め寄って、メイドの鼻メガネを取り去る。

「おいコラ、ミス・鼻メガネ」

「こちら、メイド・デルタ。はい、変装してるのでバレてません。ふふ、あの男、間抜けですよ」

「聞こえてんのかオラ、鼻メガネに聴覚が付属してんのか」

「ふふ、バレてません」

「バレとるだろうがァ！　眼前現実逃避はやめろ！　かくれんぼで見つかってないとか言い張って、ひとり取り残されて号泣するタイプのガキかお前はッ！」

白髪のメイドは、俺から鼻メガネを奪い取り、とっとこ逃げていった。

ため息を吐《つ》き、俺は、エルフ集団に見張られながらランニングを再開した。

ヤバい気がする。本来のヒイロは、嫌われ者で、誰も寄り付かない人間の筈《はず》なのに。百《ゆ》合《り》の間に挟まってるわけでもないのに、なんで、こんなに注目浴びてんだコイツ。もうちょっと、ヒイロらしくしとけばよかったか。まぁ、無理だが。

「あちー……」

俺は、二時間ほどランニングをしてから、三条《さんじょう》家の別邸に戻る。

とりあえず、シャワーだシャワー。冷水を飲みたい。道中、スコア払いの自販機しかないから、炭酸抜きコーラしか飲めてない。喉が潤いを求めてる。炭酸抜きコーラ以外のものを補給したい。飲めるなら百合を飲みたい。

俺は、玄関扉を開けようとして――

「遅い」

「うおっ!?」

眼前に落ちてきた金色、驚愕《きょうがく》で飛び退《すさ》る。

目の前に下りてきた芸術品、いや、エルフのお姫様……ラピス・クルエ・ラ・ルーメットは、涼し気なワンピース姿で髪を掻《か》き上げる。

「許可もなく、二時間も走らないで。ずっと、外で待ってたんだから。ご令嬢《レディー》を待たせっ放しって紳士《ジエントル》がすることじゃないよ。連絡くらいすればいいじゃない。御影弓手《アールヴ》たちの綿密なチームワークによる報連相がなかったら帰ってたよ」

「……………」

絶句する俺の胸をつんつんと突《つ》いて、青筋を立てた彼女は詰め寄ってくる。

「わたしから逃《に》げ果《おお》せると思ったのかな～、三条燈色《さんじょうひいろ》くぅん。あぁ、違った、爽やかスマイルで偽名を教えてくれた山田太郎《やまだたろう》くんだっけ～？」

ラピスは「ふんっ」と、蹴飛ばした荷物で俺の膝頭を叩《たた》く。

「舐《な》めないでよね、君の個人情報くらいは簡単に調べられるんだから。スコア０の男でダンジョンに立ち入ることの出来る貴族なんてそうそういないし、お付きのメイドさんのことを調べたら直《す》ぐにこの家のこともわかったし」

呆気《あっけ》にとられる俺の前で、美しい金髪を翻したお姫様は微笑《ほほえ》む。

「わたし、今日から、ココに住むから」

「……は？」

荷物を持ち上げた彼女は、我が物顔で三条家の別邸へと入っていく。

「ね～？　君の部屋って、うえ～？　わたし、二階の角部屋で、君の隣の部屋の方が良《い》いんだけど～？　そっちの方が都合いいでしょ～？」

「……はぁ」

俺は、一瞬、呆《ほう》けて――

「はぁあああああああああああああああああ!?」

慌てて、彼女を追いかける。

キャリーバッグを引いて、ラピスは、ずんずんと家内に侵入する。

見事なまでの我が物顔である。久しぶりに実家に帰ってきたみたいな感じで、彼女は、きょろきょろとエントランスを見回した。

エントランスには赤絨毯《じゅうたん》が敷き詰められ、二階へと螺旋《らせん》階段が続いている。

螺旋階段とエントランスは、廊下に挟まれており、壁には古今東西の絵画が飾られている。

廊下に飾られている絵画は、本物かどうかは知らないが、葛飾北斎《かつしかほくさい》の『富嶽《ふがく》三十六景』、グスタフ・クリムトの『接吻《せっぷん》』、ヨハネス・フェルメールの『真珠の耳飾りの少女』……その横に俺が貼った、な◯り先生の『ゆる◯り』のポスター。

ラピスは、顔を近づけて、じーっとポスターを見つめる。

「……なにこれ？」

「神が創り上げ給《たも》うた芸術作だが。俺の中のルーヴル美術館に飾ってある。我が原風景と捉えて頂いても構いません」

「ふーん、こういうのが好きなんだ……へー……」

「あ、おい！　だから、待てってって！」

ゴロゴロ、ゴロゴロ。

キャリーバッグを転がしながら、ラピスは廊下を突き進み、ダンスパーティーが開けそうな大広間に辿《たど》り着く。

基本的に、三条《さんじょう》家の別邸では、ココで食事を取るようになっている。巨大なダイニングテーブルを瞥見《べっけん》し、掃除に励んでいたメイドたちに目をやってから、ラピスはどんどん奥へと進んでいく。

大広間のある一階には、娯楽室、書庫と読書室、ギャラリー、視聴覚室、応接室と化粧室が二つ。渡り廊下を挟んで、大和室、洋室と風呂（温泉）が二つに、化粧室と収納部屋が三つに客間が五つ。

一階のありとあらゆる部屋を巡ったラピスは、それらの場所を確認しては俺に「ココは、なにに使うの？」と聞いてくる。

懇切丁寧に俺が「本日の営業は終了しました。おかえりください」と笑顔で答えると、彼女はメイドへと同じ質問を繰り返し、回答を得てから二階へと上がっていった。

二階は、客間がメインである。

客間は、和と洋、遊び心を出したのか、中華の雰囲気のある部屋もある。

そんな客間が一ダースほどあって、娯楽室と風呂（温泉じゃない）、化粧室がぽんぽんと配置されている。

「ヒイロの部屋、こっち？　それとも、あっち？　わたし、その隣にする」

笑顔の俺が玄関の外を指すと、ラピスはメイドに尋ねて「ココがヒイロの部屋なら、わたしはこっちね」と勝手に荷物を運び入れる。

キャリーバッグから解放されたラピスは、せいせいしたと言わんばかりに伸びをし、今度は三階へと上がっていく。

三階は、塔のような造りの星見台だ。

天文台にあるようなバカでかい望遠鏡が設置されていたので、星を見ろという雰囲気をビシバシ感じる。

星見台に行くには梯子《はしご》を上っていく必要があるのだが、その梯子に手をかけたラピスは俺へと振り返る。

「今日、わたし、スカートだから。先に行ってくれる？」

「なら、俺のズボン貸してやるよ」

無言で、げしげしと蹴られ、俺は仕方なく先に星見台に上る。

「うわぁ！」

後から上ってきたラピスは、ぐるりと自分を囲んでいる球状の天窓から一望できる青空と街並みを見つめ歓声を上げる。

元々、星見台は、二人も人が上がれば一杯一杯なので、後から上ってきたラピスと俺の腕と肩は触れ合い、ふわりと、彼女の香りが漂ってくる。

制汗剤なのかシャンプーなのか。

そんなことは知らないし、当の本人に聞けるわけもないのだが、男の汗臭さとは程遠い良い匂いがする。男の俺との触れ合いに対して、お姫様は特に思うことはないのか、彼女は笑いながら景色を堪能していた。

いや、なんだコレ、おかしいだろ。俺の知ってるラピスは、ヒイロと触れ合う時はヤツを殺す時と弁《わきま》えている立派な武士《もののふ》だぞ。そもそも、高スコアのエルフのお姫様が、スコア0の男とくっついてる現状がおかしい。

もしかして、ダンジョンで共闘しているうちに、俺のことを友人かペットか何かだと思い込んでしまったのだろうか……由々《ゆゆ》しき事態に、俺は冷や汗が止まらず、どうするべきかと頭を巡らせていた。

「ヒイロ」

至近距離で、綺麗《きれい》な碧《あお》い瞳が俺を捉えている。丈の短いワンピースの隙間から、健康的に日焼けした太ももが覗《のぞ》いていた。

体育座りをしたラピスは、陽光を吸い込んだ金色の長髪を肩に流し、こちらを見つめながらはにかむ。

「次は庭？　案内して？」

「いやいや、待って待って。今日から、ココに住むって言ってたけど冗談だよね？　小洒落《こじゃれ》たジョークだよね？　なにがどうなって、男なんぞと同棲《どうせい》宣言かまそうと思っちゃったの？　女の子と暮らして良《い》いのは女の子だけって、道徳と倫理の授業で習わなかった？」

「だって、一緒に暮らせば、いつでも勝負できるでしょ？」

「……は？」

想像の埒外《らちがい》にあった回答に、俺は、思わず口を開けて呆《ほう》ける。

「わたしとヒイロって、今のところ、実力が拮抗《きっこう》してるじゃない？」

「なんだ、その『じゃない』って。軽々しく、スナック感覚で同意を求めてくんな。俺とお前は、全くもって実力が拮抗してねぇよ。その実力差は大差つけてコールドゲーム、俺は号泣しながら甲子園《こうしえん》の土を持って帰るからお前も帰れよ」

「だから、君と決着が着くまでは、一緒に暮らそっかなって。そっちの方が、勝負しやすくて楽だし」

「マジかよ、俺の長台詞《ながぜりふ》、一から十まで聞いてないじゃん……下々の者は、反論どころか口を開くことすら許されないのか……」

「はい、じゃあ、説明終わり！　庭、案内してくださーい！」

頑として聞き入れないラピスの前で、俺は、がくりと項垂《うなだ》れる。

「……庭見たら、お願いだから帰ってね？」

答えずに微笑《ほほえ》んだまま、こちらを見つめるラピスは魔性そのもので、この年齢で既に人を誑《たぶら》かすことを覚えているようだった。

俺とラピスは、三階から二階、一階へと下りて庭に出る。

別邸に備わっている庭は、庭と言っても良《い》いのかと疑うくらいに広い。

なにせ、住み込みのメイド用の家が一棟、戦闘訓練用の訓練場にシャワー室（俺しか使わないのに、シャワーが一ダースくらいある）まである。

鯉《こい》がうようよいる池のある庭園に、一階から渡り廊下で繋《つな》がっている露天風呂、魔導触媒《マジックデバイス》が飾られている武器庫、閂《かんぬき》が付けられた物置。

別邸全体の見かけは、武家屋敷風といったところか。

家紋の付いた大門は立派だし、対魔障壁が張られた塀の迫力は大したものだ。

この別邸は、世継ぎのレイのものであり、俺は飽くまでも期限付きの貸し出しを受けている身に過ぎない。レイの住む本邸はもっと凄《すご》いので、三条《さんじょう》家の権力の凄《すさ》まじさがわかる。

さて、そんな別邸が丸ごと、俺ひとりのために用意されている。

当然、持て余す。

このクソ・百合《ゆり》の間に挟まる男ことヒイロくんである俺でさえ、どう扱えば良いかわからず困っているのだ。

誰かと、この不安を分かち合えたら。

そう思っていた。

そう……思っていたが……。

「案内、ありがと。ちょっと狭いけど、気に入った。わたし、日本、大好きだし。こういう雰囲気の家、住んでみたかったんだよね」

「………」

誰も、百合ゲーのヒロインと同居したいとは言ってない。

「はい、搬入します！　搬入しまぁす、退《ど》かないヤツは轢《ひ》き殺しまぁす！」

「やったぁ、あたし、一階の隅の部屋ぁ！　げっとぉ！」

「うっわ、ずるっ！　じゃあ、ボクは、二階の窓付きのとこにしよっと」

「…………」

誰も、御影弓手《アールヴ》とかいうラピスの護衛十二人（全員、美少女エルフ）と暮らしたいなんて言ってない。

「ねぇ、ヒイロさ～ん？　シャンプーって、どれ使っていいんすか～？」

「…………」

初対面にもかかわらず、勝手に風呂に入って、素っ裸でシャンプーの使用許可を得ようとしてくる凄腕《エルフ》と同棲《どうせい》したいなんて言ってない。

「ね、ヒイロ、まずはこの家のルールとか教えてもらえる？　別に侵略するつもりはないし、上手《うま》くやれれば良いと思ってるから。とりあえず、わたし、シャワー浴びて来るから。先に部屋で待ってて」

「…………」

「姫様～！　なんか、ココ、隠し通路あるよ隠し通路～！　お城と比べたら狭いけど、仕掛けがいっぱいで楽しいよ～！」

「…………」

「ヒイロさ～ん？　聞いてんすか～？　シャンプーっすよ、シャンプ～？」

「…………」

「あとね、ヒイロ、わたし、ベッドじゃないと寝られないの。でもやっぱり、せっかく住むからには和室が良《い》いじゃない？　私室と寝室、分けても良いかな？　別に良いよね？やったー、ありがとー！」

「…………」

俺は、無言で外に飛び出して、魔力で下肢を強化する。

そのまま、夕焼け空へと飛び出して——

「エロゲじゃねぇか！」

叫んだ。

俺は、着地して叫ぶ。

「エロゲじゃねぇかァ！」

そのまま、拳で地面を叩《たた》く。

「エロゲのオープニングじゃねぇかァア！」

ぜいぜいと、息を荒らげながら、俺は公園へと移動してベンチに腰を下ろした。

おかしい。

俺は、裡《うち》に渦巻く疑問を吐露する。

コレじゃあ、エロゲじゃないか……どうして、こんなことに……百合《ゆり》ゲーなのに、なぜ、男《ヒイロ》を中心にイベントが巻き起こるんだ……わけもわからず、引っ越しの手伝いをしてたら、もう夕方だし……どう考えても、間違えて、風呂場の扉を開けて『きゃー、の○太さんのえっちー！』とか起こるヤツだろコレ。

ひとり、ベンチに腰掛けて涙を流す。

俺は……俺は……一体、どこで間違えたんだ……ただ、俺は、彼女たちの儚《はかな》い恋心を見守りたかっただけなのに……百合ゲーのモブキャラに転生して、教室の隅で『うふふ』とか笑いながら、百合を眺めていたかっただけなのに……。

落ち込んでいた俺は、ハッと、正気を取り戻す。

いや、今の俺に落ち込んでいる時間はない。

『一緒に暮らせば、いつでも勝負できるから』とかいう意味のわからない理由で、俺と暮らし始めるエルフのお姫様はさておいて。

お姫様《ラピス》が俺と一緒に暮らすということは……『アレ』も、一緒に来る筈《はず》だ。

最悪のシナリオが脳裏をよぎって、ぞくりと怖気《おぞけ》が奔《はし》った。

現段階の俺が、アレと接敵した場合、恐らく勝率は1%もない。勝負にすらならないだろう。一蹴される。ありとあらゆるパターンの戦術を試しても、彼女に勝てる道《ルート》はひとつもないだろう。

接触したら、終わる。

ヒイロを敵視し、全自動で、百合《ゆり》の間に挟まる男を屠《ほふ》る断罪者《スレイヤー》……勝ち目がないのなら、避けて通るしかない。

最悪なのは、ラピスの居ない時にアレと接触することだ。

初対面《ファーストコンタクト》は、ラピスを介して、それも友好的な場面で戦闘意思がないことを示した状態でなければならない。

戦うなんて、以《もっ》ての外だ。

だとすれば、本日の夕食時、か……？

俺は、腕時計を確認して愕然《がくぜん》とする。

マズイ！　今すぐにでも、この世界で最も腕の良い《い》シェフを呼ばなければ！　白いコック帽が、世界一似合うコックを！　三条《さんじょう》家の権力をフルに使って歓待しなければ！　俺の命が危ない！　ヒイロは死ねッ！

急いで、俺は、立ち上がり——ぞくり。

寒気。

どこからか、魔力が立ち昇っている。

達人の間合い。

間合いに……入ってしまっている。

視線が、俺を貫いている。一歩も動けず、そこに釘付《くぎづ》けにされる。だらだらと、冷や汗が垂れ流しになって、全身が危険を呼びかけていた。

銀色。

銀色の危難《タブー》が、立っている。

銀色の長髪、和と洋を合わせた戦闘服、身の丈を超える長刀を脇に従えて。美しい長身の美女《エルフ》が、爛々《らんらん》と輝かせた蒼色《あおいろ》の瞳で、一直線に俺を射抜《いぬ》いていた。

殺気が、針のように、俺の肌を刺し貫いている。

夕暮れの赤紅に、銀色の美が顕現している。

彼女は、すらりと長刀を抜き放って鞘《さや》を放り捨てた。

「ラピスを倒した強者と聞いています」

鈴の音を思わせる美しい声で、彼女はささやいた。

「立ち合いましょう」

からん、からん、と。

鞘《さや》が、地面に落ちる音がして――彼女の瞳が、蒼《あお》く、白く、開く。

「三条燈色《さんじょうひいろ》。私は、貴方《あなた》に――」

今、最も逢《あ》いたくなかった最強《アレ》は、静かに口端を曲げた。

「興味がある」

あ、死んだ……。

立ち尽くした俺の頭の中に、目の前の彼女を表すひとつの問いが浮かんだ。

エスコ世界の最強は誰か――？

開発チームからの問いかけに対して、ユーザーが出した答えはひとつ。

アステミル・クルエ・ラ・キルリシアである、と。

ミドルネームに位置する『クルエ・ラ』は、エルフの世界では氏族名を意味する。

彼女は、エルフの王国『神殿光都《アルフヘイム》』の姫たるラピス・クルエ・ラ・ルーメットと同じ祖先をもつエルフである。

ラピスの師匠《せんせい》であり護衛、エルフ界最強の戦士、この世界における魔法士の最高階位『祖』の保持者だ。

彼女の強さは、近距離、中距離、遠距離……全てをカバーして、なお、余りある戦闘に対する柔軟性である。

原作ゲーム観点でいえば、近距離戦には『体力』と『筋力』、中～遠距離は『魔力』『敏《びん》捷《しょう》』『知性』の能力値《パラメーター》が必要とされている。

エスコ世界におけるエルフは、『魔力』と『敏捷』が上がりやすいが、『体力』と『筋力』は上がりにくい。

そのため、エルフは、近距離戦を不得手とする筈《はず》だった。

筈だったが、このアステミル、全部、上がる。めっちゃ上がる。

一日の終わりに、主人公と行動を共にした仲間も、選択した鍛錬内容に応じて能力値が上がるのだが……なぜか、『魔力』を上げる鍛錬をしてるのに、一緒に『体力』と『筋力』も上がる（プレイヤーは、この現象を『コソ練』と呼んでいた）。

初めて見た時、俺は、バグかと思った。

エスコはヌルゲーなので、主人公の能力値は、特に意識しなくてもどんどん上がる。だが、その成長速度を上回る形で、アステミルの能力値はどんどこどんどこ上がっていく。

恐怖すら覚える成長速度。

しかも、彼女は、加入時に『宝弓・緋天灼華《イリオヴアスイレマ》』まで持ってくる。チートにチートで、お腹《なか》いっぱいである。主人公を置いてけぼりに、雑魚敵がなぎ倒されていく光景は、ゲームバランス崩壊の恐れを抱かせた。

コイツ！　F○タクティクスの剣聖と同じ立ち位置のやつだ！

俺は、大急ぎで彼女をパーティーから外したが、その必要はなかった。

なぜ、彼女がこんなにも強いかといえば、お助けキャラだったからである。

仲間になって戦ってくれるのは序盤のみで、とあるイベント以降に永久離脱し『宝弓・緋天灼華』はラピスへと受け継がれることになる。

そりゃあ、こんなに強い筈だよとホッとしていたのだが、逆説的に、序盤で彼女以上に猛威を振るう存在はいないとも言える。

例によって、アステミルは、ヒイロを目の敵にしている。

アステミルが活躍するのは、序盤《さや》、ルート分岐前のラピスとのイベント内であるが、その短い間でも、ヒイロの顔面を鞘で破壊するわ、ヒイロのことを膾《なます》切りにするわ、三条家《さんじょう》の別邸を襲って爆発四散させるわ。大活躍も大活躍で、プレイヤーからは、断罪者《スレイヤー》と呼ばれ人気を博していた。

さて、そんな断罪者のことをアレ呼ばわりしていたわけだが。

なぜ、名前を呼んではいけないあの人みたいな立ち位置に置いていたかと言えば、下手に名前を出せば出現フラグが立つと思っていたからだ。

ラピスの護衛なのだから、彼女の傍《そば》にいるのは当然のことだが、出現フラグを満たさずに序盤を乗り切れるんじゃないかと思っていた。

が、今。

俺の目の前には、最強の名を冠する鬼神が立っている。

彼女が構えている身の丈を超える長刀。アレは魔導触媒器《マジックデバイス》ではなく、彼女が『無銘墓碑』と呼んでいるただの日本刀である。

彼女の魔導触媒器は、『宝弓・緋天灼華《イリオヴアスイレマ》』だ。

無銘墓碑を構えているということは、まだ本気を出しておらず、様子見の段階であることを示していた。

「…………」

まぁ、この女性《ひと》、剣術もバケモノレベルなんだけどね！　様子見もクソも、ヒイロごときに勝ち目なんてねーんだわ！

「……構えなさい」

構えたら死ぬだろ！　誰が構えるか、ボケ！

俺は、笑いながら、両手を挙げる。

「あの、よくわからないんですが、まずは話し合――」

殺気――来る――抜刀、引き金《トリガー》。

術式同期、魔波干渉、演算完了。

導体《コンソール》、接続……『生成：魔力表層』『変化：視神経』『変化：筋骨格』。

蒼白《あおじろ》い線が、鞘《さや》を走り抜けて、魔法が発動する。

発動、強化投影《テネブラエ》――蒼白い魔力で覆われた眼球が、剣閃《けんせん》を捉える。

思い切り、俺は、仰《の》け反《ぞ》って避《よ》ける。

髪の毛が数本、横一文字に切り裂かれ、風に乗って舞い上がる。

「今のを避けますか」

嬉《うれ》しそうに、アステミルは微笑《ほほえ》む。

俺は、魔力を下肢に回して、思い切り後ろに飛ぶ。

だらだらと、冷や汗が流れ落ちて、胸元へと落ちていく。

咄嗟《とっさ》に、引き金を引けたのは、僥倖《ぎょうこう》としか言いようがなかった。

どう考えても、喉を狙ってたよな。殺す気ですか。いや、もしかして、寸前で止めるつもりはあるのか。わからない。実力に差が有りすぎる。

血を払うように。

長刀を振ったアステミルは、笑いながら、こちらに歩いてくる。

「では、次」

あ、コレ、本気でどうにかしないと死ぬ。

俺は、思い切り、後ろに飛んで――鞘に刀を収めたアステミルが、背後に転瞬《ワープ》してくる。

いや、お前、いつの間に鞘拾ってきた⁉　ていうか、この段階で転瞬の導体持ってるのかよ⁉　居合キャラが、気軽にワープするな！　ヒイロ、死ねッ！

転瞬の前に、俺の両手は慌ただしく動き始めている。

数瞬の付け替え――『属性：光』『生成：玉』『操作：破裂』。

発動、光玉《ライト》。

俺とアステミルの間で、生み出された光玉が破裂する。

眩《まばゆ》い光線が四方八方に広がり、正面から、アステミルの両目に吸い込まれる。

目眩《めくら》まし、成功！

俺は、そのまま、背を向けて走り去ろうとし――殺気――咄嗟《とっさ》に転がる。

「うん」

目を閉じたアステミルは、チンッ、と刀を鞘《さや》に納める。

「ココまでは満点ですね。素晴らしい」

ずるっ……俺の背後にあった坂が、斬られてズレた。

斜めに断ち切られた巨大な坂がどんどんずれていって、凄《すさ》まじい衝撃が地面を通じて伝わってくる。

数秒、遅れて、俺の頬《ほお》から血が流れ始めた。

うあ〜ん、死ぬぅ〜！

二撃目が飛んでこないうちに、俺は必死に遁走《とんそう》する。

魔力は、全て、下肢に。

全力で踏み込み、蒼白《あおじろ》い魔力を噴出しながら、滑るように逃げ回る。出鱈目《でたらめ》な威力の斬撃が、追いかけてきて、俺のランニングコースは切り刻まれていく。

先生ッ！　ヒイロくんがいじめられてます！（先生からの答え：このクラスにいじめはありません）

「た、たすけて～！」

俺は、情けない声を上げながら角を曲がる。

壁を蹴ったアステミルが、スピードを保持したまま追いかけてくる。

「…………」

ドンピシャ。

待ち伏せた俺は、魔力を全て九鬼正宗《くきまさむね》に回し、全身全霊で上段から振り下ろす。

抜刀は間に合わない、殺《と》ッた――――！

カツン。

俺の刃《やいば》が、無銘墓碑の柄頭《つかがしら》に深々と突き刺さる。

「…………ッ!?」

こ、コイツ!?　抜刀が間に合わないからって、柄で受けやがった!?　どんな反射神経してやがる!?

「……すごい」

笑いながら、アステミルは、前蹴りを繰り出す。

「おごっ!?」

もろに喰《く》らって、俺は下がった。

距離をとった彼女は、天高く指先を持ち上げる。

「過ぎ去った懐慕を唄《うた》おう」

俺は、驚愕《きょうがく》で動きが鈍る。

なぜなら、俺は、理解している。

「天の蓋は閉じた、現《うつつ》の死は吟じた、人の世は綯《な》い交《ま》ぜた。國《くに》に誓おう、朋《とも》に約定を、己《おの》が信条はこの手に。さぁ、唄おう。皆で唄おう。神殿光都《アルフヘイム》の灯はそこに在る」

特別な魔導触媒器《マジックデバイス》は、固有の魔法を併せ持ち、その魔法は特有の引き金《トリガー》をもって発動する。

「我が祖よ、万理の射手よ、頒《わ》かち難き古《いにしえ》よ」

そう、それは――

「我が腕《かいな》に抱かれて導かれよ」

詠唱と呼ばれる。

「来たれ、宝弓」

魔力の奔流が、アステミルを包み込み、彼女の銀髪が逆立つ。

宙に浮いた彼女の背後の空間が断裂し、そこから『宝弓』が這《は》い出ようとしていた。

彼女は、無慈悲に、俺を指す。

「緋天《イリオ》――」

「あれ、アステミル、なんでこんなところで宝弓なんて出そうとしてるの？」

彼女の声が聞こえて、アステミルの魔力が収まる。

「ラピス……」

歩いてきたお姫様《ラピス》は、訝《いぶか》しむように、俺とアステミルを順に見る。

「なぜ、ココに？」

「なぜって……だって、この道、ヒイロのランニングコースじゃない。急に走りに出ていったから、迎えに行ってあげようと思って」

ラピスの背後に移動して、俺はニヤリと笑う。

アステミルは、ぽかんと呆《ほう》けて……片手で顔を覆い、笑い始める。

「なるほど、負けましたね。驚いた。私の想像を遥《はる》かに超えていった。まさか、宝弓まで使うことになるとは」

どうやら、アステミルも感づいたらしい。

真っ向から戦えば、俺が勝てないことは明白だった。

だから、俺は、勝つことではなく、負けないことを目指した。

死物狂いで身を護《まも》ることに徹して、丁度、三条家《さんじょう》の別邸と公園の中間地点となるココを目指した。急に飛び出した俺をラピスか御影弓手《アールヴ》が探すとしたら、まず、このランニングコースを辿《たど》るだろうと見当を付けた。

結果として、俺は賭けに勝った。

生きてるって……素晴らしい……！

「ヒイロ」

感動している俺を他所《よそ》に、アステミルが寄ってくる。

「貴方《あなた》には、類《たぐい》まれなる才覚がある。いずれ、私すらも超えるでしょう。だから、良ければ、私の——」

彼女は、美しい微笑《ほほえ》みを向けて、手を差し出してくる。

「弟子になりませんか」

………………はい？

＊

設定資料集によれば。

エスコ世界の魔法は、全て、技術という枠内で収まっている。

魔導触媒器《マジックデバイス》は、魔法士の引き金《トリガー》によって、魔波と呼ばれる同期信号を発する。

その魔波によって、魔術演算子（エスコ世界の架空粒子）との同期を行う。同期後、導体《コンソール》同士を繋《つな》いだ導線を介して構築された魔法陣（陣形で表現された入力信号）を発動。魔術演算子は、移送、捕捉、振動、分類、濃縮など、魔法陣による操縦《マニピュレーション》を受けて魔法を発動させる。

つまるところ、この魔導触媒器は、粒子に干渉を行うナノマテリアル技術の一種らしい。魔力とは、生体内の内因性魔術演算子量であり、魔導触媒器を介する魔法は、生体外の外因性魔術演算子に働きかける干渉要素に過ぎないとか、うんちゃらかんちゃら。

いや、そこまで凝るなら、突拍子もないダンジョンとかいうファンタジー要素入れるのやめない？

たぶん、開発者の中に、設定を考えるのが大好きなヤツが居たのだろう。

ある意味、カオスとも言えるこの百合《ゆり》ゲー。

開発チームの中には、百合大好きなヤツがいれば、ファンタジー大好きなヤツもいて。設定を考えるのが大好きなヤツもいれば、策謀渦巻く陰謀論者までも存在していたので、こんな闇鍋みたいなゲームになったのだ。

悪く言えば統一性がない、良く言えば奥が深い。

一部から、『こんなもん、百合ゲーじゃない』と言われるのも当たり前だ。道《ルート》によっては、ほぼ、百合要素ないし。

百合《ゆり》ゲーとして世に出しているにもかかわらず、三条燈色《さんじょうひいろ》なんて男キャラを創ったことからも、開発チームの頭のネジの外れ方が窺《うかが》える。

だが、このゲームにも良《い》いところはある。

このゲームでの努力は、確実に実を結ぶということだ。

「…………」

ただいま、朝の四時。

「う〜ん……気持ちの良い朝ですね、ヒイロ。少々、肌寒さを感じますが、ウォーミングアップすれば身体《からだ》も温まるでしょう」

正しい形で、努力は実を結ぶのかもしれないが――

「…………」

誰も最強《アステミル》を師匠として、朝四時に起床し、美少女たちと同棲《どうせい》しながら強くなりたいなんて言ってない。

「あの、すいません、ちょっと良いですか」

「はい、なんでしょうか……って、ちょっと、その前に」

昨日の戦闘服とは打って変わって。

可愛《かわい》らしいトレーニングウェアに身を包んだ銀髪のエルフは、後ろにくくった長髪を揺らしながら俺に指を突きつける。

「ラピスにも言っていますが、師弟関係に敬語は求めてません《ノットフォーミー》。弟子とは敬語抜きで語り合いたいんです」

「は？」

「敬語、禁止！」

なーに、くっちゃべってんだ、コイツ……。

俺の脳裏に、ありありと、ゲームでヒイロの顔面を潰すアステミルの姿が浮かぶ。

あの時の俺は、拍手喝采、口笛を吹いて高らかに国歌独唱したものだが……ヒイロになった今となっては、彼女の恐ろしさをわかっていることもあり、敬語抜きで語り合うなんて求めてません《ノットフォーミー》。

「いや、でも、アステミルさんも敬語使ってますよね……？」

「しぃ～しょ～ぉお～！」

頬《ほお》を膨らませたアステミルは、腕を組んで、ぷいっとそっぽを向く。

「師匠と呼ぶまで、返事、しませんから」

こ、コイツ……四百二十歳（人間換算：二十一歳）の癖に……自分のことをカワイイとでも思ってんのか……カワイイな、クソがァ……！　そういう態度は、運命の女の子相手に見せろやァ……！　俺にも、その様子をちょっとだけ覗《のぞ》かせてください……！

剣鬼のごとき凄《すさ》まじさはどこにいったのか。

『早く呼んでくれないかなぁ～？　まだかなぁ～？』とばかりに、こちらをチラ見してくる彼女は、ただのうざカワイイ女の子だった。

本来、アステミルは、警戒心の強いキャラクターである。

だから、無許可に不躾《ぶしつけ》に、ラピス《ラピス》へと近づくヒイロを敵視し続けていた。護衛としてパーフェクトなことに、自分と護衛対象の間に挟まろうとする男を取り除こうとしていたのだ。

今回の俺《ヒイロ》も、そのケースに当てはまる。

いや、だって、完全に挟まる感じじゃん？　ラピス、俺と一緒に住むって言ってるんだよ？　なんで、そこから、俺を弟子にする選択肢が出てくるの？

でも、コレは、好機かもしれない。

少なくとも、弟子になれば、アステミルという最強のカードを無効化できる。ヒイロの死亡フラグは、数え切れない程にあるが、アステミルと敵対する道《ルート》はあまりにもしんどい。

そのうち、運が尽きて確実に死ぬ。

正直なところ、ラピスもアステミルも、ヒイロごときに関わってほしくはない。

だって、それって、百合《ゆり》じゃありませんよねぇ!?　ねぇ!?

だが、今更、無理矢理《むりやり》追い出したところで、ラピスもアステミルも俺を追いかけてくるだろうし……三条《さんじよう》家の御曹司たるヒイロは、目立ちすぎて、隠れることも不可能だろうし……そもそも、シナリオの関係上、どうしたってふたりとの接触は避けられないのだ。最《も》早《はや》、受け入れるしかない。

「……し、ししょぉ」

なので、俺は、蚊の鳴くような声で彼女を呼んだ。

「え？」

目を輝かせて、アステミルは、くるっと振り向いた。

「なんて？　今、なんて、呼びました？　私のこと？　え？　なんて？　なんて、呼びました？」

う、うぜぇ……。

「し、師匠」

「はい！　はいはい！　師匠でーす！　はい、師匠でーす！」

うぜぇえええええええええええええええええ！　ぁあああああああああああああ！　うぜえええええええええええええええええ！

ぴょんぴょん、跳ねながら、アステミルは手を挙げる。

師匠として、弟子に情けない姿を見せていることに気づいたらしい。ハッとして、硬直した彼女は、こほんと咳払《せきばら》いをしてから頬《ほお》を赤らめた。

「す、少し、はしゃぎすぎましたね。なんですか、愛弟子《まなでし》」

『愛』を付けるな。まだ、はしゃいでるんだよ、ソレ。

「いや、呼べって言ったから呼んだだけだよ。稽古つけてくれるんでしょ？　よろしくお願いします、とか言った方が良《い》い？」

「おお～……！」

敬語抜きの命令を忠実に守り、意欲を出していることがお気に召したらしい。

嬉《うれ》しそうに、こくこくと頷《うなず》いたアステミルは長刀を抜き払った。

「では、まずは、ウォーミングアップから」

「……いや、待て待て待て。なんで、ウォーミングアップなのに、無銘墓碑を抜く必要が？」

笑顔で、彼女は、刃先を俺に突きつける。

「だって、準備体操に刃物は必要でしょう？」

「なに言ってるのかわかりません、脳筋の異文化でぶん殴ってくるのやめてください。まずは、現代日本の奥ゆかしいウォーミングアップ、ラジオ体操の勉強をしてから、修行に取り組みませんか師匠……？」

「では、行きます」

「弟子を置き去りにして、急にひとりで出発しないで!?　脳みそにインプットされてる修行手順書が筋肉で出来てんのかお前!?

いや、ちょ、ちょちょちょっと、待っ――」

ぁ、ぁ、ぁ……ぁあ～ッ！（死）

死ぬ思いで、どうにか、俺はウォーミングアップをくぐり抜ける。

まともに刀を振るったことのない素人相手に、笑顔で真剣を振るってくるエルフの化け物を相手取り、半泣きの俺はどうにか喰《く》らいついていった。なぜ、自分の首がまだ付いているのか、正直、よくわかっていない。

ご満悦のお師匠様は、倒れ伏す俺を前に息ひとつ切らさずに笑っていた。

「ヒイロは、体力がありませんね。コレは、今後の課題としておきましょうか」

お前が有りすぎるんだよ、このゴリラッ！　ヒイロの初期ステ、体力が突出してるのに、同じ運動量で息ひとつ切らしてないとかどうなってんだ！　開発者さん！　修正パッチが必要ですよ修正パッチ！

「ですが、最後まで喰らいついてくる意志の強さはグッドポイントですね。我がアステミル流では、『肉を斬らせて骨も断たせて私が勝つ』を旨としていますから」

「に、肉を斬らせて骨まで断たせちゃったら死ぬよね……？」

「死なないでください」

コレ、もう、ゴリラハラスメントだろ。

仰向《あおむ》けに倒れて、ぜいぜい喘《あえ》いでいると、ぴとりと冷たいものを押し付けられる。

スポーツドリンクだ。

微笑《ほほえ》んでいる師匠が、屈《かが》んで、こちらに笑みを向けていた。

「休憩がてら、座学に移りましょうか」

師匠、好きぃ……ゴリラなんて言ってごめんねぇ……！

「その後、直《す》ぐに再開で」

ひとりでドラミングしてろ、このゴリラがァ！

ひょいっと、片手で持ち上げられて、俺はベンチに座らせられる。

隣に腰掛けた師匠は、ちょいちょいと、手櫛《てぐし》で俺の乱れた髪を整える。

「ふふ……鍛錬中とは言え、少しくらい、見た目は気にしないといけませんよ」

そういうのは、女の子にやってくれ。

とか言いたかったが、俺の喉からは、喘鳴《ぜんめい》しか出てこなかった。

甲斐甲斐《かいがい》しく、師匠に介抱されていたせいもあってか、ようやく回復した俺を見て座学が開始される。

「ヒイロは、鍛える属性は『光』に決めているんですか？」

「うーん……正直、悩んでるんだよね」

属性……つまり、コレは、属性能力値《パラメーター》のことを指している。

体力、筋力、魔力、知性、敏捷《びんしょう》は、基礎能力値と呼ばれており、それとは別に魔法の威力や効果、場合によっては発動魔法にも関わってくる属性能力値というものが存在している。

　属性の内容自体は、オーソドックスなものだ。

　火、水、風、土、光、闇、無。

　導体《コンソール》には、火、水、風、土、光、闇の六種類が存在しており、それぞれを式枠《スロット》に嵌《は》めることで各属性の魔法を発動し、属性能力値を上げることができる。

　この六属性の導体を嵌めずに、魔法を発動した場合は、無属性の能力値が上がる。

　え？　だったら、無属性上げまくった方がよくね？

　そう思うだろう。俺もそう思った。

　しかし、このゲームにおける最弱属性は、まごうことなく無属性なのである。

　なぜかといえば、六属性（火、水、風、土、光、闇）は、発動した魔法に対して属性値が丸々乗るのに対して、無属性は、自分の無属性値に合わせた固定の設定値しか乗らないからだ。

　単純イメージで言えば、六属性は能力値×属性値の二倍ダメージ。

　対する無属性は、能力値×固定値の一・二倍ダメージ。

　しかも、その固定値はしょっぱいので、気が遠くなるような時間を使って無属性を鍛え続けても、多少の時間を費やした六属性より下の固定値しか乗らないなんてザラにある。

そのため、無属性は、補助程度に扱うのが無難である。

例えば、身体強化とか、咄嗟《とっさ》の魔力障壁とか、武器に対する魔力付与《エンチャント》とか。六属性は、式枠《スロット》を一枠埋めることになるので、魔導触媒器《マジックデバイス》のカスタムによってはお世話になることもある。

というわけで、今後上げていくのは、六属性のいずれかなのは確実。

九鬼正宗《くきまさむね》は、初期から、光属性の導体《コンソール》が嵌《は》まっている。

その流れなのか、ゲーム内のヒイロも、調子にノッて光属性の魔法を操ってたが、いや、〇ね、お前。

お前が、光属性なわけないだろ。光溢《あふ》れる百合《ゆり》の間に挟まるお前は、生粋の闇属性だが、無になって欲しいから無属性を使え。無に帰れ、つまり、〇ね。

さて、俺はといえば、何属性を鍛えていけばいいだろうか？

エスコ世界のセオリーでいけば、一属性特化か、メインとサブに分ける二属性あたりだが……ヒイロとお揃《そろ》いなのは死んでも嫌なので、光属性は避けて二属性を中心に組み立てるか。

「ヒイロは、光を鍛えれば良《い》いと思いますよ」

「はい？」

頭の中で、うにゃうにゃ考えていたら、思いがけないアドバイスが飛んでくる。

「剣術と光属性は、意外と相性が良いんですよ。転瞬《ワープ》も光属性と組み合わせると、光速移動できますし」

「いや、なんで？」

いや、それ、できるのあなただけね。魔力、足らないから。このゲームで光速移動し始めるチート、あんたくらいだから。

「いや、でも、俺、光は嫌な――」

「サブ属性はどうしますか？　なにか候補は？」

こ、この女ァ……！

師匠特権だと言わんばかりに、ふんすふんす言いながら、アステミルは寄り添ってくる。なんで、こんなに密着してくるんだと思うが、たぶん、俺の属性決めに夢中でなんにも気づいてない。

「水かなぁ」

「どうして？　りゅー、ぷりーず、ですよ？」

「水って、他属性との組み合わせがしやすいでしょ？　まぁ、他属性の組み合わせを考える場合、式枠3の九鬼正宗は、手放すことになるんだけど……でも、今後を見越せば水が最適解かなって」

「ヒイロは、よく考えてますね。えらいえらい」

「頭を撫《な》でるのとかは、全部、ラピスにやってもらって。あ、やる時は、俺も呼んでもらって、じゃなくて」

俺の頭を撫で続ける師匠を無視して、俺は続ける。

「俺、刀以外も使おうと思ってるんだけど……弓、教えてもらえない？」

「弓を？」

きょとんとして、アステミルは手を止める。

「普通の弓ですか？　魔導触媒器《マジックデバイス》？」

「普通の弓。暫《しばら》くは、九鬼正宗《くきまさむね》を使うつもりだから。俺の魔力量だと、魔導触媒器の二丁持ちはまだ無理だし、普通の弓を習って、中距離までカバーできるようにしておきたい」

アステミルは、どこか誇らしげに微笑《ほほえ》む。

「では、剣術と合わせて、弓術の習得も行いましょうか。我流にしてはよくやっていますが、ヒイロの剣術はガタガタだし、そもそも、あの魔力強化して行うランニングも、よくアレでココまで強くなれたなというレベルのものだし……まずは、鍛錬メニューを組み直す必要がありますね」

「おっしゃぁ！　そうと決まったら、まずは、三条家《さんじょう》に戻って作戦会議ですねぇ！　こうしちゃいられねぇッ！　直《す》ぐに帰りまし――」

がしっと、肩を掴《つか》まれる。

振り向くと、笑顔のお師匠様が立っていた。

「まだ、今日の鍛錬は終わってないでしょう……？」

「ひっ⁉」

「刀を抜きなさい……鍛錬メニューが決まるまでの間、楽しい楽しい実戦形式です……ふふ、この才能の塊、絶対にモノにしてみせる……」

「あの、本当に、今日は、もう無──」

その後、俺は、死ぬ寸前まで叩《たた》きのめされた。

用事があると言う師匠と別れて、ふらつきながら、三条家の別邸を目指す。

「とりあえず……シャワーだシャワー……血と汗と土を流したい……なんだ、あのバケモノ……付き合い続けてたら死ぬ……」

別邸に着いた俺は、訓練場に入って、そこからシャワー室へと移動する。

朦朧《もうろう》としていた俺は、とっとと裸になって、よく確かめもせずにシャワーカーテンを引いた。

「…………」

「…………」

そこには、全裸のラピスが立っていた。

彼女は、口元をわなわなと震わせながら、こちらを凝視している。

「…………」

俺は、ぼーっと、彼女の肌が桜色に染まっていくのを見つめていた。

「きゃ……」

彼女は、口を開ける。

「きゃぁあああ！」

はいはい、エロゲエロゲ。おもしろいおもしろい。

悲鳴を上げたラピスは、その場に座り込む。突風が吹いたと思ったら俺の喉元に刃《やいば》が突きつけられていた。

神殿光都《アルフヘイム》の姫たるラピスを守護する御影弓手《アールヴ》のひとり――ムーア・ハセンプトン・キールは、殺意で象《かたど》られた瞳で下から俺を見上げる。

影の手《シャッテ》と呼ばれる掌《てのひら》に隠せる小型の湾曲した刃……ムーアは徐々にその刃を俺の喉に食い込ませる。

他の御影弓手たちも次々に突入してきて、てんでばらばらの反応を見せた。

「なんだ、ヒイロさんっすか……走って損した。体力返して欲しい」

「さ、三条《さんじょう》燈色《ひいろ》！　あ、あなた、ついに姫様に手を出しましたね！　私、最初から、この男の顔面からはドスケベが漏れ出てると思ってたんですっ！」

ドタバタ騒ぎの中で、縮こまったラピスは、赤い顔で必死に両手を振る。

「ち、違うの！　わ、わたしが、勝手にシャワーを使ってて！　元々、この家にはヒイロしかいなくて、ヒイロ以外に使う人がいなかったから！　だ、だから、わたしが悪いの！」

「でも、姫様、ガッツリ全裸見られたわけでしょ？　事故だって言っても、神殿光都的にはどうなのって思っちゃうけどなぁ」

顔を見合わせるエルフたち。誰も、姫様が裸であることには興味がないらしい。

俺はムーアの影の手を指先でズラして、脱衣所のタオルをラピスに放り投げる。

「あ、ありがと……」

「まぁ、俺も、ラピスがココで暮らし始めたことは知ってたわけだしな。こういう可能性もあるって配慮すべきだったよ。もちろん、責任は取る。どれ」

腰にタオルを巻いた俺は、腹を出して正座し、九鬼正宗《くきまさむね》の刃先を臍《へそ》の辺りに当てる。

「切腹するか……」

「わーわー！　こっちが勝手に押しかけたんでしょーが！　なんで、ヒイロが腹、掻《か》っ捌《さば》く必要あるの!?　ばかばかばかばかっ！」

裸身にタオルを巻いた状態で、ラピスは懸命に俺を止めてくる。

百合《ゆり》を穢《けが》した者の不始末としては、至極当然の対応だったが、あまりにもラピスが必死だったこともあり俺は手を止めた。

許されてしまった俺は、シャワーを浴びてから大和室へと足を運ぶ。

灰色のビッグシルエットパーカーとショートパンツ。

部屋着に着替えていたラピスは、畳の間にぺたんと腰を下ろし、申し訳無さそうな顔でこちらを見上げていた。

その周囲に散らばっている御影弓手《アールヴ》たちは、ゲームをしたり化粧をしたり魔導触媒器《マジックデバイス》の手入れをしたり、思い思いに過ごしていたが、俺が入ってくるなりそれぞれ異なる反応を見せてくれる。

大体、半々と言ったところだろうか。

俺に敵意をむき出しにしているものと、俺に好意的な反応を見せるもの。

先程、俺に暗器を突きつけたムーアは、敵意どころか殺意を向けており、俺からラピスを護《まも》るように前に出てくる。その一方で、リーダーらしき金色の癖っ毛エルフ——ミラ・アハト・シャッテンは、手入れしていた弓から手を離して話しかけてくる。

「あ〜、ヒイロさん、さっきはお騒がせしてしまって申し訳ないっす。うちの若いのは、どうにも、刃癖が悪くて……直《す》ぐに、殺そうとしちゃうんすよねぇ」

この世界でのヒイロの命は、タンポポの綿毛より軽いから仕方ないね。

「いや、別に。ラピスの裸体を上から下まで、脳に焼き付けてしまった俺にも悪いところがあるし」

「なんで、そういう言い方するの!?　ねぇっ!?」

俺のことを嫌って、この家から颯爽《さっそう》と出ていき、美少女（出来れば、主人公）と幸福を掴《つか》んで欲しいから。

顔を真っ赤にしたラピスが食いついてくるが、無視してラピスの護衛たちを眺める。

御影弓手。

エルフの王国、神殿光都《アルフヘイム》の姫たるラピス・クルエ・ラ・ルーメットの十二の盾。

エルフの世界には、十三の氏族が存在しており、王の血筋たる『クルエ・ラ』を除いた十二の氏族から、最も強い者が御影弓手として選出される。

つまるところ、彼女らはエルフ界の卓越者《エリート》。

エルフといえば、弓と魔法のイメージが強いが、例外的に師匠《アステミル》のように近接戦を得意とする者もいる。

既に風呂場で我が身をもって経験済みだが、御影弓手の中には、影の手《シャッテ》と呼ばれる隠し短刀を用いる暗殺者じみた者もいる。距離を詰めれば勝てると思い込めば、容易に狩られることになるだろう。

彼女たちの最大の特徴は、『眼《め》』である。

導体《コンソール》を用いれば、動体視力や視神経の強化は可能だが、彼女らは素の状態で数キロメートル先を正確に見通す。その上で、普通の弓を用いて、その距離の先にいる敵対対象の目玉を精確に射抜くことも出来る。

所謂《いわゆる》、眺視。

森と共棲《きょうせい》する狩猟民族、エルフにとって、視力は何物にも代え難い武器のひとつである。その上、暗闇すらも見通すので、普段から暗視ゴーグルを着けているようなものだ。

加えて、彼女らは遠視鏡《レンズ》と呼ばれる長距離射撃用の魔法も用いる。その魔法を使われて、距離まで離されてしまったらほぼ勝ち目はない。

大量の矢の餌食になって、ゲームオーバーだ。

当然、御影弓手《アールヴ》は強キャラである。

ラピスの筆頭護衛たるアステミルとかいうチートがいるので、どうにも目立たないのだが実際のところはかなり強い。

『悪堕《お》ちルート』では、ラピス戦の前哨戦《ぜんしょうせん》として御影弓手の四人組が、三回に分かれて立ち塞がることになる。

いや、コレが、本当に強い。

ヌルゲーと呼ばれるエスコではあるが、『悪堕ちルート』は、他ゲームと比べても難しいとされている。ルート上の御影弓手も、かなりの強キャラとして設定されており、無策で挑めば敗北を喫することになる。

というわけで、俺としては、この御影弓手たちと敵対したくはない。

無駄死には御免だ。未来の百合《ゆり》のためと思えるような死因でなければ、俺は、到底この命を捧《ささ》げるつもりにはなれない。

ヒイロはキモクズカスの３Ｋ男ではあるが、主人公の盾くらいにはなるのだから、それまで命を保全しておくのは俺の義務とも言える。わざわざ、自ら進んで、主人公の盾の枚数を減らすのは百合に対する背信行為だろう。

「…………」

ムーアが俺のことを睨《ね》めつける。

強い殺意を感じる。このままだと、寝込みを襲われて殺されかねないだろう。

実際、ヒイロの死因はバリエーション豊かで多岐にわたり、御影弓手に殺されるパターンも当然のように網羅している。

もちろん、ラピスとヒイロが一緒に暮らし始めるなんて、地獄みたいなシチュエーションは原作に存在しないが、今回の風呂覗《のぞ》きにかこつけて、次の日の朝にはヒイロくんが目覚めないなんてことも有り得る。

ざまぁねぇな、カスがよぉ！　二度と起きるんじゃねぞ、タコがッ！

と、画面を通してこの世界を見ていた時の俺であれば、称賛の言葉を発していたに違いない。三角帽子をかぶりクラッカー鳴らして、祝勝のケーキを貪り食っていたところだが、前述の通り、俺は盾にもなれず無駄死にする気はない。

対策を立てる必要がある。少なくとも、殺されないくらいの好感度が必要だ。

なにが悲しくて、百合《ゆり》ゲー世界で、男の俺が女の子の好感度を上げないといけないんだよ……とは思うものの、最早《もはや》、他に方法がなかった。

「おや」

御影弓手《アールヴ》たちと見つめ合っていた俺の背後で、襖《ふすま》が開き、両手いっぱいに菓子袋を抱えたアステミルが入ってくる。

「なんですか、この不穏な空気感は。我が愛弟子《まなでし》と御影弓手の間で、謎のわだかまりが出来上がってますね。ふふっ、その原因、私にはすべてお見通しですっ！」

師匠は、ズバッと、俺たちに人差し指を突きつける。

「夕食のメニューが、唐揚げかハンバーグかで揉《も》めたんでしょう!?」

「平和な脳みそで羨ましいなぁ、本当によぉ!?　頭に鳩《はと》でも詰まってんのか!?　あぁ!?　鳩時計みたいに、口から鳩出して、時報鳴らしてみろやオラァ！」

「あぁ！　早くも、愛弟子がグレてしまいました！　最強の私でも、弟子の暴走は止められないということですかっ！　コレが、強すぎる者が背負う業《カルマ》！」

「……賑《にぎ》やかで羨ましい限りですね」

師匠の首をガクンガクン揺さぶっていると、その後ろからヒイロの妹……三条黎《さんじようれい》が現れる。

真冬の凍《い》てつく夜空を思わせる両の瞳。

艶《つや》やかに伸びる黒髪は、完璧と言って良《い》い程に整えられており、あまりの美しさにエルフたちも見惚《みと》れていた。

顔貌《かおかたち》と全身のバランスが良いせいか、立っているだけでも凛《りん》とした美貌が伝わり、彼女の纏《まと》う空気に場が支配される感覚すら覚えた。

「帰路の途中、タイ焼きを買うついでに拾いました」

「人の妹、拾い食い感覚で連れてくるのやめてくれません？」

「燈色《ひいろ》さん」

長い髪を掻《か》き上げて、彼女は俺を睨《にら》みつける。

「本邸にも、情報が流れてきています。たちの悪い諧謔《かいぎやく》じみた風聞だったので、この目で見るまで信じられませんでしたが、まさか本当に神殿光都《アルフヘイム》のエルフたちを別邸に連れ込んでいるとは……妾《めかけ》として囲うつもりですか？」

「はぁ？」

その言葉を聞き咎《とが》め、銀髪をもつ小柄なエルフ——シィ・プルアッテ・ライアーがレイに詰め寄る。

「なにそれ？　ボクたちだけならともかく、姫様のことも妾扱《めかけ》いしてるわけじゃないよね？」

ふっと、レイは口端を曲げる。

「エルフはエルフでしょう。ソレ以上でもソレ以下でもない。異界の痴《し》れ者が……我が物顔で、三条《さんじょう》家を彷徨《うろつ》くとは道理を弁《わきま》えなさい」

「……あぁ？」

ふたりは、睨《にら》み合い――俺は、その間に入る。

「はい、そこまで。レイ、心にもないことを言うのはやめろ。三条家ムーブは構わないが、変に誤解されるだろ。喧嘩《けんか》売りに来たわけじゃない筈《はず》だ」

「……偉そうに。どうせ、貴方《あなた》も同じ癖に」

ぼそりとつぶやき、レイは作り物の笑みを浮かべる。

「失礼いたしました、燈色《ひいろ》さん。仲裁、痛み入ります。が、私の用件は、貴方の不埒《ふらち》な噂《うわさ》をこの目で確かめる以外にありません」

「へぇ、そいつはおかしい話だな。三条家の問題児で女好き、三条燈色が、女を別邸に連れ込んだくらいで次期当主様がわざわざ確認しに来るって？　そんな日常茶飯事までチェックなされるなら、俺が、朝になにを食ったのかもご確認頂けるのか？」

「………」

自身の片腕を掴《つか》んだレイが顔を背けると、控えていた白髪メイドが前に出る。

「レイ様」

「控えなさい、スノウ。一介の従者が、三条家の問答に口を挟む気ですか」

「……失礼いたしました」

何者も信じない目。

初期の三条黎《れい》は、三条家の闇に足を引っ張られ、本心とは裏腹なことしか口に出そうとはしない。

なにか俺に会いに来る用事があるのは間違いないが、原作ゲームプレイ済みでも、その用事は類推できなかった。俺の知る限り、レイがヒイロに用事や相談事を持ちかけるイベントは存在しない。

百合《ゆり》ゲーのヒロインが、兄とはいえ男に会いに行くイベントとか嫌だろ。現在進行系で、俺は嫌だわ。でも、このまま放っておくとマズイ気がする。

思考を巡らせていた俺は、笑いながら口を開いた。

「レイ、お前、今日は泊まっていけ」

「……は？」

軽蔑の眼差《まなざ》しを送ってきたレイは、俺の顔を見てせせら笑う。

「成程、血の繋《つな》がりが薄い私にも手をかけますか。いずれ、貴方《あなた》であれば、やりかねないことだと思っていましたが」

それから、彼女は、哀《かな》しそうにささやく。

「……最初から、期待なんてしていなかった」

本来であれば、聞こえないくらいの声量だったが、俺の耳はその声を聞き取った。

だから、俺は、彼女を警戒させないように微笑《ほほえ》みながら距離を取る。

「ラピス」

「え、なに……？」

「この子、俺の妹の三条黎《さんじょうれい》。今日、お前の部屋に泊めてやってくれ。お姫様みたいに、丁重に扱ってくれよ。エルフ界のプリンセス様なら、おもてなしの心は理解出来てるだろ？」

「……誰が泊まると言いましたか？」

「俺。じゃあ、よろしく。ちなみに、お泊り会の様子は撮影して、後で俺に送ってくれるとむせび泣きます。土下座するのでお願いします」

「え、やだ……土下座しないで……？」

そう言うラピスの横で、ニコニコと見守っていた師匠は両腕を組んで頷《うなず》く。

「では、話も決まったことですし」

俺たちは、全員、師匠に連れられて別邸の訓練場に移動する。

「懇親会も兼ねて、バトルしますか！」

「……あ？」


三条家・別邸の訓練場。

見た目は剣道場そのもので、杉材で出来た床にはワックスがかけられており、壁には木剣や竹刀がかかっている。目の高さと足元の位置にある窓から差し込む夕日は、壁と床を夕焼けに染めている。

木剣と竹刀は、俺の知っているありふれたものではなく、すべて魔導触媒器《マジックデバイス》だった。見た目は普通の木剣と竹刀だが、式枠《スロット》が存在し、魔力で素材を細やかに変化させることが出来るらしい。

総勢十六人が入っても、まだ余裕がある程に広い訓練場の中心で、立ち尽くしていた俺は大声を張り上げる。

「おかしいだろうがァ！　俺の全身、もう、バッキバキのボッキボキだわっ！　懇親会も兼ねてバトルって、少年漫画かァ!?　ジャ○プかサ○デーかマガジ○かァ!?」

「コロコ○コミックです」

アステミルが涼しい顔で答えた。

「どこで連載してるかはどうでも良《い》いわッ！　アレだけボコボコにされた後で、くたくたで帰ってきたのに、バトル漫画に突入させられる少年の身にもなってみろ！　バトル続きじゃ読者が離れるだろ！　俺は奥ゆかしき日の本の民で、戦闘民族じゃねぇんだよッ！」

「もしかして、ヒイロ、泣いてるんですか？」

「泣いてるよ！　号泣だわ！　涙が止まらねぇ！　干からびる！　もうこうなったら、一億リットルの涙で、師を溺死させてやるわ！」

「でも、私、泳げますよ」

「俺の悲しみの中を泳ぐなァ……ッ！」

口を押さえた俺は、泣きながら、その場に蹲《うずくま》る。

「ヒイロ」

なにか、トラウマでも抱えているのか。

死んだ目で、俺に寄り添ったラピスは、震えながら右上の虚空を見つめる。

「アレになにを言っても無駄だから……わたし、姫なのに、あんなことやこんなこと……鍛錬で死ぬとか死なないとか超越してて……あ、ヤバ、フラッシュバックする……」

「ラピス、しっかりしろ！　楽しいことを考えろ！　例えば、今日、俺は……朝四時から鍛錬しかしてねぇ……あ、ヤバ、フラッシュバックする……」

ふたりで、ぷるぷる震えていると、レイは大きなため息を吐《つ》く。

「……バカらしい」

彼女は、訓練場から出ていこうとして――その背に投げつけられた木剣に反応し、振り向きざまにそれを掴《つか》み取った。

「………………」

その木剣を掴んだまま、レイは、ソレを投げつけた銀髪のエルフ――御影弓手《アールヴ》のひとり、シィを睨《にら》む。

「逃げんの？」

「逃げるの意味を――」

レイは、微笑を浮かべる。

「今から、その身をもって、教えて差し上げますよ」

いつの間にか。

俺の前に同じく御影弓手のムーアが立っており、こちらに鋭い視線を向けていた。

俺は、先ほど切られた首の傷を撫《な》でながら笑う。

「仲直りの握手でもする？」

「………………」

差し出した手を無視され、俺は、苦笑して手を仕舞《しま》う。

「では、懇親会と称しまして、三条家《さんじょう》と神殿光都《アルフヘイム》の親善試合を執り行います。親善試合とは言え、真剣味は帯びていて欲しいので勝者にはひとつの特権を」

指を立てた師匠は、微笑《ほほえ》む。

「三条《さんじょう》家側が勝利すれば、神殿光都《アルフヘイム》側はもう二度と彼らに敵意を抱かない。逆に、神殿光都側が勝利すれば、夕食のメニューに口出しする権利を得ます」

「えぇ〜？　なにそれ、あたしたちが勝っても、夕食メニューに口出せるだけ？」

「居候風情がおこがましいことを言うな。無駄な騒ぎを起こして、我儘《わがまま》に付き合ってもらってるのはコッチっすよ？　わかってる？」

リーダーであるミラの笑顔の問いかけに、文句を言ったエルフは言葉に詰まり、ぶつぶつ言いながら下がる。

「さて、普通にやれば、御影弓手《アールヴ》が勝って当然ですからね。ひとつ、ハンデを付けますか……ラピス」

トラウマで震えていたラピスは、アステミルの呼びかけに、正気に返って顔を上げる。

「三条家側で戦いなさい。レイとヒイロに付いて、ふたりで戦って良しとする。一本勝負で、御影弓手は一戦でも負ければ敗北で」

シィもムーアも、文句ひとつ言わずにその案を呑《の》む。

それは己の実力に自信があるということを示し、その自負は驕《おご》りでもなんでもなく、事実であると彼女らは表情で物語っていた。

「私は槍《やり》を使わせて頂きますが、よろしいですか？」

「もちろん、構いませんよ」

レイは、壁にかかっていたタンポ槍を手にする。

くるくると回転させながら、振りと突きを確かめた彼女は脇の下で槍を止める。その軽やかで鮮やかな動作に、俺とラピスは驚嘆の息を漏らした。

さすが、四ヒロインのうちのひとり……手慣れたもので。

じっと、レイを見つめていると、笑顔で睨《にら》まれる。

「なんでしょうか？」

「いや、勝てそうかな？　って。どう？」

「勝てないでしょうね」

あっさりと、レイはそう言い切る。

「でも、それは互いに万全な状況で戦った場合の話です。この道場には、彼女らが得意とする弓はありませんし、ラピスさんを上手《うま》く使えば勝機も生まれるのではないでしょうか」

「そうか……頼むぞ、メイン盾」

「私、ラピス・クルエ・ラ・ルーメット、神殿光都のお姫様だからね？　次、メイン盾って呼んだら、二度と見れない面に拳整形するよ？」

満面の笑みで脅され、俺は、両手を挙げて降参する。そんな俺を見て、ラピスは、申し訳無さそうに目を伏せた。

「ごめんね、ヒイロ、こんなことになっちゃって。あの子たち、悪い子じゃないんだけど、過保護なところがあって……こっちから押しかけたのに、ホントにごめん」

「気にすんな、わかってるよ。こっちだって、お姫様の裸を鑑賞させてもらったし、おあいこってところだろ。むしろ、俺としては、あの子たちは好ましい。本当に。俺を敵視する彼女らに好意を抱いている」

ラピスが笑顔になる。

「それはそれとして、ここからは出ていけ。二度と戻ってくるな」

ラピスが真顔になる。

「いや、本当に、俺にも事情があるのよ。わかって。護《まも》りたいモノがあるのね、本当に、お前にこのままココに居られると本気で困——」

ぐすぐすと、音が聞こえてきたと思ったら。

「ひ、ヒイロ……そ、そんなに、わたしのこと嫌いなの……?」

両手の甲で目元をごしごし擦《こす》りながら、ラピスは泣き始める。

ぎょっとして、俺は、彼女を見つめた。

「わ、わたし、こっちの世界で友達なんていないから……ひ、ヒイロとダンジョンで、勝負したりするの楽しくて……ひ、ヒイロ、さ、最初に、わたし、酷《ひど》いこと言ったのに優しくしてくれるし……だ、だから、わたし……」

「じょ、冗談冗談！　嘘《うそ》嘘嘘ぉ！　全然、居着いても良《い》いよ！　問題なし！　大丈夫大丈夫！　泣かなくて良いから！　大丈夫大丈夫！」

　さすがに、ヒロインを泣かせるのは解釈違いだろ!?　俺の欲望の根源たる百合《ゆり》のためであっても、根幹となるヒロインが泣くのはダメッ！　勘弁してくださいッ！

　必死に泣き止《や》ませようとすると、彼女は涙目で俺を見上げる。

「ほ、ほんと……？　め、めいわくじゃない……？」

「もちろんもちろん！　迷惑じゃない迷惑じゃない！　迷惑通り越して、困惑してるから大丈夫大丈夫！」

「よかった……」

　よかったのか。

「で、でもね、ラピスさん。俺は、男であって、その、この世界での男の取り扱いっていうのは、貴女《あなた》もよくご存知《ぞんじ》の筈《はず》で、初対面時に俺相手にブチかましてましたよね？」

「あの時は、ヒイロのことをよく知らなかったから……男は警戒しろって、大叔母様《おおおばさま》にも言われてたし……でも、ヒイロを知った今なら大丈夫……」

　はにかんだラピスは、眦《まなじり》に涙を溜《た》めて、俺に綺麗《きれい》な笑顔を見せる。

「男も女も関係ないよ。ヒイロはヒイロでしょ？」

「ラピス……」

居座るために、良《い》い人ぶりやがって……いいから、出てけや……。

俺のなにがそんなに気に入ったか知らないが、ぼっちのお姫様に『お友達』扱いされた俺は、逃げ場がないことを知って覚悟を決める。

俺たちのやり取りを、槍《やり》を持ったレイは白けた目で見ていた。

「仲がよろしいことで。涙で濡《ぬ》れる友情ごっこが終わったのであれば、お姫様をこちらに預けて頂いてもよろしいでしょうか？」

「ちゃんと、エスコートしろよ。曲がりなりにもお姫様だからな」

「曲がりならなくてもお姫様だからね……？」

初戦。

シィが前に出て、レイとラピスが並んで相対する。

「ぐぇ～、ココ、弓とかないの？　刀か小刀か槍か薙刀《なぎなた》ぁ？　どれもこれも、ボクの趣味じゃないんだけどぉ？」

シィは木刀を手に取り、ラピスも迷ってから木刀を手に取った。

「ラピス、そう緊張するな。大丈夫だ」

俺が声をかけると、ラピスは嬉《うれ》しそうに微笑《ほほえ》む。

「攻撃は当たっても、たぶん、そんなに痛くない」

「後で、顔面、変形させてやる……！」

「両者、構え」

銀髪を翻したシィと、レイが視線を交わした。

「悪いけど、ボク、この世で最も苦手なのは手加減だから。次に苦手なのは、目の前で生意気な面してるヤツ」

「私もですよ、おチビさん」

「始めッ！」

突――レイの溜《た》めた槍《やり》が、凄《すさ》まじい勢いで迸《ほとばし》りシィに迫る。

それを。

「なっ!?」

事も無げに避《よ》けてみせ、木刀の腹を槍の柄の上で滑らせ、音もなく自身の体躯《たいく》すらも滑らせたエルフは――打った。

パァンッ！

小気味の良い炸裂音《さくれつおん》。

刀でその一撃を受けたラピスは、顔をしかめ、押し返そうとしたものの逆に引かれる。よろめいた彼女は、前に出たものの踏み出した足をとられて、思い切り引き込んだシィの側に勢いよく倒れる。

これでレイと一対一。

両目を光らせたシィは、腰に隠した刀を携えて猛烈な勢いで駆ける。いや、駆けると言うより跳ねた。

ダン、ダン、ダンッ！

たったの三歩で距離を詰め、猛禽《もうきん》のように飛んだシィは頭上から襲いかかる。その斬撃を槍で受けたレイは、顔を歪《ゆが》めながらも弾《はじ》き返し、素早く槍を回転させ死角から側頭部を狙う。

ひゅんっ！

風切り音、穂ではなく、石突きで。

反対方向から襲いかかった一撃に、シィは素早く反応し——それを膝で弾き飛ばし、くるくると側転しながら、踵《かかと》をレイに叩《たた》きつける。

「うっ！」

鎖骨に入ったが、レイは咄嗟《とっさ》に下がった。その反応のお陰か、浅い。

師匠は有効打とは認めず、立ち上がったラピスは、背後から銀色の影に猛然と襲いかかる。

だが、その打ち込みはド素人の付け焼き刃だった。振り向きもしなかったシィの足払いにかかり、すってんころりんとその場に尻もちをつく。

「大丈夫か、ラピス!?　俺の顔の前に、お前の尻が変形してないか!?」

「うっさい！　黙ってろ、ばかっ！」

「ばかって言う方がばかなんだぞ、ばーかっ！　ばーかばーか！」

本気で心配していたのに、罵倒で返された俺はショックで茫然《ぼうぜん》自失としていたが、事態は前へ前へと進んでいる。

レイは、目にも留《と》まらぬ速さで突きを放つ。

両目を見開いて。

速いッ！

その槍影《そうえい》は、さすがのエルフの動体視力でも捉えられな——かつん——シィが、木剣の先端でソレを受けて、レイは驚愕《きょうがく》で呆《ほう》ける。

その隙を見逃す敵ではなく、シィは、上段から振りかぶり——

「あらっ？」

俺の大声で物音を掻《か》き消されていたラピスが、シィの背後に忍び寄っており、倒れ込んだまま服を引っ張っていた。

よろけて、シィの剣閃《けんせん》はブれ、レイはその隙を突いた。

ほぼ同時に、互いの急所に有効打が入り、その場に静寂が訪れる。

「……引き分け、ですね」

わーっと。

最初から参加する気がない一部の御影弓手《アールヴ》が盛り上がり、両者に歓声を浴びせる。

「やるじゃん」

笑いながら、乱れた銀髪を直したシィは、レイに手を差し出した。

「凄《すご》い突きだった。非礼を詫《わ》びるよ。久しぶりに血が沸き立った、ありがとね」

無言で。

レイは、その手を握った。

爽やかな選手たちの握手は、女子同士ともなれば、百合《ゆり》を連想しなければ無作法というもの。

レイとシィがライバル関係に至り、将来的には恋人同士になったりする妄想をしていると……黒髪をなびかせたムーアが俺の前に立った。

「では、次」

木製の短刀を逆手で構えた彼女は、敵意を剥《む》き出しにして俺を睨《ね》めつける。

「おいおい」

俺は笑いながら、ムーアを睨《にら》み返した。

「そんな態度、取って良《い》いのかぁ？　これから、ボコボコにされるのによぉ？」

「わたしの後ろに隠れながらイキるのやめてくれる？」

ぐいぐいと、俺はラピスの横に引っ張り出され、互いに木刀を構えて並び立った。

「両者、構え」

俺とラピスは、構えを取り――

「始めッ！」

眼前のムーアが消えた。

「ヒイロ、後ろッ！」

咄嗟《とっさ》に、身を捻《よ》じりながら、木刀を振り回した。

運良く、その一刀は相手の一閃《いっせん》を捉える。

指先から腕にまで、衝撃の痺《しび》れが奔《はし》る。短刀による一撃とは思えない威力、思わず顔をしかめるが、お相手はそんなことを意にも介さない。

姿勢を低くしたムーアは、床を滑るようにして死角から斬撃を飛ばしてくる。

「うお、ちょっ、俺、し、素人なんですけどっ!?」

まともに、刀の振り方も教えてもらっていない俺は、下がりながら必死で身を守り続ける。ステップを踏みながら後退し、相手の攻撃をラピスへと誘導すると、その斬撃が緩まるのを確認し――笑った。

「ラピス」

「なに？」

俺がラピスにひとつの策を耳打ちすると、彼女は呆《あき》れたかのように微笑《ほほえ》んだ。

「卑怯者《ひきょう》」

「卑怯と百合《ゆり》は、幼少の頃から嗜《たしな》んでおりますので」

俺とラピスは、背を合わせ――

「ほう」

師匠が笑ったのと同時に、正面の俺へと、下段から切り上げが飛来する。

その瞬間、俺とラピスは回転する。

驚愕《きょうがく》で目を見張ったムーアの剣閃《けんせん》がよじれた。それを脇から叩《たた》いて、ラピスが攻撃を弾《はじ》いた瞬間、腕と腕を触れ合わせてテンポを取った俺たちはさらに回転する。

瞬間、俺は、腰で撓《た》めていた一閃を放った。

「…………ッ!?」

ぽんっと。

相手が攻撃を始めた途端、腕を叩いて、俺はラピスと入れ替わる。

「くっ……うっ……ッ！」

苦悶《くもん》の表情を浮かべたムーアは、背後を取ろうとするものの、俺とラピスはくるくると回転してそれを許さない。

腕と腕を絡めて、背中を密着させた俺たちは、防御と攻撃を分担していた。

それは、ラピスの護衛たる御影弓手《アールヴ》が、万が一にも主人《ラピス》に手傷を負わせられないという忠誠心を利用したもので。

「……卑劣漢ッ！」

初めて、感情を剥《む》き出したムーアに俺は微笑《ほほえ》みかける。

互いに、腕を叩《たた》きながら。

テンポ良く、リズムを刻み出した俺たちは、汗を飛ばしながら笑い合う。

満面の笑みを浮かべたラピスは、男に触れることに一切の躊躇《ちゅうちょ》がなくなり、楽しげに俺の腕を叩いたり引っ張ったりしながら回転し続ける。

それは、ある種の舞踏のようで。

お姫様をエスコートしたりエスコートされたり、夕焼けに染まった舞踏会で、俺たちはくるくると回り続ける。

そして、ついに。

「あっ」

ムーアの短刀が弾《はじ》かれ、懐が大きく開いた。

「ヒイロッ！」

凄《すさ》まじい勢いで回り、俺は、勢いよくガラ空きの胴を薙《な》――相手の絶望に染まった表情が見え――俺は、思い切り空振った。

「へっ？」

ラピスの間の抜けた声が聞こえて、短刀が俺の胴を叩く。

「一本」

師匠の宣言が聞こえ、御影弓手《アールヴ》たちは拍手喝采を上げる。

仲間のエルフたちにもみくちゃにされているムーアは、己の短刀を見下ろし、俺の木刀を見上げ、それから俺の顔を見つめた。

「もーっ！」

ラピスは、笑いながら、俺の腕をぽかぽかと叩いてくる。

「ばかばかばか！　あれ、当たってれば、絶対に勝てたんだから！　ばかばかばか！　今度、ちゃんと、埋め合わせしてよね！　ばかばかばか！」

「痛い痛い、すいません、足が滑っちゃって……痛い痛い……すいませんすいません、痛い痛──てめぇ!?　いてぇっつってんだろうがッ!?」

ぽかぽかぽかぽか、人の背中を太鼓扱いしているお姫様を無視した俺は、シャワーを浴びに行くために道場を出ようとする。

「………………」

押し扉の前で待ち伏せていたレイが、じっと俺を見つめていた。

「あれ、シャワールームの場所わかるよね？　俺は、風呂の方に行くから、そっちはレイたちで使ってもらえ──」

「なぜ」

「あ？」

ふいっと。

顔を背けたレイは、綺麗《きれい》な黒髪を搔《か》き上げてから外に出ていった。

俺の背に縋《すが》り付くような形で、背中を殴ってきていたラピスは、ぽかんと口を開いて俺を見上げる。

「なにあれ？」

「夕食のメニューでも聞きたかったんじゃねぇの？」

「わたし、ハンバーグ！」

「誰も、お前には聞いてねぇんだわ」

「なんだ、その口の利き方～！　わたし、姫ぞ～！」

後ろから、ラピスは、俺の服の裾を引っ張ってくる。

なに、この子、ふたりになった途端に意味わからん甘え方してくる。いつの間にか、友達判定されても困るんだけど。

適当にワガママ姫殿下を受け流してから、風呂に入り、汗を流し終えた俺は御影弓手《アールヴ》たちから夕食のメニューの希望を取った。

「「「「「「「「カレー」」」」」」」」

「ジャパニーズカレー最強かよ……」

唯一、隅の方で座り込むムーアは返事をせず、メモ帳を手に持った俺は彼女に顔を向ける。

「あんたは？」

「…………」

苦笑して、俺は、十一人のエルフに向き直る。

「この子の好物は？」

「「「「「「「「カレー」」」」」」」」

「カレーじゃねぇか……」

三条《さんじよう》家の別邸で暮らし始めて、いつの間にやら、俺に対して好意的になっていたメイドたちにお願いして調理場を借りる。

この世界にやって来た当初は、恐怖と嫌悪と侮蔑が入り交じる視線を向けてきた従者の皆様は、優しげな笑みを俺に向けるようになっていた。ヒイロ如《ごと》きにそんな気遣い不要なのだが、元が酷《ひど》すぎたし、この変わりようも仕方ない。

家庭科とかキャンプで培った知識を活《い》かし、俺は市販ルーをドボドボ鍋にぶち込み、適当に煮込んでから白米にかけて提供する。

大広間に勢揃《せいぞろ》いした神殿光都《アルフヘイム》と三条《さんじょう》家の面々は、俺の特製カレーを口にして、口々にお褒めの言葉を投げかけてくる。

「「「「「「「「カレー」」」」」」」」

「よっしゃ、オラァッ！　カレーを作ったぞぉッ！」

市販ルーで作れば、カレーはカレーなので、エルフ舌を満足させるのは余裕だった。

夕飯を食べ終えた後、師匠とラピスに「遊ぼう遊ぼう」とせがまれて、俺はクトゥルフ神話ＴＲＰＧのルールブックをエルフの群れに放り投げる。

「「「「「「「「……………？」」」」」」」」

効果は抜群で、エルフたちは疑問を顔に浮かべながら、無言で遊び方を探り始めた。

くっくっく……ルールを理解した後、俺が作成した百合《ゆり》シナリオをぶち込めば、百合に次ぐ百合の百花繚乱《りょうらん》がお目見えという筋書きよ。

百合ＩＱ１８０たる己の有能さに、思わずニヤニヤしながら、俺は一階の大浴場へと向かおうとして――階段を上がっていく妹の姿を見かけた。

彼女は、二階から三階へと。

星見台にまで上がって――

「……なにか御用ですか」

尾行を見抜かれ、俺は、星見台へと続く梯子《はしご》の下へと姿を晒《さら》した。

円い月が浮かぶ。

天窓から射《さ》し込む月光を受けて、所在なげに体育座りをするレイは、月から追放されたかぐや姫のような哀《かな》しさを持ち合わせていた。

入浴した後だったのか。

少し、湿った黒い長髪は、月の光を浴びて艶《つや》めきながら輝いている。

彼女は、月明かりに透かしてなにかを見ていた。

魚の鱗《うろこ》を繋《つな》ぎ合わせて、ハートの形にしたアクセサリー……ソレを見つめていた美しい瞳が、じっと、こちらを捉える。

「用があるなら上がってきてください」

「いや、俺は」

拗《す》ねたように、レイは顔を逸《そ》らす。その態度に負けて、仕方なく俺は、梯子を上って彼女の隣に座った。

この狭さでは、当然、肩と腕が触れ合うことになる。

熱をもったレイの肌の柔らかさが、現実味を帯びながら俺に伝わり、肌と布を通して緩やかな心音が聞こえてくる。

「…………」

「…………」

無言で、レイは髪を掻《か》き上げる。

首筋がほんの少し朱色に染まっており、恥ずかしがるくらいなら、男の俺を隣に招くなよと思った。

むず痒《がゆ》くなるような、どことなく甘酸っぱい沈黙が続いて――

「なぜ」

ようやく、レイは口を開いた。

「なぜ、わざと、空振ったんですか?」

一瞬、なんの話かわからずにフリーズして……夕方の懇親会での、ムーアとの勝負のことかと気づいた。

「バレてた?」

「えぇ」

「まぁ、なんつーか」

俺は、月を見上げながらささやく。

「負けたんだよ、俺は」

「は?」

じろりと睨《にら》みつけられ、俺は苦笑する。

「あの子、俺が斬りつけようとした時、この世の終わりみたいな顔してたんだよ。自分が負ければ、俺なんぞがラピスに近寄ることを許すことになる。それが嫌で、そういう顔をしてたと思ったら尊いなって……だから、負けた」

「意味がわかりません」

「ですよね～！　この境地にまで、至れてませんよねぇ～！」

薄い浴衣を着ているレイは、頬《ほお》を膝頭に預けて、じっと俺を見つめる。

「………」

月明かりに照らされた彼女は、身体《からだ》の線が浮かび上がり、艶《なま》めかしい美しさが浮き彫りになる。

「……私は」

桜色の唇を割って、彼女はささやく。

「私は……誰も信じません……偽りの愛情を注いできた義父も義母も……なんでも、私に買い与えてくれた叔母《おば》たちも……なにかと、私に『三条黎《さんじょうれい》』を押し付ける御祖母様《おばあさま》たちも……そして、貴方《あなた》も……」

「………」

「善人ぶって」

両手を握り込んだレイは、苦々しく吐き捨てる。

「どいつもこいつも……私を利用して……なにが……なにが、家族なの……信じたのに……何度も何度も……信じたのに……貴方《あなた》のことも……想《おも》ってたのに……ただの一度も……私を助けてくれなかったのに……！」

彼女は、俺を睨《にら》みつける。

「今更……今更、善《い》い人ぶるのはやめてよ……っ！」

彼女の瞳には、涙が煌《きら》めいていて。

勢いよく立ち上がって、レイは星見台から飛び降り、逃げるように一階へと駆け下りていった。

幼い頃から、三条《さんじょう》家の愛憎劇に巻き込まれ、なにもわからない時から利用され続けてきた女の子……それがレイであり、ヒイロもまた、兄という立場を使って彼女を良《い》いように使い続けた。

彼女の言う通り、今更、信じられるわけもない。期待して裏切られることに臆病になった彼女は、自分を護《まも》るためになにか言わずにはいられなかったのだろう。

そこまで、あの子を追い込んだのは誰なのか――取り残された俺は、虚空を睨《にら》み、階下の気配に気づいた。

「ヒイロ様」

綺麗《きれい》な白い髪が、白光を浴びて、光り輝いている。白髪のメイドは、今にも泣きそうな顔で俺のことを見上げていた。

「お願いがあります」

深く頭を下げて。

震える手で、彼女は、俺に一枚のカードを差し出した。

それは、三条グループが運営するレストランの会員証だった。全身を震わせながら、彼女は、縮こまるようにして腕を伸ばし続ける。

「一週間後の土曜日……ココで、食事を取って頂けませんか……？」

「…………」

震え声で、彼女は、必死で続ける。

「あ、貴方に、こんなことを頼むのは……おかしいってわかってます……わ、私は、選択を誤っているのかもしれない……でも……私には……私には……貴方しか……貴方しか、頼れる人はいません……」

涙で濡《ぬ》れた両眼《りょうめ》で、彼女は、真正面から俺を見つめる。顔を歪《ゆが》めながら、小さなメイドは眼尻から涙を流した。

「たすけて……」

コレは。

コレは、主人公がこなすべきイベントだ。

だから、ヒイロは関わるべきではないし、妙な関係をもてば俺が愛する百合《ゆり》を壊しかねない。

でも。

でも、彼女は泣いている。

——今更、善《い》い人ぶるのはやめてよっ……！

レイも、泣いていた。

今、この場に主人公は居ない。ココで、俺があの子を救わなければ、きっと入学前に深い心の傷を負うことになる。

それはきっと、ゲームのシナリオとしては正しいことで、その傷が主人公とヒロインを結びつけるのかもしれない。

だが。

だが、ココで、俺が彼女を救わなければ——彼女は、また、裏切られる。

何度も何度も裏切られたのに、また、俺に裏切られて涙を流す。幾度となく繰り返してきた絶望が彼女を襲う。

俺は、俺に問いかける——そんなことを許せるか？

俺は、俺を曲げられない。

たとえ、俺がヒイロになったとしても、そこだけは曲げてはいけない。

俺は。

俺は、この子たちが、泣き続ける未来を許さない。

だから、俺は、星見台から飛び降りて――その運命《カード》を受け取り――すれ違いざまに、彼女の頭を優しく叩《たた》いた。

「任せろ」

嗚咽《おえつ》を漏らしながら、ぽろぽろと涙を零《こぼ》し、彼女は再び深く頭を下げた。

＊

白い手足。

薄手のパーカーにハーフパンツ……いつも、肩と腰に流している金髪は、編み込んでポニーテールにしている。目深にかぶった野球帽の隙間からは、美しい碧色《あおいろ》の瞳が覗《のぞ》いており、瞬《まばた》きする度に輝きが増していくように思えた。

風が吹いて、彼女の長い髪が揺れる。

その度に、黄金の流砂が、空気中に流れ落ちていくように感じた。

「…………」

そんな美少女は、ぎゅっと、俺の腕を抱き込んでいた。

いや、なんで……？

彼女の控えめな胸が、腕に押し付けられている。コレ、指摘したら殺されるんだろうかと、ぼんやりと考える。

なぜなら、彼女は、ラピス・クルエ・ラ・ルーメット。

エルフの王国、神殿光都《アルフヘイム》を治める王女の一人娘。正真正銘のお姫様であり、本来であれば、男《ヒイロ》ごときが触れて良《い》い存在ではない。

男の触れられない聖域。

エスコをプレイしていた時には、そんな雰囲気すら感じていた彼女が、俺に寄りかかって恋人同士のように歩いている。

彼女は、百合《ゆり》ゲーのヒロインだ。

対する俺は、百合の間に挟まるクズ男。

本来、交わってはいけない両者は、仲睦《むつ》まじく、ぴったりと密着して駅前通りを歩いていた。

その矛盾に吐き気をもよおしながら、俺は隣の彼女にささやいた。

「……ラピス」

「え、なに？　あ、ってゆーか、お昼はどうする？　なにか、食べたいものとかある？　ヒイロって、好きな食べ物とかあるの？」

「百合かな」

「花、食べるの!?」

「いや、違う……ちょっと、待って……俺は、死ぬほど混乱している……確かに、昼食時ではあるが、一旦、現状を整理させてもらってもいいか……？」

その長い睫毛《まつげ》を数えられるほどの近さ。

超高精細に造られた3Dモデルなんじゃないか？　と疑うくらいに、現実味のない綺麗《きれい》なご尊顔でラピスはこちらを見上げる。

「どーぞ？」

「本日、俺は我が国で認められている休日を迎えており、さんさんと照る太陽の下へと駆け出し、国事にも関わる重要な用事をこなしにきたわけだ。そして、その用事は、俺ひとりでこなす必要がある」

俺は、彼女をげんなりとした顔で見つめる。

「なんで、カルガモの子供みたいにくっついて来ちゃったの？」

「悪いか」

「悪いから言っとるわ」

「あ～あ、ヒイロ、そういうこと言うんだ～！　家で暇を持て余してるわたしを誘いもせずに、無慈悲にひとりデートしちゃうんだ～？　あ～あ、どっかの誰かさんのせいで、わたし、一応は部下の括《くく》りに入る御影弓手《アールヴ》に負けちゃったんだけどなぁ～？」

「……その責任を取って、我儘《わがまま》プリンセスを楽しませろと？」

「えー、まぁ？　そーゆーことかな？」

可愛《かわい》らしく、甘えるように、ラピスはニコリと微笑《ほほえ》む。

「いや、お前のことを巻き込むわけにはいかないし、好き勝手お姫様連れ回したら御影弓《アール》手《ヴ》に殺されちゃうんですけど……それに、コレ」

俺は、自分の腕を抱き込んでいるラピスを見つめる。

「なんで、こうなった？」

「だから、言ったじゃない」

ラピスは、俺の腕を揺らす。

「へ～んそぉ～！」

ニコニコと笑っているラピスの前で、俺はため息を吐《つ》いた。

「……いや、お前、変装の意味わかってる？」

「バカにしてんのか、わかってるよ。ちゃんと、帽子かぶってるし、そこらへんにいそうな女の子みたいな格好してるじゃない。その上で、男の君と腕を組んで歩いてるし、誰もわたしのことをラピス・クルエ・ラ・ルーメットだなんて思わない。有名人ゆえの悩みだよね。街を歩くだけでも、声かけられるから困っちゃう。初対面なのに、告白してきたりするんだから困惑しちゃうよ」

故意ではなかったにしても、彼女の裸を見てしまった俺が今でも生きていられるのは、師匠とラピスが上手《うま》く御影弓手との間を取り持ってくれたからだ。

本来であれば、ヒイロは、あの瞬間に死んでいた。

もし、以前までのヒイロのままであったならば、ラピスの裸身を捉えた瞬間に寿命がゼロになっていた。御影弓手たちに滅多《めった》刺しにされて、その血は『御影弓手』という遺言《ダイイングメッセージ》を遺《のこ》したことだろう。

ラピスだって、ヒイロのことを許したりはしなかった筈《はず》だ。

原作では、ヒイロに見られているだけでも『蕁麻疹《じんましん》が出る』と、露骨に嫌悪を滲《にじ》ませていたのだから。アイスを食って殺されていた男が、彼女の裸を見たら、目玉を潰される程度では済まない筈だ。

「確かに、男なんぞと、あのラピス姫が腕を組んで歩くわけないわな。でも、さすがに、コレはＯＵＴだろ。仮にも一国の姫なんだから、俺との男女関係を疑われたりしたらどうするんだ」

「はぁ？　なに、ヒイロ、腕を組むくらいで意識しちゃってるの？　あは、かわいいところもあるじゃない」

「…………ああ？」

くすくすと笑うラピスは、俺の腕を、つんつんと突《つつ》いてくる。

「だって、恋人じゃなくても、女の子同士で腕を組んで歩くくらいふつーよ、ふつー。わたしだって、よく、アステミルと腕組んで歩いてるし」

言われてみれば、確かに、イチャイチャと。

駅前通りを歩いている女の子たちは、誰も彼も腕を組んで楽しそうに歩いている。

「それこそ、男女関係なんて有り得ないって。男装してる誰かと腕を組んでるんだろうなぁ～とか思われて終わりよ。たまに、そういうカップルいるし。ヒイロのスコア見たら、ひっくり返っちゃうんじゃない？」

「あぁ、はい、そっすか」

「まぁ、でも、わたしは、ヒイロのことは男として……いや、ひとりの人間として認めてるよ。あのアステミルにも認められたんだから。わたしとの勝負から逃げ回るヒイロを追いかけて、居候させてもらえて良かったと思ってる。ヒイロ、面白いし」

「そりゃどうも」

俺、ひとりで意識していても仕方ない。

ラピスは、そこらの置物と腕を組んでいるとでも思うことにした。

「で、お姫様、本日はなにをお求めで？」

「服！　そろそろ、学園も始まるし、入ったら直《す》ぐにアレがあるでしょ？　ドレスでも、買っておこうと思って」

薄々、気づいてはいたが。

俺とラピス、レイ、それに残るふたりのヒロイン……そして、主人公が、鳳嬢学園《ほうじょう》に入学する日が差し迫っていた。

ついに始まるのだ。

エスコ世界の本番、ヒイロへの殺意の塊、死亡フラグだらけの鳳嬢学園の日々が。

ラピスの楽しみにしている『アレ』は……俺は、どういうシナリオになってるか知っているので……うん、まぁ、楽しみにしててください……俺は、主人公と貴女《あなた》の勇姿を、隅の方で応援してるので。

「でも、その前に、お昼ごはんでも食べよっか？　なんか、良《い》い場所知ってたりする？」

「うん……あぁ……」

俺は、ポケットの奥をまさぐる。

数秒かけて、三条《さんじょう》グループが運営しているレストランの会員証を取り出した。昨夜、三条家のメイド……スノウに、涙ながらに手渡されたものだった。

「レストランでも良いか？」

「え、なに、おごり!?」

「お前、御曹司舐《な》めんなよ。札束でプールを満たせるくらいに金もってるわ」

ドヤ顔で、黒いクレカを見せつけると、ラピスはきょとんとする。

「……それって、お金、もってるって言うの？」

生粋のお姫様がよォ！　ヒイロの唯一のアピールポイントを潰さないでください！

若干、その格差に落ち込みつつ。

俺は、腰に差している九鬼正宗《くきまさむね》を確かめる。

「ラピス、魔導触媒器《マジックデバイス》、持ってるか？」

「え、うん」

ラピスは、折りたたんで、腰にぶら下げている機械弓を指で叩《たた》く。

「その物騒なモノ、使わなくて良《い》いからな。つーか、なにがあっても使うな。先んじて謝罪しておく。すまん」

「え？　なに、どういう意味？」

「いや、一応な……ちょっと、一本、電話掛けてくる」

念のため。

いや、たぶん、念のためでは済まなくなるんだろうが……仕込みをしておかないと、さすがに危ういからな。

俺は、電話を掛けた。

＊

選択肢は存在しない。

赤が良いとか、青が良いとか。

ショートヘアが良いとか、ロングヘアが良いとか。

こういう女の子と付き合いたいとか、幸せな家庭を築きたいとか、愛する人と余生を共にしたいとか。

そういう選択は、私の進む道の先には存在していない。ぼんやりとしか見えていなかった未来の先、幾本にも分かれていた道の大半は塞がれていて、綺麗《きれい》に舗装されて花が植えられた見栄えの良い道程を歩くことが決められていた。

初めて、三条《さんじょう》家の本邸に足を踏み入れた時。生みの母が買ってくれたキッズスニーカーを脱がされ、使用人たちの手でそれがゴミ箱に捨てられた瞬間。

私には、選択肢が存在していないことを知った。

背筋は伸ばして小股で足を運べ、畳の縁から数えて十六目下がった位置に座れ、ブルグミュラーが終わったらソナチネを、議員の先生に会う時には笑顔を絶やさず、相手の趣味に合わせた話題を五分から十分の間で口にしろ。

失敗すれば、髪を引っ張られるか頬《ほお》を張り飛ばされる。

髪の毛を引っ張られるのは嫌だった。父が褒めてくれたモノだったから。

頬《ほお》を張り飛ばされるのは嫌だった。母が褒めてくれたモノだったから。

レイの髪は綺麗《きれい》だね、レイの顔はお母さんとお父さんにそっくり。

髪が抜けて頬が腫れて、最初は泣いていたのに、慣れていくにつれてどうでもよくなってくる。

「あんたは、三条《さんじょう》家の女だ」

大叔母様《おおおばさま》をはじめ、私を殴る女性《ひと》たちの口からは酸っぱい臭いがする。

地獄から汲《く》み上げてきた悪臭が、私の心の臓にまで手を伸ばし、黒ずみを引き伸ばしている。

「それ以上でもそれ以下でもない。あんたみたいな薄汚い小娘が、この家で生きていくには教養と知識と生き方を身につけるしかない。選択肢は他に存在しない。歴代の三条家の女はね、もっと酷《ひど》い目に遭ってきたんだよ」

「…………」

「ふん」

指の隙間にあった私の髪の毛が、はらはらと床に落ちて、口端から血を垂らした私は畳の目を数えていた。

「汚い髪と面だね」

「…………」

――畳の縁から数えて十六目下がった位置に座れ

「…………」

私の身体《からだ》は、教えを忠実に守って、十六目下がった位置に倒れ伏していた。

時間は流れる。

時の流れは残酷だと言うが、慈悲にも溢《あふ》れている。

年と月と日が流れ落ちて、その時間の針路に身を任せた私は流動していき、心が鈍化するにつれて身体は反応を示さなくなっていった。

この家に来て、ようやく、私は幼心に抱いていた幸福の出処《でどころ》を知る。

今まで私が感じていた『しあわせ』の感情は、実の父と母が与えてくれていたものだった。

誕生日におっきなケーキを食べた時も、あったかな布団に入って絵本を読んでもらった時も、どこまでも広がる遊園地を駆け回って疲れ果てておぶってもらった時も、父と母が手加減してくれたお陰で勝てたボードゲームで遊んだ時も。

私が笑顔で享受し、感じていた『しあわせ』は。

すべて、すべて、すべて……両親が与えてくれたものだ。

もう、あのふたりはいない。

誕生日には、おっきなケーキの代わりに議員先生の接待を。あったかな布団は、つめたい寝床になった。どこまでも広がる遊園地はもう思い出せなくて。リュックに詰め込んできたボードゲームは庭で燃えていた。

私は、きっと、もう『しあわせ』ではなくなってしまったんだ。

お父さんとお母さんの作ってくれた『しあわせ』は、ぜんぶなくなってしまったから、これから先の私は自分を『しあわせ』にしなければならないんだ。

ぼやけた視界の先。

いつものように畳の縁から数えて十六目下がって、寝転がっていた私の指先は、なにもない空白を指していて――

「でも……」

そっと、私は、ささやいた。

「どうやって、しあわせになればいいの……？」

空白は答えない。私も含めて、そこには、なにも存在していないから。

私には、友達がいない。家族もいない。なんにもない。

だから、誰も彼もが偽物の笑みを浮かべる中で本物の家族が欲しくなった。

「……お食べ」

庭園にある小さなため池。

そこには、たくさんの錦鯉《にしきごい》が泳いでいて、私が餌を持って行くとたくさんの鯉たちが寄ってくる。鯉の集団は、水面《みなも》を波立たせながら口をぱくつかせ、可愛《かわい》らしい笑顔で餌をねだってくる。

紅白、大正三色《たいしょうさんしょく》、白写り、落葉しぐれ、紅九紋竜《べにくもんりゅう》、山吹黄金……様々な種類の錦鯉が泳ぎ回る中で、一匹だけ仲間外れになって、私が餌を持ってきても寄ってこない一匹のメスがいることを知った。

ハートマークの模様を持つ紅白。

どことなく弱々しく、怯《おび》えていて、たった一匹で泳いでいる紅白。

彼女に自分の姿を重ねた私は、その鯉と友達になりたくて、毎日のように池に通ってはどうにか餌をあげようとした。

毎日、毎日、毎日。

三条《さんじょう》家の怖い女性《ひと》たちにはバレないように気をつけて。

彼女に会いに行って——ある日、餌を持たずに池に歩いて行った私は、美しい波紋と共に水面に覗《のぞ》いた心《ハート》を見つける。

「…………」

無言で。

私のことを見つめた鯉は、尾びれを水面に叩《たた》きつける。

「きゃっ！」

彼女は水中に潜っていき、濡《ぬ》れた私は久しぶりに笑った。

「ねぇ、私と家族になってくれる？」

返事をするように。

一匹の錦鯉《にしきごい》は顔を覗《のぞ》かせて、ぱくぱくと口を開閉した。

その日から。

三条《さんじよう》家の屋根の下で、私と彼女の交流が始まり、足繁《あししげ》く池に通った私は心の内側をすべて一匹の鯉に吐露した。自分の心を映した鏡のように、尾びれをゆらめかしながら泳ぐ鯉は、黙りこくって私の話を聞いてたまに相槌《あいづち》代わりの飛沫《しぶき》を飛ばした。

楽しかった。

彼女さえいれば、私は生きていけると思った。彼女であれば、私を『しあわせ』にしてくれると思った。もう、三条家の黎《れい》でいなくても良《い》いのだと思った。

だから、私は。

腹を引き裂かれて、腸《はらわた》を晒《さら》した鯉を見つけて――言葉を失った。

ぽっかりと。

開いたハートを空に向けて、たった一匹の家族は仰向《あおむ》けで命を終えていた。

煙状になった赤黒い血の帯が池をさまよい、色を失った腸はゆらゆらと水面《みなも》に浮かび、彼女自慢のハートマークはズタズタに刃物で裂かれていた。

「痴《し》れ者が」

名前も知らない分家の女性《ひと》がせせら笑った。

「ぽっと出の田舎娘が、楽に三条の家を継げると思うなよ」

「………………」

千々に千切れた腸を鯉たちがついばみ、更に細かくなったソレらは食べられていって、声を失った私は呆然《ぼうぜん》とその場に立ち尽くしていた。

あぁ、そうか。

コレは、私の見ている世界じゃない――三条黎が見ている世界だ。

家族は空白へと変わっていき、私は、三条黎になることを己に義務付けた。

自分が『三条黎』になっていくにつれて、頭の先から爪先まで、肩の先端から踵《かかと》の後ろまで、お父さん指からお母さん指まで、なにもかもに不可視の糸がくっついていて自分を動かしているように思えた。

わんつーわんつー、はい前に足を出して、そこで下がらず胸を張って。

傀儡《かいらい》と化した私は、出来の良いお人形さんのように『殴られない』方法を取って、表情筋についた繰糸を引っ張った。

さぁ、笑みを浮かべて。一番綺麗《きれい》な角度で。美しく見えるように。

「レイさんは、まるでお人形さんみたいね」

ええ、そうですよ。

「はっはっは、三条《さんじよう》家の後継ぎのお嬢様は完璧で無垢《むく》な日本人形みたいだ」

わんつーわんつー。

「羨ましい。貴女《あなた》は、自分の意思を持たずに踊れる電気人形なのですね」

顔の右半分に火傷《やけど》の痕を残した女の子は、前髪で痕を隠したままそう言った。

「お嬢ちゃん」

長身、眼《め》の下には隈《くま》、病的なまでに白い肌。

左手の甲に魔法陣を描き、指にはルーン文字のタトゥーを入れていた女性は、煙草《たばこ》を吹かしながら微笑《ほほえ》む。

「くくっ、下手くそですねぇ……繰糸が見えてますすよ」

ああ、貴女にも見えるんですね。

舞台裏に潜んでいる私は、習って覚えた通りに糸繰り人形《マリオネット》を操り続ける。杜撰《ずさん》で雑な手付きで扱われる『三条黎《れい》』は大好評で、誰も彼もが拍手をし、綺麗だ綺麗だとおひねりを投げてくれる。

聴衆を眺めて、ようやく私は理解する。

あぁ、なんだ、こんな簡単なことだったのか。

私は、舞台裏で笑う。

三条黎をしあわせにするのは、こんなにも簡単なことだったんだ。

ようやく、私は楽になれたと思った。このまま、三条黎を操り続ければ、しあわせになれるのだと感じた。

でも。

「……また、ヒイロか」

「いい加減、あの厄介者を片付ける方法を見つけなければ」

「まったく、なぜ、男なんぞを産むのか」

私の心を乱す雑音《ノイズ》が走り始める。

三条燈色《ひいろ》。

世界のどこかに存在する私の兄……いや、他所《よそ》からやって来て、三条黎になった私の兄になってしまった男の子。

この世界で、たったひとり、存在している家族。

――お兄様
そんな言葉を心の内で発してみれば、失った筈《はず》の心がぽうっと光り輝いた。

自分だけの安全な空白。

つめたい布団の中に潜り込んで、丸まった私は、暗闇の中で息を潜めて両手を組む。

「……お兄様」

どんな男性《ひと》なんだろうか。

どういう顔をしているんだろうか、好きな食べ物はなんだろうか、休日はどんなことをして過ごすんだろうか、自分のことを知っているんだろうか、会えば頭を撫《な》でてくれるのかな、『レイ、ひとりでよく頑張ったな』なんて褒めてくれたりしたらいいな。

裏切られるとわかっているのに。

どんどんどんどん、自分の胸の中で期待は膨らんで、いつか顔を合わせるその瞬間のことを考えると『しあわせ』になった。

昔、まだ実のお父さんとお母さんがいて、テレビを見ても良かった時に。

仲の良《い》い兄と妹が出てくるアニメが流れていて、そのふたりはいつも仲良しで、お兄ちゃんはどんな時でも妹の味方だと言っていた。なにがあろうとも、妹を護《まも》るのが兄の役目なのだと断言していた。

バカな私は、この家で学んだことをすっかり忘れて。

その甘くてとろけるような夢に縋《すが》り、恋する乙女みたいな心境で、兄という名の王子様が自分のことを救ってくれると信じ続けていた。

でも、幾ら時が流れても、たったひとりの兄は会いに来てはくれなかった。

耳に入ってくる、兄の噂《うわさ》はろくでもなくて。

私が辛《つら》い目に遭っている時に、兄は女の人と遊んでいたり、豪華客船を貸し切ってパーティーを開いたり、三条家《さんじょう》の名を使って罪のない人を虐《いじ》めたり、好き放題に遊び呆《ほう》けていて……でも、ついに、彼から私宛に手紙が届いた。

一気に熱が頭に上って。

満面の笑みを浮かべた私は、逸《はや》る気持ちを抑えつけ、震える両手で手紙を開封し文面に目を通した。

「…………え？」

それは、金の無心の連絡だった。

お願いに見せかけた脅し文句が書き連ねられており、お金以外にも本邸に勤める三名の従者の連絡先を送るようにと、偉ぶった命令が明記されていた。

「ふっ……ふふっ……」

思わず、私は笑ってしまって、顔を伏せたまま涙をこぼした。

「ふふふっ……ふふっ……ふふふっ……」

その日、私は誕生日を迎えていたが。

手紙の中で、そのことには一切触れられていなかった。

また、時間が流れた。

ヒイロから、会いたいという連絡が入っていた。

「………………」

もう、私が期待することはなかった。

いつも通り、繰糸を動かした私は三条黎《さんじようれい》としてヒイロと対面し、白髪の女の子を預かって欲しいとの依頼を受諾した。

「……引き取ります」

もう、なにもかもがどうでも良かったから。

白髪の少女は『スノウ』と名乗り、三条家の中では当然とも言える折檻《せつかん》や嫌がらせからなぜか私を護《まも》ろうとした。それが己の使命であるかのように、彼女は自らを盾として、あっという間に傷だらけになっていった。

でも、スノウは、私のように壊れたりはしなかった。

ただ、真っ直《ます》ぐに前を見つめて、手段を選ばず、私を護るためだけに三条家の中で地位を築き上げていった。

「……なぜ」

私は、彼女に問うた。

「……なぜ、私を助けるの？」

「約束したから」

白髪の少女は、笑顔で答えた。

「大好きな人と約束したから」

「…………」

「レイ様」

つめたい布団の中で、私の両手を握った彼女はささやいた。

「きっと、助けてくれますよ。きっと、レイ様のことを助けてくれます。あの人なら、きっと、レイ様を笑顔にしてくれますから」

「……誰が？」

スノウは、頬《ほお》を染めてはにかむ。

「ヒーロー」

「…………」

「ねぇ、いるんですよ、レイ様。世界には、誰かを生かすために生きられる人が。いるんです。誰かの笑顔を護るためなら命を懸けられる人が。

その人なら、きっと」

つめたい布団が――

「貴女《あなた》を救える」

あたたかくなる。

長い長い時をかけて、スノウは私を護《まも》り続けて温め続けて、凍りついた心を溶かしてその雪解けを見守った。

雪《スノウ》。

彼女は、名前に似つかわしくない温かさをもっていて、冷たかった布団はあたたかくなっていった。空白は埋められていって、笑みを浮かべられるようになり、私は舞台裏から舞台上をそっと覗《のぞ》き込んだ。

いつしか、私は、心からスノウを本物の家族のように思うようになっていた。

そして、水面《みなも》に浮かぶ赤色《はらわた》を思い出した。

あまりにも恐ろしい未来を思い描いた私は、彼女の身を護るために別邸勤めを命じ、折り悪くヒイロがその別邸に住み着くことになった。

「レイ様」

そして。

心から嬉《うれ》しそうに、真っ白な彼女はささやいた。

「三条《さんじよう》燈色《ひいろ》は生まれ変わりました」

その報告を聞いて、私は嬉しさよりも虚《むな》しさを抱いた。怒りと憎しみが湧き上がり、諦観が視界を埋め尽くした。

今更。

今更、私の心を乱さないでよ。

今更、三条黎《さんじようれい》以外の生き方が出来るわけないでしょ。

だから、私は微笑《ほほえ》んで、その報告を受け流した。

なにも変わることはない。私は、もう、なにも信じたりはしない。

大好きだった鯉《こい》の友達。その鱗《うろこ》を組み合わせたハート形のアクセサリーをタンスの奥に仕舞《しま》って、二度と開かないようにと目を閉じる。

また、誰かに奪われないように。最初から、諦めたままにする。

今までもこれからも——私は、三条黎《お人形》なのだから。

＊

電話を終えて戻ってきた俺の腕を、ラピスは、また両腕で抱き込む。

「大変お待たせいたしました、お姫様。不詳、この三条燈色《ひいろ》、己を路傍《ろぼう》の石ころだと思い込みながらエスコートさせて頂く」

「う、うん……さっきから、どうしたの？」

「いや、別に。それよりも、今日はこの俺、三条燈色の本領ってもんを見せてやるよ」

俺は、不敵に微笑む。

「本日限定、すべて、俺のおごりだ」

髪を掻《か》き上げて、俺は、ラピスに親指を立てた。

「幾らでも食べろよ。金だけはあるからな」

「きゃー！　ヒイロ、かっこいー！」

俺とラピスは、はしゃぎながら、高層ビルの最上階にあるレストランへと向かって——

「スコア0の方は入店できません」

「………………」

「できません」

普通に、門前払いを喰《く》らった。

「………………」

「そ、そんな、泣きそうな顔しなくてもいいわよ！　ほら、わたし、お姫様だから！　レストランなんて、食べ飽きてるし！　ハンバーガーでも食べましょ、ハンバーガー！　ファーストフード店のコーラ、美味《おい》しいじゃない！」

「………………ゴメンネ」

「い、良《い》いって！　そんなに、落ち込まないでよぉ！」

俺は、ラピスに背を撫《な》でられながら退店しようとして——聞き覚えのある声——くるりと振り向く。

「……ラピス」

「だから、良《い》いって！　わたしとヒイロの仲じゃない！」

「外に出てろ。一時間くらいで戻る」

「え？」

ラピスを置いて、俺は歩き始める。

「お、お客様、困ります……」

店内に入ろうとした俺を、タキシード姿の従業員《ウエイトレス》が止めようとして——引き金《トリガー》——脅し
目的の魔力の放出に、彼女は、たじろいで後退《あとずさ》る。

「あんた、スコアの測り方、間違えたんじゃないか？」

俺は、にっこりと笑いながら問いかける。

「なぁ？」

「は、はい……間違えてました……」

だらだらと、汗を流し続ける彼女を押しのけて奥へ。

昼間から楽団《オーケストラ》が演奏する横を通り抜けて、奥の奥、壁一面がガラス張りのテーブル席に
……三条《さんじよう》家の連中に囲まれ、涙を流している三条黎《ヒロイン》がいた。

——私は、誰も信じません

ぶちりと。

自分の内で、なにかが音を立てて千切れる。

服装規定《ドレスコード》を真正面から踏みにじり、本来、ココには居られない筈《はず》のスコア０は、音を立てて広間《ホール》の中心を横切った。

お上品に昼食を取っていた淑女らはざわめき、不届き者に気づいた三条家お抱えの侍衛が魔導触媒器《マジックデバイス》を引き抜く。

が、俺は意にも介さず、歩みを止める気もなかった。

刃《やいば》と刃。

その狭間《はざま》を堂々と、笑みを浮かべて、近づいてくるスコア０の男。

その姿を捉えた婆《ばあ》さんたちは、驚愕《きょうがく》の表情で顔を上げる。

「よぉ」

なるべく、癇《かん》に障るように。不快に思えるように。軽薄に見えるように。

原作通りのヒイロを演じた俺は、三条家のテーブル席に着いて――思い切り、音を立て、テーブルの上に両足を放り出す。

「随分と楽しそうなことしてるじゃねーか」

彼女らは、驚きを隠そうともせず――俺は、ニヤニヤと笑った。

「俺も混ぜてよ」

事態を理解できていないのか。

ただただ、ぽかんと大口を開いて、無様な痴態を見せる老婆の群れを眺めながら、俺はテーブル上のミネラルウォーターを呷《あお》った。

「おい、馬鹿面してねーで、新規乱入者《ニューエントリー》のイケメンにワインの一杯でも注《つ》げよ。未成年飲酒で通報して、被害者面で牢屋《ろうや》にブチ込んでやるからよ」

「燈色《ひいろ》さん……」

レイは、慌てて、涙を拭きながら口を開く。

「ど、どうして、ココに？」

「どうしてって」

微笑《ほほえ》んだ俺は、設定資料集に記載されていた内容を思い浮かべる。

「今日は、お前の誕生日だろ？」

ゆっくりと、レイは綺麗《きれい》な両眼《りょうめ》を見開いた。

「兄として、妹の誕生日を祝うのは当然。せっかくだから、誕生日パーティーにも顔を出しておこうと思ってな」

「す、スノウは……？」

「やっぱり、あの見張り《メイド》はお前が立ててたのな。わざわざ、見張りを立ててたってことは、万が一にも、この秘密裏に行われてる会食が、俺にバレたらマズかったたってことだ」

経緯は、大体、理解した。

俺のことを見張ってたあの白髪のメイド、スノウは誰の差し金だったのか。当然、三条《さんじょう》家の別邸に勤めていたのだから、三条家の誰かということになる。

可能性として有り得るのは、エスコ世界でなにかとヒイロを殺そうとしていた三条家本体、もしくは、次期当主であるレイ……ただ、あのメイドは、わざとバレるようにして俺を見張っていたフシがある。

となれば、その理由は簡単にわかる。

三条黎《れい》が、自分の主人であることを見破って欲しかったから。

見定める意味もあったんだろう。

ダンジョンにまで付いてきて、わざとバレるように見張りをし、俺がどういう反応をするのか試した。

そして、その審査に合格した俺に、直接的なレイの救助依頼……つまり、このレストランの会員証を渡してきた。

本来、運命の相手たる主人公の隣で、幸せそうに笑わなければならない三条黎《ヒロイン》は、肥溜《こえだ》めに頭の先まで浸《つ》かっているような連中に囲まれ泣いていた。

許せるわけもない。

なぜなら、俺は——百合《ゆり》を護《まも》る者だからだ。

「おい、クソババアども。楽しかったか、ひとりの女の子を寄ってたかっていたぶって……高尚な趣味すぎて俺には理解出来ないが、是非とも、アンケートに協力して欲しいね」

三条《さんじょう》家のお偉方に呼びかけると、彼女らはわかりやすくざわついた。

「ヒイロ……あんた、なにを偉そうに、誰に口利いてんだい？」

「この場に、他にどのクソババアがいるんだよ？　クソが頭につくババアなんて、三条家でしか取り扱ってねーだろうが」

「あんた、誰をバカにしてるのかわかっ――」

「テメェらこそ、誰を泣かしたかわかってんだろうなァ!?」

俺は、勢いよく、踵《かかと》をテーブルに叩《たた》きつける。

ガシャァンッ！

大きな音を響かせて、食後の皿と食器が跳ね跳び、それらは元の位置に着地する。両手を組んで、頭の後ろに回した俺はニヤニヤと笑う。

「お、おかしくなったのかい、ヒイロ」

「セリフを選べよ、クソババア。天下の三条家様が、総出で少女を詰問しながらお食事中だぜ？　もう少し、お上品な雅《みやび》言葉で相手を敬えよ？　懇切丁寧、手取り足取り、嫌ってなるくらいにFワードでも教えてやろうか？　あぁ？　おい」

俺は、背後から、首筋を狙っていた侍衛に声をかける。

彼女は、びくっと身じろぎし、刀型の魔導触媒器《マジックデバイス》を震わせた。

「やめとけ。他のお客様方もおられる中、白昼堂々、幼気《いたいけ》な少年を殺せば三条家は終わりだぞ」

「ぐっ……け、気配を……？」

「そこで、おすわりしてろ。直《す》ぐに終わる」

視線で威圧して黙らせた俺は、足を組み直し、この場を支配する。

実際には……めちゃくちゃ、冷や汗をかいていた。

いや、気配って、そんなもん読めるわけないでしょ。上手《うま》いことスプーンに映ってたから、ハッタリ効かせただけだわ。

さすがに、この人数、ひとりで相手取るのは無理筋。侍衛のひとりふたりならともかく、この人数に同時に襲われたら死ぬ。

百合《ゆり》を穢《けが》されたことにブチ切れて、ついつい、勢いで突っ込んできてしまったが……どうするかな、この状況。

俺は、額を流れ落ちていく汗を、気づかれないように拭き取る。

師匠《アステミル》との鍛錬の直後で、魔力なんて、ほぼほぼ残ってねーぞ。身体中《からだじゅう》、ボロボロで、まともに剣も振れないわ。

それでも、俺の優先順位は、百合＞＞＞＞＞＞＞＞＞＞＞＞＞＞＞＞＞＞俺＞＞その他、だ。

張るぜ、この命。未来の百合《ゆり》のためにな。

奥の手が機能するまで、殺されずに済めば俺の勝ちだ。百合の守護者として、ちょっと、本気出しちゃおっかなぁ!?

「レイ」

「……はい」

「なにがあった？　お前の口から聞きたい」

「そ、それは……」

「安心しろ」

俺は、彼女に微笑《ほほえ》みかける。

「なにがあろうとも、俺は、お前のことを護《まも》るよ。まぁ、この面で、信頼しろって言うのもアレなんですけども」

「さ、三条《さんじよう》家は――」

「レイ！　あんた、それ言ったらおしまいだよ！　わかってるんだろうね!?　おい、あんたたち！」

血走った眼《め》で、ババアは侍衛たちへと呼びかける。

「ココは、上から下まで、丸ごと三条家が保有してるビルだ！　やりようなら、幾らでもあるだろうが！　さっさと、片付けな！」

蒼白《あおじろ》い発光——一斉に引き金《トリガー》が引かれて、俺たちの周囲に黒いもやが満ちてくる。

おいおい、マジかよ⁉

侍衛の方々、総動員で、目潰しの闇閉《シャットダウン》（闇属性魔法）使ってくるの⁉　白昼堂々、なにがなんでも、百合の間に挟まる男を抹殺するつもりか⁉

この濃厚な殺意、心から共感できるッ！　いいね、連打ァ！

三条家の息がかかった従業員《ウエイトレス》は、プロとして命令を忠実にこなし、屋外まで客たちを誘導していた。

俺は、テーブル上を滑って、レイを抱き上げる。

「きゃっ！」

「悪い。コレは、どうにもならん。一回、引くわ……っとぉ⁉」

ぶしゅうっ！

黒い靄《もや》を食い破って、黒刀が切り下ろされる。

俺は、その刃《やいば》を凝視し——ん？　あれ？

俺は、軽くステップを踏んで、後ろに下がって避《よ》ける。

「ぉおおおおおおおおおおおおおおおおおおおおおッ！」

上段に構えて。

喉から声を振り絞り、侍衛たちが斬りかかってくる。

わざわざ、叫んで位置を教えてくれるとは、なんて親切な方々なのだろうか。コレが噂《うわさ》のジャパニーズサムライ、おもてなしの精神、武士道というヤツなのだろうか。

お陰様で、せっかくの目潰しは意味を為《な》していない。その上、闇閉《シャットダウン》による同士討ちを避けるためか、ご丁寧にひとりひとり襲いかかってくる。

そういや、レイルートで戦う三条《さんじよう》家の侍衛って、一部を除いてAIがクソザコだったような……でも、AIじゃなくて根本的になんか……ヒイロにとっては、難敵レベルだったと思うんだが。

既に、引き金《トリガー》は引いてある。

『生成：魔力表層』『変化：視神経』『変化：筋骨格』。いつもの身体強化セットだが、なにかがおかしい。

「死ねぇええええええええええええええええええええええええッ！」

コイツら、遅くね……？

四方八方から、飛来してくる斬撃、刃《やいば》の閃《ひらめ》きが目の端を掠《かす》める。

視《み》える——レイを抱いたまま、それら全てを躱《かわ》す。

師匠の剣と比べると、斬撃のパターン数が少ないせいか、最小限の動きで避《よ》けられるようになっている。

実戦を通して、理解してくる。

あぁ、なるほど。

今までの俺は、魔力の扱い方をミスってたのか。

出力を抑えずに魔力を垂れ流していたから、直《す》ぐに底をついて、残量の見当もつかなかった。魔力がフル充填《じゅうてん》の状態で戦ってばかりだったから、魔力の放出具合、戦闘中のペース配分を考えたことがなかった。

今、魔力がすっからかんの状態で戦うことで、意識して気づくことが出来た。

魔力強化ランニングだって、魔力はすべて下肢に回して、他の部位は無視してしまっていた。魔力の総量が増えていっても、その扱いを学ぶ機会はなかった。

――あの魔力強化して行うランニングも、よくアレでココまで強くなれたなというレベルのものだし
なるほど、ようやく、師匠の言葉の意味がわかった。

俺が、次に学ばなければならないのは……魔力の扱い方、並びに、導体《コンソール》を通した魔法の応用だ。

「ひ、燈色《ひいろ》さん……」

驚愕《きょうがく》で、レイは目を見開く。

「い、いつの間に……そんなに強く……」

俺は、刃の嵐の中を潜《くぐ》り抜け、身を屈《かが》めながらレイを下ろした。

侍衛相手に剣術で勝っているとは、到底言えないし、今の状態でこの人数と切り結んだら殺されるのはこっちだ。身体強化に回してた魔力も、そろそろ切れる。

次の一発で終わらせる。それしかない。

俺は、導体《コンソール》を付け替えて。

静かに抜刀し、砲口を侍衛たちに突きつける。

無駄に魔力を費やしたのか、彼女らは息も絶え絶えだった。ババア連中は、テーブルの後ろに隠れて、薄汚い唾を飛ばしながら叫ぶ。

「とっとと、その出来損ないをどうにかしなっ！　三条《さんじょう》の血を最も濃く継いだ『男』なんて、この世には必要ないんだよぉ！」

「この世に必要ねぇのはァ！」

俺は、笑いながら叫ぶ。

「テメェらみたいな、百合《ゆり》を破壊するクソどもだろうがッ！　三条燈色《ひいろ》含めて、その責任、しっかりきっかり、償ってもらうぜ！」

俺は、全力で、引き金《トリガー》を引く。

凄《すさ》まじい勢いで、体内から吐き出された魔力が、鞘《さや》に彫られた導線をなぞって導体同士を接続する。

接続――『属性：光』『生成：玉』。

「吹き飛べ」

レストラン内が、蒼色《あおいろ》の光に包まれて――導体、変更――『操作：破裂』『生成：弾』

「光玉《ライト》」

溢《あふ》れんばかりに膨らんだ光玉が――弾《はじ》けて、炸裂《さくれつ》する。

「…………ッ!?」

俺は、魔力を維持し続ける。

飛翔《ひしょう》。

破裂して、千々の弾丸に分かたれた光玉は、空間を滑り落ち侍衛たちの全身へと着弾する。

鈍い音がして、悲鳴が響き渡り、彼女らは勢いよく倒れる。身を隠していたテーブルに穴が空き、ババアたちの喉から甲高い叫声が上がった。

なにもかもが、静寂に包まれて。

天井にぶら下がっていたシャンデリアが落ちて、豪快な破砕音で喝采を上げ、拍手の代わりにガラスを撒《ま》き散らした。

俺は、掠《かす》れた笑い声を上げながら膝をつく。

「今ので……さすがに、空っぽだわ……」

「燈色《ひいろ》さん！」

駆け寄ってきたレイが、崩れ落ちた俺を支えてくれる。

「なんで……こんな無茶《むちゃ》を……」

「女の子と付き合ってくれ……女の子と……女の子と付き合ってくれ……（遺言）」

朦朧《もうろう》と願いを口にする俺を見つめ、レイは安堵《あんど》の笑みを零《こぼ》して——テーブルが上方に吹き飛び、その陰に潜んでいた侍衛の麗人が現れる。

明らかに他の侍衛とは雰囲気を異とする彼女は、一瞬で距離を詰めて俺の腕を自身の両腕で捻《ひね》った。

瞬間、視界が掻《か》き消える。

「燈色さんっ！」

衝撃。

ガラス張りの壁を己の全身で叩《たた》き割り、俺は高層ビルから投げ出される。砕け散ったガラスの上を転がりながら、斜めった十二階の外壁を滑っていき、必死で引き金《トリガー》を引いた俺は無属性の刃《やいば》をガラス壁に叩きつける。

刃は窓枠に引っかかり、傾斜上を落ちていった俺の身体《からだ》を止めた。

一階から十二階まで、壁面をガラスで構築している高層ビル……その外部に投げ出された俺は、切れた頬《ほお》から血を流しながら顔を歪《ゆが》める。

俺を放り投げた麗人を控えさせ、安全地帯にいるババアが、ぶら下がる俺に短銃型の魔導触媒器《マジツクデバイス》を突きつける。

レイの笑顔が、凍りついた。

「大叔母様《おおおばさま》……会食の場に、魔導触媒器を持ち込んでいたんですか……！」

「奥の手ってヤツさ。伊達《だて》に歳《とし》を重ねてないんだよ、ガキども。レイ、あんたの頼みの綱の『陽炎《かげろう》』は手元にないんだろう？」

背後からの強風を受けながら、両腕を広げたレイはババアの前に立ち塞がる。背後から突風に煽《あお》られる度、彼女の長い黒髪がなびき、両翼のように宙空へと広がった。

ババアは、鬱陶しそうに指輪だらけの手を振った。

「退《ど》きな。そうしたら、あんたは見逃してやる。なにせ、大事な三条《さんじょう》の名を継ぐ者だからねぇ」

「………………」

無言で。

両腕を広げたレイは、その場に立ち続ける。

「それが、あんたの答えかい」

「スノウが……私が信頼しているメイドが言っていました」

彼女は、顔を上げて断言する。

「『三条燈色《さんじようひいろ》は生まれ変わりました』。その言葉を、今、私を護《まも》るために命懸けで戦ったこの人のことを信じます。だから、私は、燈色さんを殺そうとする貴女《あなた》たちには加担しない」

「さっきまで、その話を聞いて、メソメソ泣いていた癖に。言ってくれるじゃないか。あたしはねぇ、あんたの濁った眼《め》が好きだったんだよ。その齢《よわい》で、世の理《ことわり》を知る者の眼だ。誰も信じるに値しない、誰も好意を与えるに値しない、誰も己を愛するに値しない、それこそが三条の名を継ぐ者に値する。あんた、また、裏切られるために信じるのかい？」

「わ、私……私は……」

「裏切られるよ」

大叔母《おおおば》は、ニヤつきながら断言し、息を荒らげたレイは汗を流す。

「また、あんたは裏切られる。三条燈色は、生まれ変わった……はっ、あんた、今までヒイロが見て見ぬ振りを続けてきたことを知ってんだろう？　その男にも、三条の血はしっかりと流れてんだよ。人は変わらない、体内を流れるその血は濃いもんだ」

芋虫のように太い指を蠢《うごめ》かし、老婆は醜悪な息を吐き出した。

「あんたはねぇ、レイ、見栄えの良《い》い人形なんだよ。あたしの膝の上で、綺麗《きれい》な御髪《おぐし》を整えて、その濁った眼で世を見つめてりゃあ良いんだよ。端《はな》から誰も信じなければ、裏切られることもない。誰もあんたのことなんか見ちゃいないよ。見てるのは、あんたの綺麗な顔と肉と力だけだ。人形は愛《め》でられるためだけに存在してるんだよ。

「それこそが――」

三条家の婆《ばあ》さんは、作為性を感じさせる真っ白な歯を剥《む》き出す。

「三条の運命だ」

胸を押さえたレイは、はっはっと呼吸を繰り返し真っ青な顔で震える。目線を彷徨《さまよ》わせたレイは、俺のことを見つけて、嗚咽《おえつ》しながら涙を流した。

ぽろぽろと、涙滴が溢《あふ》れる。

その瞳の中に逡巡《しゅんじゅん》が見えて、彼女が歩んできた長くて辛《つら》くて悲しい道程を描く。愛する両親と離れ離れになり、大事なモノをすべて奪われて、『三条黎《れい》』として生きることを強制された女の子の姿が映る。

彼女は、祈るようにして。

両手が真っ白になるくらい、強く強く、なにかを握り締めていた。

なにも知らない人間からすれば、ソレは魚の鱗《うろこ》をかき集めただけの薄汚い代物だ。安物のシルバーチェーンを通しただけの不出来なアクセサリー。

でも、それは、たったひとつ。

たったひとつだけ、彼女の手の中に残った大切なモノだ。

その手のひらと胸の内に隠された宝物は、原作ゲームをプレイした俺にしか知り得ず、流れる涙の中にはひとりの兄の姿が映り込む。

——私は、誰も信じません

青ざめた唇が、震えながらささやく。

「ぱぱ……まま……」

幾度となく、冷たい布団の中で。

紡がれてきたであろう彼女の祈りは、俺の耳にだけ届いた。

「たすけて……」

あぁ、そうだ。

今、あの子を救えるのは——俺だけだ。

「ォ、ォ、ォオオオッ！」

底をつきかけている魔力を流し込んで。

体内から体外へと、大量の血を吹き散らしながら、俺は無属性の刀身の形状を整える。

歪《ゆが》む窓枠に右手を叩《たた》きつけ、手のひらを突き破ったガラス片を掴《つか》み、血に塗《まみ》れた手で己の全身を押し上げた。

ふらつきながら。

「……良《い》い機会だから、教えてやるよ」

俺は、絶句する面々の前でささやく。

「その子はなぁ、誕生日におっきなケーキを食べて……あったかな布団で、大好きな両親の夢を見て……疲れ果てるまで遊園地を駆け回って……ボードゲームで楽しく遊んで……大好きな人と結ばれる……！」

震える膝に拳を叩きつけて——俺は、吹きすさぶ風の中で叫んだ。

「そういう運命なんだよォッ！」

「この……！」

ババアは、分厚い唇を震わせて唾を飛ばす。

「死に損ないがあッ！」

合図を待たずして。

刀剣を引っ提げた麗人は、外へと飛び出し、俺の元へと駆け下りてくる。数秒で降ってきた刀身を弾《はじ》き、俺は力が入らない身体《からだ》を後方へと逃した。

「御大層なことを抜かすと思えば、如何《いか》にも粗末なド素人の剣じゃあないか！　うちの人形の方がまだマシだよっ！」

濁った目。

レイと同じ目をした彼女は、黙々と機械的に刀を振るい、的確に俺の隙を突いた。両眼《りょうめ》に魔力を流し込み、必死でその剣影を追いかける。刀を振るう度、視界の端で弾ける蒼白《そうはく》の刀光に全神経を注ぎ込む。

斬る、斬られる、斬られる、斬る、斬られる。

血飛沫《ちしぶき》がガラスを汚し、傾斜のある高層ビル上で俺と彼女は切り結ぶ。

高所での突風。

たたらを踏んで、姿勢を崩した俺へと麗人は突っ込んでくる。

「…………ッ！」

右。

フェイント、左から飛んできたハイキックが側頭部を叩《たた》いた。

ぐらりと揺れる視界、その場で回った俺は口の中に溜《た》まった血を吐き出した。

次々と飛来する攻撃、急所を避《よ》けながら生命だけを拾い続ける。

ド素人である俺が生成した無属性の刀身は、まともに刀の形にすらなっておらず、形成したと同時に叩き割られる。その度、ほぼ枯渇している魔力で再生成し、俺の両鼻からは大量の鼻血が吹き出して頭が割れんばかりの頭痛が襲ってくる。

ぜいぜいと口中から喘《あえ》ぎを絞り出し、両鼻が鼻血で詰まっているから呼吸がしにくい。

酸素不足で思考が鈍り、徐々に眼前が曇り始め、よろけながら目を擦《こす》る。

倒れたい、倒れたい、楽になりたい。

——たすけて
救いを祈ったレイの姿がよぎり、唇を噛《か》み切った俺は踏ん張る。

甘ったれた戯言《ざれごと》を考えるなッ！　倒れるんじゃねぇ倒れるんじゃねぇ倒れるんじゃねぇッ！　ココで死んだとしても――私は、誰も信じません――俺だけは、あの子の前で倒れるんじゃねぇッ！

「燈色《ひいろ》さん……」

肩を斬られて、腿《もも》をえぐられる。

鍔迫《つばぜ》り合いになって押し込まれ、剣閃《けんせん》が飛び交う度に足がもつれ、背中を斬りつけられ激痛で悶《もだ》える。

「燈色さん……もういい……もういいですから……私、もういい――」

「よくねぇだろッ！」

絶叫し、瞠目《どうもく》したレイの前で俺は刀を振るう。

「辛《つら》いんだろ、苦しいんだろ、助けて欲しいんだろッ！　なんで、お前が我慢しねぇといけねんだよッ！　なんで、お前が三条《さんじょう》の運命なんて背負わされないといけねぇんだよッ！　大切なモノ、全部、奪われねぇといけねぇんだよッ！」

「だって！　それが！　それが、三条黎《れい》の運――」

「そんな運命！」

肺を傷つけた相手の刀身を引き込み、血反吐《ちへど》を漏らしながら――

「俺が、叩き壊してやるッ！」

俺は、刀身を眼前の障害へと叩《たた》きつける。

「お前は、レイだろ!? それ以上でもそれ以下でもねぇんだよッ！ 本当に、ソレはお前のセリフか!? お前の望むことなのか!? あのババアに言わされてることじゃねぇのかよッ！」

麗人の顔が歪《ゆが》み、その動きは精細を欠いて、何度斬っても立ち向かってくる俺から逃げるように後退する。

「言え！ 自分の口で！ 俺は、お前の兄だろ!? そこらへんに、いくらでも転がってるような妹のお願いくらいッ！」

笑いながら、俺は全身全霊を振るう。

「家族の俺がッ！ お兄様が叶《かな》えてやるって言ってんだッ！」

その場にへたり込んで。

鱗《うろこ》のアクセサリーを胸に抱いた女の子は、長い前髪で己の顔を隠したまま、小さな嗚咽《おえつ》を漏らした。

「私……なんで……なんで、生まれてきたんだろうって思った……三条《さんじよう》家に来てから……誰も、私のことを求めてなくて……なんで……なんで、私はこの世界に居るんだろうって……だから……だからね……」

顔を上げた彼女は、泣きながら微笑《ほほえ》み——

「ずっと……お兄様に誕生日を祝って欲しかった……」

レイ自身としての願いを口にした。

「ハッピーバースデー」

相手の刀を受け止めた俺は、微笑んでささやく。

「誕生日おめでとう、レイ」

「……ぐっ」

彼女は、握り締めた両手を前方へと差し出して全身を震わせる。

「ぐっ……うっ……うっ……うぅ……！」

緩んだその手から解放されて、ぽろりとハート形の鱗が床に溢《こぼ》れる。陽《ひ》の光を浴びたそのハートは、きらきらと煌《きら》めきながらレイの誕生を祝した。

「…………」

ぼんやりと。

麗人の侍衛は、敵である俺の前で力を抜き、レイの様子を眺めていて――

「くだらない茶番劇を見物してないで、とっととそのバカを片付けなッ！」

ババアの命令に反応し、反射的に刀を振るった。

「妹の誕生日祝いにくれてやるよ」

その刃《やいば》は俺の左肩から入って、臓器に達する前に止まる。

痺《しび》れるような激痛に襲われながら、俺はカウンターの一閃《いっせん》を放ち——魔力切れ——その途中で、ふっと刃《やいば》が消える。

勝ち誇ったババアの笑みが視界に入り、麗人は俺から刃を引き抜こうとし、驚愕《きょうがく》をもって抜けない刃を凝視した。

血にまみれた俺は、大量の汗を流しながら笑う。

「肉を斬らせて骨も断たせて」

自身へと敵の刃を食い込ませている俺の姿を見て——彼女は、凍りついた。

「俺が勝つ」

その顔面に拳を叩《たた》きつけ、麗人は勢いよく吹っ飛んだ。

ガラス面をバウンドしていった彼女は意識を失って崩れ落ち、俺はへらへらと笑いながら痛む拳を振った。

「アステミル流だ、憶《おぼ》えときな」

きゅーっと音を立てながら、その全身が滑り落ちてきて、受け止めた俺は足元のガラスを割ってから階下に麗人を下ろした。

千切れかけている左半身を押さえながら、ふらふらと俺は最上階へと戻る。

なにも言わず、俺のズボンの端を掴《つか》んだレイの頭を優しく叩き、俺はひとり取り残された婆《ばあ》さんに笑いかけた。

「よぉ、さっきぶり……前に会った時より老けたか……？」

「あ、あんた、本当にヒイロかい……なんで、今更になってこんなこと……」

答える代わりに前へと進み、ババアはジリジリと後ろに下がった。

「そ、そんなボロボロの身体《からだ》でそれ以上なにが出来るんだい……!?」

「お前のクソみたいな運命予報を覆すことくらいはできる」

愕然《がくぜん》と、短銃を構えるババアに向かって俺は笑った。

「人の妹……」

俺は、ヒイロとして口にする。

「泣かせた落とし前、どうつけてくれんだろうなァ……クソババア……ッ！」

ふらつきながら、前に出て――銃声――水弾が俺の右肩を貫き、強烈な痛みと熱、身体《からだ》が右方向にブレる。

一瞬、止まって。

俺は、笑いながら歩き始める。

「……ひっ！」

銃声、銃声、銃声。

恐怖で歪《ゆが》んだ顔のまま、ババアは引き金《トリガー》を引いて、俺の身体のどこかに穴が空く。それでも、その穴は致命傷には至らず、俺の歩みを止める理由にも成り得ない。下手くそな射手は、下劣な射撃を続けて、的になった俺は血に塗《まみ》れて歩き続ける。

老婆は、引《ト》き金《リガー》を引き——銃口に俺の手のひらが重なった。

銃声と共に手のひらに穴が空き、その穴から、俺はババアの汚い面を覗《のぞ》き込む。

「……どうだ、俺の眼《め》は？」

俺は、眼を見開いて、彼女の内を覗き込む。

「俺の眼は、あんたの眼に——どう映ってる？」

「ひっ、ひっ、ひぃっ……！」

再度、彼女は引き金に指をかけ、俺はそこに己の人差し指を差し込んでロックする。

見つめたまま、俺は、ささやいた。

「ひとりで……たったひとりで、誰も信じられず、孤独に苛《さいな》まれる人間の気持ちがわかるか……テメェみたいなクズに囲まれて、ひとりの人間ではなく三条家《さんじょう》の傀儡《かいらい》として生きることを強制される気持ちが……ひとりで泣きながら、誰も頼れず、嫌われ者を演じるしかない人間の気持ちが……」

俺は——叫ぶ。

「テメェにわかるかッ!?」

顔面蒼白《そうはく》で絶句したババアは、ぱくぱくと口を開け閉めし、俺はよろけながら拳をその顔に叩《たた》き込む——衝撃——老人とは思えない動きで、俺の腹を蹴飛ばした老婆は、鼻血を吹き散らしながら銃を構えた。

「なにが、兄だッ！　あんたは、三条の名が付いたお荷物だよッ！　便宜上の兄如《ごと》きが、レイを妹扱いしてるんじゃあないよ！　クズがッ！　黙って、くたばりなッ！　出来損ないがッ！」

俺の眼前に影がよぎる。

俺とババアの間に飛び込んできた人影は、必死で俺のことを抱きしめて盾になった。

「退《ど》きな、レイッ！」

ぶんぶんと、レイは勢いよく首を横に振る。

「早く退きなッ！　撃つよ!?」

その警告にも従わず、レイは涙で顔を濡《ぬ》らしたまま俺に縋《すが》り付く。

「…………」

その様子を見て、婆《ばあ》さんの顔に悲しそうな微笑が浮かんだ。

「……結局、あんたも三条の女にはなれなかったね」

ゆっくりと、引き金が引き絞られていき――彼女の首筋に、刃《やいば》が当たった。

「カワイイ愛弟子《まなでし》から、昼食の誘いがあったと思ったら」

老婆のたるんだ首の皮に刃を突きつけて、この世に君臨する最強《アステミル》は微笑《ほほえ》む。

「日本では、箸の代わりに、魔導触媒器《マジックデバイス》を使って食事を取る者もいるんですか？」

ババアは、眼《め》だけを動かし、額から汗を流した。

「あ、アステミル・クルエ・ラ・キルリシア……神殿光都《アルフヘイム》のバケモノが、どうして、こんなところに……」

「そこまでよ」

粛然と、ラピスが、俺たちの前に現れる。

「貴女《あなた》たちのお家騒動には興味はないけれど、わたしの友人に手を出そうって言うなら話は別」

野球帽を脱いで、黄金の髪を解《ほど》いた彼女の瞳が炯々《けいけい》と光り輝く。

「これ以上やるなら、わたしが相手になる」

「ら、ラピス・クルエ・ラ・ルーメット……!?」

続々と、現れる大物たち。

彼女らの登場を仕掛けたのが、誰か、ようやくわかったらしい。

ババアは、わなわなと震えながら俺を睨《にら》みつけた。

「ヒイロ、あんた……！」

「奥の手ってのは……最後の最後、相手がカードを切れなくなってから切るんだよ……ばーか……」

レイに抱えられたまま。

俺は、震える手で、中指を立てる。

「こっちは、伊達《だて》に若くないんだよ、ババア……脳の巡りが……違うわ……」

そう、言い切って。

俺は、静かに、意識を失った。

＊

目が覚める。

ぼんやりと霞《かす》む視界に、ピンク色の丸いゲームキャラクターが映る。

「ちょっとぉ！　上B連打、やめてくんない⁉　ボク、そういうのやられるとブチ切れちゃうんだけど⁉」

「お断りします。なぜなら、私は、上Bを振り続ければ相手がイラつくことを知っているから」

コイツら……なんで……？

「いやぁ、この白髪のメイドさん、別の意味で強いっすねぇ～！　カービ◯の上Bのウザさをよくご存知《ぞんじ》で」

人が死にかけてる横で、スマ◯ラやってんの……？

目を凝らせば、その光景がハッキリと映る。

十二人の御影弓手《アールヴ》たちが、俺が寝かされている大広間でスマ〇ラをやっていた。

しかも、うちの白髪メイドことスノウも参戦しており、十三人でトーナメント戦を開いているらしかった。

『ゲゲゲゲゲゲゲッコゲゲゲゲッコゲッコォガァ……』

「………」

『ゲゲゲゲゲゲゲッコゲゲッコォ――』

「だからぁ！　キャラ選択画面でBA連打して、キャラボイス連発させるのやめてよ！」

「お断りします。なぜなら、私は、キャラボイス連発で相手がイラつくことを知っているから」

うちのメイドが、エルフ相手にえげつない精神攻撃を仕掛けている横で。

俺は『ゲゲゲゲゲゲッコゲゲゲゲッコゲッコォガァ……』という艶《つや》のあるゲームボイスを聞きながら覚醒する。

「お兄様……良かった……」

寝ずに看病していたのだろうか。

少し目が腫れているレイが、俺の手を握ったまま微笑《ほほえ》んだ。

初めて会った時に、俺に向けていた眼差《まなざ》しは、絶対零度的な冷たさを持っていたが……

今の彼女の両目には、春の陽光のような温かさが宿っている。

大和撫子《なでしこ》、とでも言うべきか。

黒い長髪と絶対的な美しさをもつ少女は、俺のことを潤んだ瞳で見つめる。

レイは、ゲーム内ではデレるまでツンツンしていた印象だが、さすがに瀕死《ひんし》の兄の前ではしおらしくなっていた。

すぅすぅ、すぅすぅ。

俺の足元で、寝息を立てながらラピスが眠っていた。

布団の上に広がる金髪には、枝毛が一本もなく、あたかも黄金の絨毯《じゅうたん》のようだ。

俺の足を枕にして、むにゃむにゃ言っている彼女は、このまま美術館に展示出来そうだった。そんなラピスと並んでも、遜色ないと言い切れるのだから、レイもさすがはヒロインだなと思う。

「三条《さんじょう》家の件は……申し訳ありませんでした……巻き込みたくは……なかったんですが」

途切れ途切れに、彼女はそう言った。

全身に包帯が巻かれた俺は、鉛のように重い全身を持ち上げようとして――慌てて、レイが支えてくれる。

「俺をかばったんだろ？」

レイは、驚いたように顔を上げる。

観念したのか、彼女は、こくりと頷《うなず》いた。

「あの会食は、今回のが初めてじゃない。たぶん、スノウが俺を見張るようになってから、何度も行われてきた。目的は『学園内で、どうやって俺を始末するか』を決めること……そうだろ？」

「……はい」

入学日も差し迫っているし、ヒイロについて、話をつけておく必要があるからな。

学園という絶好の穴場で、俺《ヒイロ》に暗殺者を差し向けるにしても、次期当主であるレイの承認は必要不可欠だ。

レイの許可なしに俺を殺したら、勝手な判断だと難癖つけられて、三条《さんじょう》家内での立場が悪くなるからな。

三条家の金と力をどれだけ得られるか……少しでも、自分の配分を増やすために、分家は分家同士で食い合っているのだ。

誰も、自分の手を汚したくはない。

だから、まだ若いレイの承認を得た上で、俺の殺害を計画していたんだろう。

あんなヤクザみたいなババアどもに『兄を殺せ』なんて詰め寄られたら、そりゃあ泣き出すに決まってる。

レイは、最後まで、あのクズな兄……ヒイロを護《まも》ろうとしていた。

レイルートの最後の最後で、暴走したヒイロが全てを敵に回してしまって。

彼女は、せめて、兄に人間《ひと》として尊厳のある死を迎えてもらおうと、策謀を巡らせ彼のことを安楽死させる。

レイは、自分の行いを悔いて泣き、主人公はそっと彼女を抱き締める。

めっちゃ、泣けるんだなコレが……あと、尊い。

ちなみに、このレイによるヒイロの謀殺は、徹底した理詰めで行われたため、ファンの間では『殺人詰将棋』と呼ばれている。

「悪いな、俺のせいで」

「お、お兄様は悪くありませんっ！　わ、私に勇気がなかったから……大叔母様《おおおばさま》たちを止められなかったから……だから……！」

「ありがとうな」

俺は、彼女に微笑《ほほえ》みかける。

「もう大丈夫だ。後は、俺に任せろ。お前のことは、絶対に、幸せにしてみせる（俺ではなく主人公が）」

レイは、泣きながら、俺に抱《だ》き着いてくる。

微笑んだ俺は、彼女を引き剥《は》がそうと画策しながら、こちらをじとーっと睨《にら》みつけるラピスに目を向ける。

「ラピス、起きたなら替わってくれ」

「は？　なんで、わたしが、君に抱き着かないといけないの？」

「逆に決まってんだろッ！　お前が、レイと抱き合うんだよ！　普通に考えればわかるだろうが!?」

「わ、わかんない……」

「やれやれ」

長刀を持った師匠《アステミル》が、微笑を浮かべたまま、俺の前までやって来る。

「電話一本で呼び出されて、後始末を任されるとは。どうにも、ヒイロには、師を軽視する傾向がありますね」

床に長刀を置いて、綺麗《きれい》に正座した師匠は俺の頭を優しく撫《な》でる。

「でも、よくできました。えらいえらい。またひとつ、強くなりましたね」

「いや確かに、レストランに行く前に『一緒に、飯食べようぜ！』とか言って、騙《だま》して奥の手にした俺も悪いけど……人が瀕死《ひんし》になって死にかけるまで、様子見して助けてくれなかった師匠も酷《ひど》くない？」

「HAHAHA、なんのことやら」

コイツ……わくわくしながら、いまかいまかと、一番格好いい場面で登場しようとスタンバってた癖に。

「それに、ヒイロ、わたしのことも利用したでしょ？」

両肘を布団に突いて、顔を支えたラピスは、両足をパタパタしながら言った。

「あのラピス・クルエ・ラ・ルーメットが、ヒイロの裏《バック》についてるって……三条《さんじょう》家の連中に知らしめたかったんじゃないの？　だから、わざわざ『魔導触媒器《マジックデバイス》は使うな』なんて言って、戦闘には加わらせずに、最後の最後で登場させようとしたんじゃないの？　君、あの一瞬で、どこまで考えてたのよ。底が知れないわね」

「ＨＡＨＡＨＡ、なんのことやら」

俺と師匠は、顔を見合わせ、笑いながら肩を組む。

「「ＨＡＨＡＨＡＨＡＨＡＨＡＨＡＨＡＨＡＨＡＨＡＨＡ！」」

「このクソ師弟……まぁ、でも」

ぼそっと、ラピスはつぶやく。

「先に謝ってたし……わたしのこと、巻き込みたくなかったってのが……君の本音なんでしょうけど……」

「いや、普通に巻き込む気、満々だったけど？　なに、小さい声で、ボソボソ言ってんの？　もっと、ちゃんと、腹から声出せよ？」

「そこは、ちゃんと、聞こえないフリしろッ！」

百合《ゆり》以外のフラグは、片っ端から叩《たた》き折るつもりなので断る。

「まぁ、でも、アレだけ派手に俺のパトロンを紹介してやったんだ。コレで三条家《さんじょう》も暫《しばら》くは手を出せないだろ」

ようやく、レイを引き剥《は》がし、俺は微笑を浮かべる。

「学園生活、楽しめよ。特に恋。学業とかどうでも良《い》いから、運命の相手（女の子。できれば主人公）を見つけて幸せになってくれ」

「え？　は、はい……？」

「ご主人様」

「うおっ!?」

急に音もなく、俺の前に立ったスノウは深々と頭を下げる。

「ありがとう……ございました……本当に……ありがとう……」

涙声の彼女に、俺はしっしっと手を振った。

「俺には、俺の護《まも》りたいものがあったから動いただけだ。別に礼を言われる筋合いはねーよ。俺に頭下げる前に、キャラ選択画面でＢＡ連打した対戦相手に謝ってこい」

顔を上げたスノウは、静かに微笑《ほほえ》む。

「ヒイロさ～ん!!　早く、スマ○ラ、やりましょぉよぉ～！　崖掴《つか》まりを繰り返して、対戦相手をイラつかせるテクニック教えてもらったんで～！」

「俺は、もう、リアルスマ○ラしてきて満身創痍《そうい》だって見てわかんねぇかなぁ!?　ヒイロくんは、キャラ選択不可能なんだよ！　黙って、うちの白髪メイドとやり合ってろや！」

俺が御影弓手《アールヴ》たちに叫び返すと、薬が効いてきたのか眠気が訪れる。

騒いでいるエルフたちは無視して、俺は目を閉じ、まどろみに身体《からだ》を任せた。


目が覚めた時には、スマ〇ラのトーナメント戦は終了しており、スノウが見事に優勝したことがわかった。

その直後か最中にリアルスマ〇ラを嗜《たしな》んだのか、御影弓手たちが倒れ伏しており死屍《しし》累々《るいるい》の戦場が眼前に広がっていた。

「お目覚めでしょうか」

冷たい声音。

一度、着替えてきたのか、クリーム色のカーディガンとチェックのミニスカートを着たレイは、穿《は》いている黒タイツをしきりに伸ばしながら俺を見つめる。

「先程は、お兄様がようやく目覚めた安堵《あんど》で、緩んだ態度を見せてしまいましたが……私は、まだ、貴方《あなた》を信頼したわけではありません。勘違いなさらぬように、お願いいたします」

「きゅ、急に切り替えてきたね。それは、まぁ、良いんだけども」

俺は、自分の頭が載っている太ももを指した。

「な、なんで、俺のこと膝枕してるの……？」

「勘違いなさらないでください。必要な処置です。この別邸に枕がなかったので、仕方なく、私の膝をお貸ししているに過ぎません」

「いや、レイの後ろにあるけど……？」

俺は、彼女の腰の後ろに隠してある枕を指差す。

指差した瞬間、レイは枕を思い切りぶん投げて、倒れている御影弓手《アールヴ》の頭に当って「ぐえっ！」と悲鳴が上がった。

「そんなものありません」

「いや、あったよね……？」

「ありません」

断言したレイは、脇に置いてあったお盆からお粥《かゆ》が入っている茶碗《ちゃわん》を持ち上げる。

釜から取り分けたばかりらしく、湯気の立ったソレにふーふーと息を吹きかけ、髪を耳にかけた彼女は頬《ほお》を赤らめて俺に匙《さじ》を差し出す。

「……あ～ん」

「いや、あの、意味がわかりません。やめてください、普通に距離感間違えてますよ。自分で食べます」

「無理です。匙がありません」

「あるだろうがッ！　今、まさに、お前が持ってるモノを匙《さじ》と呼称するだろうがッ！」

「お兄様用の匙がありません」

「三条《さんじよう》家の別邸で、主人たる俺の匙がないのは異常事態ではありませんか……？」

「い、いいから口を開けてください。妹の作った粥《かゆ》が食べられないと言うのですか。スノウにも味見をしてもらったので命の保障くらいはします」

「大体の食事では、命の保障は当然のようにセットで付いてくるんだよ。『命の保障はいたします』、なんて看板ぶら下げた飲食店で飯食いたいと思うのか？」

「も、もういいから、ほら、きちんとお口を開けてください。あ〜ん。あ〜んって、子供でも出来るようなことくらいしてください」

鼻をつままれた俺は、無理矢理《むりやり》、口をこじ開けられ匙をブチ込まれる。

「うごおえっ！　病人に対する虐待現場を目の当たりにしてる！　ふぉ、フォアグラの製造現場みたいになって――ごえぇッ！」

「だ、だって、お兄様が意固地だから……あの……」

ぼそぼそと、レイはささやく。

「美味《おい》しい……ですか……？」

まるで、乙女のように頬《ほお》を染め、レイはこちらを見つめている。俺の中で緊急警報が鳴り響き、即座に百合《ゆり》保護法が可決される。

断じて、ココで、笑顔で『美味しい』と言ってはいけない。兄と妹の適切な距離感を保つため、未来の百合のためにも外道に成り下がる！

「クソ不味《まず》いなぁ！　食えたもんじゃねぇぞ、これぇッ！」

「…………」

「まるで、糊《のり》を食ってるみてぇだぜ！　知ってるかぁ⁉　ご飯粒でも、なんか、糊の代用的なこと出来るんだぜぇ⁉」

「……お兄様は」

嬉《うれ》しそうに微笑《ほほえ》みながら、レイはささやく。

「他の人たちとは違って、私に嘘《うそ》を吐《つ》いたりはしないんですね。不器用な人……そこまで、露骨に言って、私に激励を送っているつもりですか？」

「…………」

引いてだめなら推して参るッ！

「めちゃくちゃうめぇ！　美味美味美味！　俺の妹は、天下一の料理人！」

「嬉しい……こんな不出来なモノを美味しいと言ってくれるなんて……私、お兄様のためにもう少し頑張ってみます……」

死ねぇ！　ヒイロ、死ねぇ！　お前、貴様、テメェ！　どうしようもねぇじゃねぇか！

八方塞がりの絶望しか待ってねぇじゃねぇか！　全部、お前が悪いから死ねッ！

「ま、まぁ、別にコレはお兄様のために作ったわけではありませんが」

照れ照れと、レイは黒髪を掻《か》き上げる。

「…………」

コレ見よがしにツンデレみたいなこと言い出したぞ、コイツ。やべぇ。百合《ゆり》ゲーやギャルゲーだったら、個別ルートに突入済みの状態だろ。だがしかし、俺は男なのでルートに突入するわけもない。よかったぁ。

「ところで」

そっぽを向いて、レイはもごもごとつぶやく。

「私の膝枕は……その……どのような心地ですか……？」

右と左の太ももの間に、頬《ほお》を押し付けている形になっている俺は、その柔らかさとタイツの感触を感じながら息を荒らげる。

己の名誉のために言うが、興奮しているからではない――絶望しているからだ。

「さ、参考文献によれば、適齢期の女性は女性の黒タイツに興奮を催すと……男性も……お兄様も、その、私の膝枕で……興奮してますか……？」

もじもじと、レイは膝を揺らした。

その度に、柔らかな太ももが俺の頭をドリブルして、制汗剤の香りが撒《ま》き散らされる。

ぼうっとするような、陶酔の感覚が訪れ、俺は屈しようとしている己に鞭《むち》を入れる。

抗《あらが》え、この世界にッ！　俺は、百合の守護者だッ！　美少女の太もも如《ごと》きで、この意志は揺るがないッ！

「え、えへぇ？　べ、べつにぃ？　あ、あれだけどぉ？　な、なんも感じねぇけどぉ？こ、興奮？　えへぇ？　な、なんでぇ？」

「……なるほど」

ぴくぴくと、頬をひくつかせ――ゆっくりと、レイはスカートを持ち上げる。

「では、もう少し、興奮を促してもよろしいでしょうか？」

愕然《がくぜん》とする俺の頭を持ち上げ、己のスカートの内側へと招き入れた彼女は、真っ赤な顔でニコニコ笑う。

彼女は、俺の両眼《りょうめ》にカーテン代わりのスカートをかけた。

「ご、ご堪能ください……？」

「ぎゃぁあああああああああああああああああああああ！　興奮するぅううううううううううううううううう！　青少年の幼気《いたいけ》な精神がフェティシズムで歪《ゆが》むぅううううううううううううう！　うぉおおおおおおおおおおおおおおおおおおおおおおおおおお！　俺は、百合の守護者だぁああああああああああああああああああああああああああ！」

必死でスカートの奥から脱出した俺は、息も絶え絶えに唾液を垂れ流し、布団に頬を擦《こす》り付ける。

「だ、だれか……たすけて……妹に殺される……」

「お、お兄様が興奮しないなんて言うから……」

両手で顔を覆ったレイは身悶《みもだ》えし、俺のことを捕らえてから自分の膝の上に載せる。

「や、やめて……もう、やめて……柔らかいのやだ……良い匂《い》い、やだ……百合《ゆり》が良い……お、おれ、ゆりのしゅごしゃ……まもれなくなる……やめて……」

「も、もうしませんから。薬を飲んだら眠ってください」

「いや、お前、参考文献って……こんなことして……なに読んだの……？」

顔を赤くして、顔を伏せた彼女はぼそぼそとつぶやく。

「れ……れでぃーす……こみっく……」

「ドスケベじゃねぇかっ！」

口をもごつかせながら、涙目になったレイに俺は指を突きつける。

「ドスケベじゃねぇか、お前！　アレ、エロ本みたいなもんだろッ！　三条《さんじょう》家のお嬢様が、堂々とエロ本買って兄で練習してるんじゃねぇよッ！　女の子相手にやれ！　撮影して俺に送れッ！　画質と音質は、俺に指定させろッ！」

「え、エロ本じゃありませんっ！　店員の方にも、きちんと、年齢制限がないかどうか確かめましたっ！　あ、アレは、健全な恋愛漫画ですっ！　ちゃ、ちゃんと、心の揺れ動きも表現されていて、えっちなシーンはその付属品に過ぎませんっ！」

「嘘《うそ》つくんじゃねぇ！　あんなもん、本能のままにまぐわってる獣が見開きでドーンッて載ってるエロ本だろうがッ！　言うなれば、アニマルコミックだあんなもん！」

「違いますます違いますます違いますっ！　健全です健全です健全ですぅっ！」

両手で顔面を押さえたまま、いやいやと首を振る妹に俺は真実を突きつける。

「良いか、お前がドスケベなのはたったひとつの真実だ！　無闇矢鱈《むやみやたら》に、男相手にそのスケベを向けるのはやめろ！　特に兄！　兄はやめろッ！　俺らは兄妹《きょうだい》だろッ！　そういうのは、兄妹同士でやるものじゃあないッ！」

「でも、血はほぼ繋《つな》がってないようなものですし、そういう義理の兄妹でアニマルコミックしてるものもたくさんありましたっ！」

「メイドォオオオオオオオオオオオオオオオオオオオオ！　メイド、直《す》ぐに来い、メイドォオオオオオオオオオオオオオオオオオオオオオオッ！」

「呼ばれて飛び出て、はいメイド」

襖《ふすま》が開いて、スノウがやって来る。

「なんでしょうか、喧《やかま》しいこと火の如《ごと》しなのですが」

「お前、レイがドスケベだぞ!?　三条家では、どういう教育してるんだッ!?」

「さ、最低！　最低です、お兄様っ！　スノウにまで言うなんて、ばか！　ばか、ばか、ばかぁっ！」

ぺちぺちと、頬《ほお》を叩《たた》かれる俺を見下ろし、白髪のメイドの視線が冷たくなる。

「レイ様と……やったんですか……？」

「「はぁ!?」」

スノウは、膝枕されている俺を指す。

「どう見ても、恋人同士の距離感ではないですか。レイ様に手を出したのであれば、旧《ふる》き約定に従って貴方《あなた》をキルしなければなりませんが」

「や、やってませんやってません！　私とお兄様は、アニマルコミックしてませんっ！　人間ですっ！　よしんば、することになったとしても、私は三条《さんじよう》家の人間として獣になることはありません……た、たぶん……？」

「これ以上、状況を悪化させるんじゃねぇ、このナチュラルドスケベッ！　俺の頭を下ろしなさいッ！　布団に！　早く！」

「で、でも、布団は硬いですから……いやです……」

「その優しさが仇《あだ》になるから！　仇になってるから！　下ろして下ろして下ろして！」

「……………」

つかつかと、歩み寄ってきたメイドは、綺麗《きれい》な所作で布団に腰を下ろした。

丁寧な手付きで、俺の頭を持ち上げた彼女は、自身の膝の上に俺の頭を載せて――白髪を耳にかけてから微笑《ほほえ》む。

「コレで、なんの問題もないのでは？」

「いや、普通に問題あ――」

そっと。

人差し指を俺の唇に当てたスノウは、いたずらっぽく微笑む。

「しーっ……」

「………」

思わず、俺は黙り込み、スノウの隣に座っていたレイは額に青筋を立てる。

「お兄様は、私がココまでしたにもかかわらず、スノウの膝の方が良《い》いと仰《おつしや》るのですか……？」

俺の頭を持ち上げて、レイは自分の膝の上に載せる。

「こっちの膝の方が――」

俺の前髪を掻《か》き上げて、頭を撫《な》でながら彼女は微笑む。

「良いですよね？」

「いや、あの」

俺の頭が持ち上がり、無言でスノウは自分の膝の上に載せる。

「「………」」

レイは、俺の頭を持ち上げて自分の膝に載せる。

間髪容れず、スノウは俺の頭を持ち上げる。ソレを押さえつけるようにして、レイは俺の頭をガッと両手で掴《つか》んだ。

「「…………」」

ぐいぐいと、笑顔で、ふたりは俺の頭を引っ張り合い――

「ぎゃぁあああああああああああああああああああああああああああああああああああ！　無事だった頸椎《けいつい》まで歪《ゆが》むぅうううううううううううううううううううううううううううううう！」

俺の悲鳴を聞いて、ハッとしたふたりは同時に手を放す。

そして、俺の顔は、なんの因果かふたりの膝の間に綺麗《きれい》に収まった。

「「…………」」

微笑を浮かべたふたりは、俺の頭を撫《な》でる。

「うっ、うっ、うぅ……！」

この場で泣いているのは、悲しいことに俺だけだった。

この世界の治療には、魔法が取り入れられているせいか、元の世界よりも早く俺の傷は癒えていった。

悲嘆に暮れていても、ヒイロとしての生活は続いてゆく。

師匠の『懇親会も兼ねてのバトル』は、期待以上の効果を発揮しており、俺と熱いバトルを繰り広げたムーアの俺への敵視は消えていた。

その代わり――

「……カレー」

「…………」

「カレー」

「…………」

「カ――」

「カレハラやめてよ、もうっ！　毎日毎日毎日、枕元でぇっ！　俺、両手からカレーが出てくるわけじゃねぇからっ！　市販のぉ！　市販のルー、入れて混ぜれば、どう足掻《あが》いてもカレーになるからぁ！」

俺の枕元にムーアが出没するようになり、カレーを作るようせがまれるカレーハラスメントを受けるようになってしまった。

仕方ないので、動けるようになってからカレーを作ってあげた。

「…………」

「直立不動で、俺の前でカレー食べるのやめてくれる？　せめて、なんか言って？　立ち食いカレー屋さんじゃないからね？」

「…………」

「カレーの妖精か、お前？　もしかして、俺にだけ見えてる？」

御影弓手《アールヴ》との関係が改善したのは、俺だけではなかった。『看病』と称して三条《さんじょう》家別邸に立ち入るようになったレイも、シィの仲介のお陰もあって、エルフへの白眼視を捨てて上手《うま》くやっていけるようになっていた。

そんなこんなで、なぜか俺の周囲は騒がしさを増していった。

いつの間にか、俺はこの喧騒《けんそう》に慣れていって……時間はあっという間に過ぎ去っていく。

魔力切れの症状から回復するのに、時間がかかったこともあり、師匠との鍛錬は中断されたまま――ついに、俺は、入学日を迎える。

桜の大木。

新品の制服に身を包んだ俺は、桜の木の下で、彼女を見つめる。

桜吹雪。

桃色の花弁に包まれた彼女は、一瞬、俺のことを見つめ返した。

俺と彼女は――邪魔者と主人公は、見つめ合う。

「ココからが――」

俺は、彼女に宣言するように。

「ココからが、本番だ。なぁ」

そっと、ささやく。

「月檻桜《主人公》？」

彼女は、ほんのちょっとだけ微笑《ほほえ》んで——俺に背を向ける。

俺は、立ち去っていく彼女を見つめたまま、降り注ぐ桜色の祝福と、広大な魔法学園を前にして笑った。

ついに、始まる。

ココからが——学園編《本番》だ。

＊

百合《ゆり》ゲーに出てくる学校は、大体、女子校である。

当たり前と言えば当たり前だ。

女の子同士の恋愛を描くのに、男の存在なんて必要ない。むしろ、邪魔である。女の子同士の神々しいロマンスを描く物語に、男の存在があっても困るというか、不必要通り越して不愉快である。

になるのだが。

鳳嬢《ほうじょう》魔法学園もまた、その例に則《のっと》っており、見事なまでの女子校でお嬢様学校である。

三条燈色《さんじょうひいろ》こと俺は、その女子校でお嬢様学校で神々しいロマンスを紡ぐ聖地に通うこと

そもそもとして、当然のように持ち上がる疑問がひとつある。

えっ⁉　男の通える女子校があるんですかっ⁉

その質問に答えよう――あるんです！　エスコ世界には、男の通える女子校があるんですっ！

というか、逆に、男の通える女子校しかない。

この世界の学校は女子校と男子校のみ。

男と女が連れ立って歩いているだけで、不自然だと思われるような世界のため、男女の区別は完璧に行われている。

女子校の数は圧倒的に多く、男子校の数は圧倒的に少ない。

なぜかというと、ココは百合《ゆり》ゲー世界であり、女の子は女の子と恋愛しなければならないので……自然と、その舞台となる女子校の数が多くなる。

たぶん、コレがボーイズ・ラブの世界だったら、その数は逆転していた筈《はず》だ。

女子校ばかりのこの世界、男でパンクした男子校に通えない男子はどうするかというと、当然、女子校に通うしかない。

女子校に男子が通う。

共学と何が異なるのか意味がわからないが、この世界では平然とその意味不明さが認められており、女子校通いの男子には地獄が約束されている。

なぜかといえば、女子校通いの男子は、彼らは、存在してはいけないからだ。

当然のように、彼らは敵視され、邪魔者扱いされる。

ただでさえ、男性の地位は低いので、無視されれば御の字、最悪の場合は奴隷扱いされて学生生活を送ることになる。

そのため、高スコアの男子は勝ち組として笑顔で数少ない男子校に進み、低スコアの男子はこの世の終わりみたいな顔で女子校に赴く。

この世界、どうやって、人類は繁殖してるんだよ!?

とか思われるかもしれないが、安心して欲しい。

胸に手を当てて、高らかに断言しよう――エスコ世界では、女性同士で子供が作れる。

いや、どうやってだよという疑問には、開発チームが設定資料集上で答えている。

魔法《キス》。

コレでもかと大きなポップ体で、異論は認めないとばかりに記載されており、開発陣は無敵かな？　と思った。

女性同士が魔法《キス》で、子供を作れる素晴らしい世界。

そんな世界の魔法学園で、スコア0の上、百合《ゆり》の間に挟まる男の俺がどうなるかと言えば……もう、おわかりですね？

校門前の桜並木で、突っ立っているだけでも、不審者を見るような目つきで観察される。

在校生らしき二人組が、こちらを見ながらひそひそ話をしており、すれ違いざまに『男装してるのか……？』と疑惑の眼差《まなざ》しを向けられる。

俺を見る彼女らは、揃《そろ》って、同じ制服を着ていた。

鳳嬢《ほうじょう》魔法学園の制服は、黒地のブレザーに赤のリボンを合わせた瀟洒《しょうしゃ》なものだ。白色のブラウスには、質の良い黒の布地が映えるし、なによりもデフォルトがロングスカートであることが、お嬢様学校っぽくて高ポイントだった。

端的に言うと、ＫＡＷＡＩＩ！

対する男の俺の制服は……男の制服なんて、どうでも良《い》いわ！　という感じの出来である。まぁ、普通のズボンとブレザーだ。ソレ以上でもソレ以下でもない。

鳳嬢魔法学園の制服が、普通の学校のものと違うところは、魔導触媒器《マジックデバイス》の使用を前提としていることだ。

この制服は『鎧布《がいふ》』と呼ばれる特殊な布で出来ており、引き金《トリガー》に感応し、体内から体外への魔力放出を手助けする。その上で、対魔障壁も張られているので（自動的に体外の魔術演算子を取り入れ、障壁を生み出す）、魔法を受けても破れたりはしない。

なので、主人公やヒロインが、この制服で戦ってもえっちなシーンは発生しない。

当然である、百合ゲーはエロシーンを求めるモノではない。百合を求めるモノだ。

俺は、脇を通り過ぎる新入生たちの視線を受けながら時間を確認する。

八時四十五分。

九時には、ショートホームルームが始まる。もう行っても良いだろう。

主人公の顔を拝むためだけに、ラピスやレイと別行動をとっていた俺は、ネクタイを緩めてから玄関口に向かう。

玄関口に張り出されているクラス表。

俺はソレを見もせずに、指定された教室へと向かう。

なにせゲーム内で、何千回も目にするクラス名だしな。基本的に、教室で一日の計画《スケジュール》を立てるし……主人公、ヒロイン、我らがヒイロくんは同じクラスの筈《はず》だ。

鳳嬢魔法学園の校内は、アホみたいに広い。

なにせ、ゲームの都合上、ゲーム進行に必要な設備は全て揃っている。

三つの寮、魔法と導体《コンソール》の研究棟、訓練場、錬金工房、魔導庫、購買部、冒険者協会、社交用サロン、植物園に図書館……挙げれば切りがない。

購買でベーカリーがパンを売ってる横に、魔導触媒器を売るキャラクターがいると言えば、その何でもアリの規模感がわかってもらえるだろうか（スーパーマーケットで、銃が買えるアメリカを思わせる）。

というわけで、大体の新入生は、教室に行くまでに迷う。

そこら中で絶望の声を上げる彼女らを見て、俺は、一周目に感じた絶望感を思い出しニヤニヤしていた。

俺は、周回プレイで完全に経路を記憶しているので、迷うことなく『Ａクラス』の扉に手をかけ――扉が吹き飛んだ。

男性の制服を着たキャラクターが、廊下に飛び出して逃げていく。

俺は、その背中を見送ってから、扉を吹き飛ばした元凶を見つめる。

「あら、また男かしら？」

派手な金色の巻き髪をもつ少女が、身に着けた首飾り《マジックデバイス》を揺らした。

「このクラスに、男がふたりもいるなんて聞いておりませんわ」

彼女の名前は、オフィーリア・フォン・マージライン。

エスコ世界のサブキャラのひとりであり、通称――

「オーホッホッホ！　そこにお直りなさい！　名門、マージライン家のわたくしが、貴方《あなた》を成敗して差し上げますわ！」

『噛《か》ませお嬢』こと、エスコ世界の噛ませ役である。

噛ませお嬢とは、噛ませ役のお嬢様の略称。

噛ませ役とは、主人公の地位向上に使われる哀れな役柄である。

例えば、『おい、このザコがよぉ～！』なんて主人公に絡んで、パンチ一発でのされる不良とか。長々とした口上で、己の強さを語った後に瞬殺されるいけ好かないイケメンとか。『僕のデータに誤りはない』と豪語した後に『バカな、僕のデータ以上の動きを⁉』とか驚いちゃうメガネキャラとか。

主人公をアゲアゲにするため、生《い》け贄《にえ》に捧《ささ》げられる敬虔《けいけん》な供物のことである。

所謂《いわゆる》、主人公のバフ係。

『噛ませお嬢』の愛称で、ファンから親しまれている彼女は、主人公が辛《つら》い目に遭ってている時に颯爽《さっそう》と現れるヒーローである。

秒で現れ、秒で負け、秒で『おぼえておきなさい――！』と去っていく。

ヌルゲーのエスコ世界の中でも、ダントツの弱さを誇っているので、戦ってボコる度にプレイ中の俺はほっこりとしていた。

シリアスな雰囲気も、彼女がいれば、あっという間にコメディシーンに様変わり。生粋のコメディアンとして人気を博している。

彼女の噛ませ力は、他に類を見ない。

実にわかりやすいお嬢様姿、饒舌《じょうぜつ》なお嬢様言葉、この世界で唯一『オーホッホッホ！』と笑い、負けそうになると『な、なぜ、わたくしの魔法が通じないの……！』とか『くっ……わたくしよりも強い女性がいるとは……！』とか、こちらの強さを引き立てるセリフを吐いてくれる。

彼女がマージライン家の家宝として身に着けている首飾り……魔導触媒器《マジックデバイス》『耽溺《たんでき》のオフィーリア』は、驚きの式枠《スロット》1で、まともな属性魔法すら使えない産廃である。

そんなゴミを身に着けて、チート主人公に挑む姿は、主人公よりも主人公っぽい。

明らかな実力差があるにもかかわらず、終盤まで主人公に縋《すが》り付き、しつこく悪態と罵倒を繰り返してボコられる彼女の姿は涙を誘った。

しかも、場合《ルート》によっては、絶対悪たる魔人戦にも参戦し『ふん、貴女《あなた》と肩を並べることになるなんて……最悪ですわ』とか、熱いセリフを吐きながら、颯爽《さっそう》と助けに来て秒で沈む姿はプレイヤーの感涙と爆笑を誘った。

オフィーリアは、最後の最後まで、主人公と和解することはない。

ノーマルエンドのエンディングでは、各キャラクターの末路が語られるが、彼女は『最後まで、主人公を認めなかった』と明記されている。

唯一、オフィーリア・ルートでのみ、主人公の実力を認めて多少デレる（それでも、恋愛関係に至ることはない。百合《ゆり》ゲーなのに）。

ある意味、潔いその姿勢に、プレイヤーたちの共感が集まったのか。

サブキャラの癖に、第一回人気投票ではヒロインたちと並んで上位にランクインし、エスコファンの中では話題になったりした。

さて、そんな噛《か》ませお嬢ことオフィーリアが、俺の眼《め》の前で、見事な金髪縦ロールを披露している。

「あら、最近の猿は、口も利けないのかしら？」

「…………」

例に漏れず、俺も、オフィーリアのことを気に入っている。

一時期、エスコ学会（やり込みすぎて、開発陣に『俺たち、そんなゲーム知らない』とまで言わしめた研究者《ゲーマー》たちの集い）では『金髪縦ロール・育成計画』まで立ち上げられ、最終的には主人公を瞬殺する最強《チート》に仕立て上げられたりしていたので、一方的に偏執的な愛情を向けられていたりする。

本来であれば、この後、ヒイロとオフィーリアは舌戦を繰り広げる。

邪魔者と噛ませの頂上決戦である。

ヒイロの主張は『死ね、縦ロール』であり、オフィーリアの主張は『死ね、男』である。

不毛な口合戦が行われ、とある事情で遅刻してきた主人公は、心のなかで『教室に入れない……』と述懐する。

その後に担任教師が入ってきて、ショートホームルームが始まる……という流れだったよな。

ちなみに、壊れた扉への言及は特にない。

「ちょっと、ごめんあそばせ!?　わたくしを無視なさるおつもりかしら!?　なにか仰《おっしゃ》ったらいかが!?」

「…………」

嚙《か》ませ役は、主人公のために存在するのだ。

ココで、俺が余計なことをすれば、主人公様に迷惑がかかるかもしれないからな。未来の百合《ゆり》のためにも、ココは、沈黙を選んでおこう。

ヒイロが嫌いだから、詳しいセリフまで憶《おぼ》えてないし、下手なセリフ選びは予想外の事態を招きかねない。

と、俺は判断したのだが。

オフィーリアは、下等な男に舐《な》められていると感じたらしい。ぐいっと、俺のネクタイを掴《つか》み、綺麗《きれい》な御尊顔を近づけてくる。

「さっきの男みたいに、泣き喚《わめ》きながら逃げ出したくなかったら、わたくしの気を害したことを謝罪なさい！　さぁ、おはやくっ！」

「…………」

主人公ーっ！　早く、来てくれーっ！

なんて思いながら、棒立ちしていると――オフィーリアの手が握られた。

端整な横顔。

栗色《くりいろ》の髪と透明感の漂う顔立ち、圧倒的な王者としての雰囲気を醸し出し、一種のオーラを纏《まと》った少女がそこに居た。

いや、在った。そこに、魔力の塊が。

おいおい、コイツ……やばすぎるだろ……。

信じ難い程の魔力量、渦を巻くようにして、蒼白《あおじろ》い火花が散っていた。

真っ黒な瞳を教室内に向けて、背の高い彼女は、ニコリともせずにささやいた。

「彼、困ってるよ」

月檻桜《つきおりさくら》。

本ゲームの主人公であり、抜群の成長具合、ありとあらゆる魔導触媒器《マジックデバイス》を扱うバケモノ。

初期ステも、ヒロインたちと比べてずば抜けて高い。

さすがは、ヌルゲーの主人公というべきか……彼女の魔力量は、ただ立っているだけでも、漏れ出るほどだった。

「そこ、退《ど》いたら」

クールキャラの彼女は、無表情のままで言った。

どうやら、俺が無言を貫くという選択をした結果、主人公様は哀れな男を助けるという方向性にシフトしたらしい。さすが、主人公！　優しい！　よっ！　女の唇、奪うの世界

──！　ワイルドオナゴハンター！

　とりあえず、俺は、どうしたら良《い》いだろうか。

　今後、死亡フラグを避けるためにも、多少は主人公とも絡む必要がある。ココは、怯《おび》えたフリをして庇護《ひご》欲を誘っておくか。

「や、やめてください。こ、こわいよぉ。金髪縦ロール、こわいよぉ。『ですわですわ』うっせぇよコイツぅ」

「ほら、怖がってる」

「どう見ても、煽《あお》ってるでしょうが!?　貴女《あなた》、なんなのかしら!?　急に横から入ってきて!?」

「月檻桜《つきおりさくら》」

　ぽつりと、彼女はささやく。

「月檻桜……ふんっ、庶民ですわね。わたくしのこの高貴なる耳と脳に、一度たりとも入ったことのない、いんふぉめーしょんですわ。とは言いましても、超絶一流のマージライン家たる人間として、庶民に名乗り返さないのも流儀に反しますわね。

オーホッホッホッ！　お耳をかっぽじって、よおくお聞きなさい！　わたくしは、オフィーリア・フォン・マージラ──」

「どうでも良いから、退《ど》いて」

ぶちっと、堪忍袋の緒が切れる音が聞こえた。

「決闘ですわっ！」

オフィーリアは、床に白い手袋（噛《か》ませの常備品）を叩《たた》きつける。

「わたくしは！　貴女《あなた》に！　決闘を申し込みますわぁ！　尋常に立ち合いなさい！　吠《は》え面ァ！　わんわんっ！　かかせて差し上げますわぁ！　決闘、決闘、決闘ですわっ！」

「壊れたみたいに連呼しなくても聞こえてるけど」

彼女は、後ろに下がって腰の長剣《マジックデバイス》を抜いた。

「良《い》いよ、いつでも」

「ば、バカにしてぇ……！」

教室がざわめき、ふたりは、互いに反対方向へと距離をとる。

俺は、オフィーリアの横で魔導触媒器《マジックデバイス》を構えた。

「…………」

「…………」

「なにゆえっ!?」

「え？　ぁあ!?」

しまった！　つい！　噛ませの味方を！　いや、だって、戦力に差がありすぎるし！

お嬢のこと気に入ってるから！

「どいつもこいつも、わたくしをバカにしてぇ……！」

「いや、コレは、オタクなりの一種の愛情表――」

反応《アクション》。

引き金《トリガー》、発動《アクティベート》、光剣《ルークス》――俺は、噛ませお嬢を狙った一撃を受け止める。

おっ……もっ……！

眼《め》を見開いた主人公が、驚嘆の表情でこちらを見ていた。

「いきますわよ、月檻桜《つきおりさくら》！　正々堂々、公明正大、恐悦至極、いざ尋常に勝負なさ――どうおぇええっ!?」

鍔《つば》迫《ぜ》り合う俺たちを見て、噛ませお嬢は驚きの声を上げる。

ふわりと、重みが抜けて、スカートを翻した月檻は舞い上がる。

上。

凄《すさ》まじい精度で壁を蹴り上げ、天井から斬り落としてきた彼女を打ち上げる。トンボ返りしながら天井に着地した彼女は、壁へと飛んでから高速移動、ありとあらゆる方向からこちらを斬りつけてくる。

斬撃、斬撃、斬撃ッ！

剣閃《けんせん》の嵐に包まれた俺は、必死で刀を振るい続ける。

「いやいやいや、お嬢お嬢！　噛ませは、あっちあっち!?　さっきのは、つい、反応しちやっただけだから！　可愛《かわい》らしいハプニングッ！　俺は、味方味方！」

無数の攻撃を全て弾《はじ》き返して――月檻桜《つきおりさくら》は、呆然《ぼうぜん》と、こちらを見つめる。

「……なんなの、あなた」

「オフィーリア・フォン・マージライン！」

いや、お前じゃねーよ。

ドヤ顔で、胸を張ったお嬢は、首飾りを構えて不敵に微笑《ほほえ》む。

「そして、この男は、わたくしの専属奴隷ですわ！」

しかも、事前の合意なく専属奴隷にされた。この数秒で、手柄の総取りを考えるそのスタイル、実に小物臭くてまさにオフィーリア。

「来なさい、奴隷」

俺は、笑顔の彼女に手招きされる。

「今回のところは、こんなところにしておいて差し上げますわぁ！　哀れな庶民に情けをかけるのも貴族の役目ゆえ！　オーホッホッホ！」

興味深そうに、月檻はこちらを見つめている。

オフィーリアに連れられた俺は、コレ幸いとばかりに教室へと逃げ込んだ。

俺は、記憶しているヒイロの席に腰を下ろし、その左隣にオフィーリアが着席した。

少し遅れてから、俺の右隣に月檻が座る。

左隣は噛《か》ませ、右隣は主人公、その間に挟まるは腐れクズ死ねボケカス。

「ふんっ！」

「……………」

犬猿の仲……というか、お嬢が、一方的に月檻を敵視している間に挟まれてしまった。

「ふんふんふんっ！」

お嬢、『ふんっ！』は一回だけで良《い》いんだ……何回も続けると、野良犬っぽいぞ……そこらへんでやめとけ……。

「ふんふんふんふんふんふんっ！」

「うほうほうほうほうほっ！」

俺は、ドラミングして猿《ゴリラ》を装うことで、犬猿の仲のふたりの間を取り持とうと画策する。

月檻が同調してノッてくれれば、ふたりの間柄の改善も見えてくる筈《はず》だ。

「ふんふんふんふんふんっ！」

「うほうほうほうほうほっ！」

「…………」

「ふんふんふんふんふんっ！」

「うほうほうほうほうほっ！」

「…………」

そろそろ、左胸にドラミングを集中させて死のうかな。

どうやら俺は、てぇてぇ製造機にはなれなかったらしい。天は、俺に尊さを取り持つ才能を与えてくれなかったようだ。

俺は、左隣と右隣を一瞥《いちべつ》してため息を吐《つ》いた。

さすがというべきか、ヒイロは、百合《ゆり》の間に挟まる男としての適性が高すぎる。たぶん、ユニークスキル持ちだ。『百合挟まり』と『即死自害』のスキル持ちだろう。羨ましいなあ、死ねばいいのに。

俺は、手持ち無沙汰にAクラスの教室を見回した。

鳳嬢《ほうじょう》魔法学園では、半年に一度、スコア・チェックが行われる。

中間テストと期末テストのタイミングで、自らのスコアを確認されて、相応《ふさわ》しいクラスに配属されるのだ。AからEまで。

最優秀な生徒はAクラス、最底辺な生徒はEクラス。

主人公たちは、ゲーム開始時、自動的にAクラスに配属される。普通に進めていれば、まず、下位のクラスに落ちることはない。

なにせ、エスコはヌルゲーだ。中間はクイズ形式、期末テストは四択問題だし、実技もただのリズムゲーである。

特定のルートに進みたければ、クラス落ちを狙う必要があるが、様々な特典が付くAクラスはゲーム攻略には非常に役立つ。

ラピスやレイといった主だったヒロインは、Aクラスから落ちることはないので、クラス落ちを狙うとすれば、サブキャラを攻略しようとした時くらいだろうか。

そしてなぜか、ヒイロもAクラスなのであった。

「そ、それでは、皆さん！　席に着いてください！」

前方の扉が開いて、Aクラスの教室にひとりの教師が入ってくる。

Aクラスの担任、マリーナ・ツー・ベイサンズだ。

マリーナは、ベイサンズ伯爵家の一人娘であり、二十四歳の新任高校教師である。

薄い桃色のショートカットをもつ彼女は、チョロインとして有名であり、選択肢で『キスをする』を選ぶだけで次の瞬間には主人公と結婚している。

百合パワーが強すぎるぞ、ベイサンズ家！　良《い》いぞ、もっとやれ！　この世界を百合畑に変えちまえ！

心中で応援しながらニヤニヤしていると、ショートホームルームの時間になる。

わたわたしていたマリーナ先生は、身振り手振りを交えながら入学式の説明を始めた。

「な、なので、入場の合図があったら……ぼほっ！　うえへっ！　す、すいません……き、緊張して……は、吐き気が……一回、十連ガチャ《ソシャゲガチャ》引いても良いですか……？」

入学初日、ハァハァ言いながら精神安定剤を自身に投与し始める教師を見て、Aクラスの生徒たちは愕然《がくぜん》とし、慣れきっている俺はあくびをした。

後方の席で、俺は、肘を突きながら教室を眺める。

見覚えのあるキャラクターたちが勢揃《せいぞろ》いである。オールスターだ。改めて本当に、あのエスコ世界に来たのだと実感する。

黒板前。

左斜め前の席から、じっと、ラピスがこっちを睨《にら》んできていた。

彼女は、ぶすっとした表情で『初日から、なに騒ぎ起こしてんの』と、ジェスチャーサインを送ってくる。

俺は、手を動かして『素晴らしい噛《か》ませだった。彼女はスゴイ人だよ』と返すと『噛ませ』が伝わらなかったのか首を捻《ひね》られる。

続いて、右斜め前から視線を感じる。

こちらを見ていたレイが、俺の視線に気づいて前に向き直る。

「…………」

チャットが送られてきて、魔導触媒器《マジックデバイス》から画面《ウインドウ》を開いた。

『ホームルーム中は、前を向いてください』

いや、お前だよ。俺は前を向いてて、お前が後ろを向いてんだよ。前後逆転世界から語りかけてんじゃねーぞ、妹。お前は、月檻《つきおり》だけを見つめてろ。

『前後の区別ついてる？　大丈夫？　制服、前後間違えて着てない？　襟元の洗濯表示タグ、前側に着ちゃってない？』

『ホームルーム中に、チャットしてこないでください』

『ばーかばーかばーかっ！』

斜め前のレイは、微笑《ほほえ》んで俺の方を振り返り――前を向いた。

また、チャットが飛んでくる。

『ばか』

後ろからはっ倒して、兄妹《きょうだい》の力量差を見せつけてやろうかな。たぶん、不意打ちしても、普通に負けるんですけどね。

「えぇと……えぇと……そ、それで、せ、先生は、あの、昔からですね、ちょっとオタク気質……というか、職人気質なところがあってぇ……えへっ……」

教壇前では相変わらず、良い歳《とし》した大人が、一生懸命に真っ赤な顔で自己紹介している。

クラス全員が、ほっこりとした表情で、マリーナ先生の自己紹介を見守っていた。

俺も、早くも一致団結しているAクラスのマリーナ先生見守り隊に加入しつつ今後のことを考えていた。

この学園で俺が目指すべき目標は、ハッキリとしている。

月檻とヒロインたちの幸福《ハッピーエンド》な結末だ。

命よりも百合《ゆり》を取った俺は、本来であれば、ヒイロに転生した時点で腹を切らなければならない。

おめおめと汚名を着せられたまま、生き恥を晒《さら》しているのは、未来の百合のためである。

なにせこのゲーム、ヌルゲーといえども危ないポイントは幾つもある。

ゲームであれば、セーブ・ロードで済ませられるかもしれないが、初見の主人公が敗北を喫してもおかしくない場面が多数あるのだ。

月檻桜《つきおりさくら》……主人公が死ねば、ラピスもレイも、誰も幸せにはなれない。

幾度となく、エスコをプレイした俺にはわかる。

ヒロインたちを幸せにできるのは主人公だけだ。

何度……何度、主人公、分身してくれ……結ばれなかったヒロインたちはどうなるんだ……分身しろ……ッ！　と、思ったことか。

というわけで、俺は、月檻の命、延《ひ》いては百合を護《まも》ることに尽力する。

最悪、彼女の盾になって散ることも辞さない。

そのためには、好き勝手に死ぬわけにもいかない。迫りくる死亡フラグは、迎撃して叩《たた》き折らなければ……我が命をもって、百合を守護《しゅご》らなければならぬ。

そうと心を決めていれば、今後の俺の動き方は自明だ。

まずは、スコアを上げられるようにする。

恐らく、主人公並びにヒロインは、クラスを落とすことはない。

彼女らが咲かせる百合の花を護るためには、Ａクラスに居座り続けることが必要不可欠だ。多少、強引な手を使ってでも、スコア0から脱却しなければならないだろう。

次に、自分《ヒイロ》の強さを最大限に引き上げる。

コレは裏から月檻を手助けするためで、なおかつ、ルート進行に助力するためである。まかり間違えても、原作のヒイロのように月檻とヒロインとのイベントを潰したり、不要な経験値をもらうようなことはあってはならない。

主人公アゲに全集中する。月檻が死なないようにもする。

両方やらなくっちゃあならないってのが、百合ゲーマーのつらいところだな。

俺は、俺《ヒイロ》を最強に仕立て上げる。

なにせ、コレはヌルゲーで、主人公はちょっとした手間で、俺の血みどろの努力を軽々と超えていく。

彼女の強さに付いていけなければ、彼女を護ることができる筈《はず》もない。

俺は、余韻で震えている手を見下げる。

月檻桜のあの一撃、凄《すさ》まじかった。こんなんじゃ、全然、ダメだ。

俺は、もっと、強くならなければならない。百合を護るために全てを捧《ささ》げる覚悟がなければ、あのチート主人公に付いていける気がしない。

「で、では、皆さん！　移動しましょう！　入学式の後、オリエンテーションとして、三人の寮長から寮の紹介がありますので！　入寮の検討もしておいてくださ——ごほえっ！　えへっ！　ごほぉ！　す、すいません、推しソシャゲがクソイベ開始した影響で身体《からだ》が」

いつの間にか、ショートホームルームが終わっていた。

俺は、決意を持って、前を歩くヒロインたちを見つめる。

俺が——いや、月檻桜《つきおりさくら》が、絶対に幸せにしてやる。

図らずも、俺と並んだ月檻はどこか楽しそうに微笑《ほほえ》んでおり、マリーナ先生の先導に従って歩いていった。

＊

つつがなく、入学式を終了させた俺たちは、大講堂の中へと足を運ぶ。

鳳嬢《ほうじよう》魔法学園の大講堂。

中央の講壇を取り囲むようにして、段となった赤い椅子が並んでいる。

歌劇場《オペラハウス》のように、宗教画の描かれた立派な円蓋があった。まるみを帯びている壁には、赤い垂れ幕《カーテン》のかかった個室が並んでいる。

あの個室は、高スコア保持者……優等生のためのＶＩＰ席で、上級生らしき生徒たちが、飲み物を口にしながら優雅に雑談していた。

薄暗い大講堂の中で、引率していたマリーナ先生がずっこけていた。

泣きそうな顔をした彼女のことを、生徒たちが必死に介護している光景が、場の雰囲気も相まって悲劇っぽかった。

「あ、あの、ココからココまで！　ココまでが、Ａクラスの席になりますので、今日のところは好きなところに座ってください！　これから、三寮長の寮紹介が始まりますので！　お、お静かに！」

俺は、適当な席に腰を下ろす。

「…………」

波が引くようにして、俺の周りから、クラスメイトたちが去っていった。

俺は、その迅速な厭男《えんだん》行為に心の中で拍手を送る。

男の存在は毒劇物扱いで当然、俺が座った途端、席を移動した彼女らの対応を称賛しよう。むしろ、当然のように、関わってこようとするラピスやらの方がおかしい。

孤立した俺は、腕を組んで、一眠りしようとすると——隣に誰かが座った。

「こんにちは」

甘い香り。

俺の横に座った月檻桜は、微笑を浮かべている。あたかも、雲の切れ間から覗《のぞ》いた月のように、見目麗しい笑顔の光を浴びせてくる。

「…………」

なんで、この人、初《しょ》っ端《ぱな》から男に絡んできてんの？　解釈違いの行動、やめてくれる？

月檻桜《つきおりさくら》をヒイロとかいう汚染物質で破壊しないで？

「すいません、あの、これから友達が隣にくるんで……退《ど》いてもらっていいですか……？」

「きみ、剣術かなにか、習ってたりするの？」

お前、リスニング能力かなにか、欠如しちゃってたりするの？

「まぁ、師匠はいるけど、ちょっと事故があって……魔力切れで死にかけてたから、まだ、剣術は習ってない。質問には答えたんで退いてくれる？」

「やだ。だって、きみ、友達いないでしょ？」

「…………」

正論ゆえに、反論できずか。ははっ、この小娘め、普通に致命傷だぞ？

「我流、か」

前の無人席にもたれかかって、月檻は微笑《ほほえ》む。

「強いね、すごく」

チート主人公に言われても、皮肉にしか聞こえないんですが……俺とお前の魔力量、コップとプールくらいの差あるからね？

なぜ、急に話しかけてきたのかは知らないが、必要以上に月檻と仲良くするつもりはない。

なにせ、生粋のタンク職であるヒイロくんが注目《タゲ》を集めれば集めるほどに、主人公とヒロインの貴重なスウィートタイムが費やされてしまうのだ。

月檻桜には、次から次へとイベントを巻き起こしてもらって、彼女の意思次第ではあるがハーレムルートに進んで欲しいので……とっとと、ラピスかレイのところに行けやァ！

俺の前から失《う》せろォ！

「…………」

というわけで、俺は、会話を打ち切るように目を閉じる。

「ね、ダンジョンって行ったことある？」

「…………」

「一緒に行かない？　今日の放課後、時間ある？」

「…………」

「どこ住んでるの？　寮、入るんでしょ？　どの寮に入るつもり？」

「…………」

なんなの、この人ぉ!?

なんで、こんな絡んでくるのぉ!?　お前、クールキャラだろ!?　なんで、脇、ツンツンるのやめてくれる!?

突《つっ》いてくるの!? 俺のなにをそんなに気に入ったの!? 初対面の相手のほっぺ、突《つっ》いてく

「………おい、コラ」

「なんだ、やっぱり、起きてた」

真っ黒な瞳で、月檻《つきおり》は、こちらを覗《のぞ》き込んでくる。

綺麗《きれい》な瞳だ。澄んでいる。

一瞬、その底知れなさに惹《ひ》き込まれそうになるが、すんでのところで我を取り戻す。

「せっかくの学園生活、男なんぞに構ってて良《い》いのか。こんなにカワイイ女の子が、たくさんいるのに、男のほっぺを突《つっ》いて一生を終えるつもりか」

「あの子たちは弱い」

冷めきった表情で、彼女はささやいた。

「私は、対等な相手しか好きにならないから」

彼女のこの言い分には、それなりの理由がある。

元々、月檻桜《さくら》は強さを求めて、この鳳嬢《ほうじょう》魔法学園に入学した。

彼女の目的は、日本中のダンジョンの核を潰すことであり、庶民の彼女がこのお嬢様学校に入学できたのも、魔法の扱いに優れていると認められたからだ。

ヒロインたちに出逢《であ》うことで、徐々に彼女の頑《かたく》なな心はほぐれていき、最終的には『ダ

ンジョンなんてどうでもええわ！　わたしは、女の子とイチャラブして幸せになる！』と恋愛に目覚める。

まぁ、まだ序盤だ。いずれ彼女も、女の子とキスするようになる。大丈夫だ、百合《ゆり》ＩＱ１８０の未来視を信じろ。

月檻の反応について考えていると、ラピスがやって来て俺の左隣に座った。

俺は、無言で立ち上がって後ろの席に移る。

「…………」

「…………」

我が物顔で追ってきたふたりは、俺を挟んで左右に座る。

コイツら、百合の間に挟まる男でオセロに興じるつもりか……？

「初対面ながら、失礼いたします」

レイがやって来て、綺麗な笑顔で月檻に語りかける。

「席を替わって頂けませんか？　貴女《あなた》の左隣に座っているのは兄で……兄と言っても、遠縁でほぼ血は繋《つな》がっていません。少々、誕生日が兄の方が早いので、私が妹として振る舞っています。先日、兄は大怪我《けが》を負いまして、まだ制服の下の包帯も取れていないんです。妹としましては、当然、心配もしておりますし、なにかあれば対応しなければなりません」

「いや、俺、もう包帯取れ――」

「お兄様には聞いてません。黙っててください。前述の事情もありますので、申し訳ございませんが席を替わって頂けませんか？」

「…………」

「せ、き、を、替わって頂けませんか？」

「…………」

ニコニコと微笑《ほほえ》みながら、笑っていない目でレイは月檻《つきおり》を見下ろす。その凄《すさ》まじい圧にラピスは顔を青くしており、俺もまた寝たフリをして受け流しにかかる。

立ち尽くすレイを無視して、月檻は俺に微笑みを向ける。

「ガム、食べる？」

お前の胆力、どうなってんだ……？

一方のレイも、満面の笑みを浮かべたまま、俺の前の席に腰を下ろした。

彼女は、黒い長髪をなびかせてくるりと振り返り、ニコニコとしたまま見つめてくる。

「お兄様」

「は、はい……」

「三条《さんじょう》の人間として、寮には入りませんね？　三条の本邸で暮らすことが義務付けられておりますよね？」

「入るよ」

唐突に、会話に月檻が割り込んでくる。

「さっき、一緒の寮に入るって約束したから」

してねーよ！　笑顔で捏造《ねつぞう》するんじゃねーよ！

「はぁ⁉　君、寮に入るの⁉　聞いてないんだけど⁉　あの家はどうするのよ⁉　アステミルも御影弓手《アールヴ》も騒ぐよ⁉　そういう大事なことは、ちゃんと相談してよ！」

横からラピスにツッコまれ、俺はびくりと身じろぎする。

「お兄様は、三条の本邸に住みます。先程、誓約書にて取り交わしました」

「え？　さっき、別邸に住むって捺印《なついん》したでしょ？」

「ううん、寮に入るって法廷で宣誓した」

こ、こわい……事実が三方向から捻《ね》じ曲げられて、原形を留《とど》めないほどに変形している……というか……。

ギャーギャー言い争う三人の間で、俺は、両腕の間に顔を伏せる。

どうして、こうなった……コレじゃあ、一般ラブコメ、ハーレムものだ……いつの間に、ココまで好感度が上がったんだよ……恋愛感情とかではなく、純粋な好意であることはわかるのがまだ救いだが……意味がわからんわ……。

真剣に、俺はこの状況から、三人の好感度を０まで落とす方法を考える。

「……………」

う○こでも漏らすか……いや、でも、他の方法が……。

「…………」

やはり、う○こか……？

「…………」

どう考えても、う○こを漏らすしかない……（絶望）。

百合《ゆり》のために、人としての尊厳を捨てようと決意した時、折り悪く周囲が真っ暗になって——講壇に、スポットライトが当たる。

どうやら、三寮長の寮紹介が始まるらしい。

いがみ合っていた三人も、静けさを取り戻し、俺は講壇上へと目を向けた。

鳳嬢《ほうじょう》魔法学園には、三つの寮が存在する。

朱《ルーフス》の寮、蒼《カエルレウム》の寮、黄《フラーウム》の寮……三つの色で分けられた寮は、エスコ・ファンからは『信号機』とも呼ばれている。

各寮には、寮長と呼ばれる支配者《マスター》が存在する。

寮長は絶対的な支配者であり、一度、寮に入れば、彼女らに逆らうことは許されない。

寮内の規則も各寮長が決めており、寮対抗のイベント内でも、陣頭指揮を執ることになっている。

原作ゲームでは、各寮に入ることで、主人公は追加能力値《ボーナス》を得ることが出来た。

朱の寮に入れば体力と筋力、蒼の寮に入れば魔力と知性、黄の寮に入れば敏捷《びんしょう》……寮に入った時点で、主人公が上げたスコアは所属した寮へと加算される。

各寮が管理するスコア量が上がれば上がるほどに、追加能力値のパーセンテージが上がっていく。また、一定のスコアを稼ぐことによって魔導触媒器《マジックデバイス》や魔道具《アイテム》をもらえたり、寮長の好感度を上げてルートに入ることも出来たりする。

また、半年に一度、スコアによるクラス分けと同時に各寮の順位が発表される。そこで見事、一位に輝いた寮には学園長からご褒美を授けられる。

ゲーム開始時、主人公は特定の住居を持たない。

そのため、主人公の入寮は強制されているが、どの寮に入るかは自由に決めることができる。ただし、入寮試験と呼ばれる審査が存在しているため、そこで好成績を収められなかった場合には入寮を拒まれることもある。

朱の寮への入寮は、一周目でも頑張れば可能。

蒼の寮への入寮は、二周目ないし三周目以降でなければ無理（エスコ学会員でもない限り）。

黄の寮への入寮は、選びさえすれば余裕で入れる。

魔力が重視されるエスコにおいては、蒼《あお》一択のようにも思えるが、前述した各寮独自の特典も軽視出来ない。その上、各寮で発生するイベントも異なるので、どの寮が良いとは一概には言えないだろう。

原作ゲームでは、ヒイロが寮に入ることはないが、寮に入らないとしてもどの寮に属するかは決めなければならない。

裕福なお嬢様たちにとっては、規則のある寮よりも実家で過ごす方が快適だ。わざわざ、寮に入ろうとするのは上を目指すエリート志向の生徒くらい。とはいえ形式的に、所属だけはすることになるのだ。

設定上では、入寮して好成績を収めると、就職先がより良いものになる。

各種企業が鳳嬢《ほうじょう》魔法学園の寮内成績に重きを置いており、それを一種の判断基準としているのだ。

それに、寮に入れば、各寮長とのコネも作れる。

そのコネが就活時に役立つのはもちろん、学生生活においても、高スコア保持者と仲良くするのは得にしかならない。

おこぼれに与《あずか》れるのはもちろん、彼女らに同行すればチャンスも多く巡ってくるので、相乗的にスコアも上がっていく。

というわけで、ゲーム内のヒイロは寮に入らなかったが、俺は入寮を目指そうと思う。

当然、強さを求めれば蒼の寮《カエルレウム》一択だが、スコア0の俺は黄の寮《フラーウム》に入れるかも怪しい。

基本的に、寮のスコアは入寮した全員のスコア総量となるため、エリート志向の蒼《あお》でもなければ『コイツを抱き込めば得になる』と判断されれば入寮出来る。

ただ、ごくまれに、どの寮にも『受け入れても得にならない』と見做《みな》されて、入寮出来ない人間もいる。

例えば、スコア0で、百合《ゆり》の間に挟まってくるクソ男とか……アイツ、嫌われすぎて、入寮拒否されたって設定だったよな……？

とりあえず、今は、寮長の寮紹介に集中するか。三寮長の登壇ということは、彼女の紹介も行われるしな。

三寮長のひとり――第三のヒロインのお出ましだ。

中央の講壇。

熱をもった光が舞台を照らした。スポットライトを当てられて、光り輝く花道を堂々たる面持ちで、朱色の髪をもつ少女が歩いてくる。

龍人《ドラゴニュート》である彼女の頭には、捻《ね》じくれた二本の角があった。

フレア・ビィ・ルルフレイム――朱《ルーフス》の寮の寮長であり、火属性特化、二つ名は『炎那《えんな》』。

彼女は、微笑を浮かべて、マイクに口を寄せる。

「我々は、強者を求めている」

その一言から始まった演説は、身振り手振りを交えて行われ、良質な演劇のような優雅さをもっていた。

あの月檻桜《つきおりさくら》でさえも、俺の右横で、魅入られるかのように壇上へと目線を注いでいる。

あっという間に、時間は流れ落ちた。

たっぷりと聴衆の視線を吸い込んだ彼女は、最後に一枚の紙片を開いてつぶやく。

「朱の寮《ルーフス》、特別指名者……三条黎《さんじようれい》」

大講堂が、どよめいて、俺の前の席に視線が集まる。

「………」

観衆の注目を集めたレイは、いつものようにすました顔をしていた。綺麗《きれい》に背筋を伸ばし、曇りなき眼で壇上を見つめている。

各寮の寮長は、一年に一度、新入生を迎えるに当たって『絶対に自分の寮に招きたい推薦者』を一名だけ指定出来る。

それが、特別指名者だ。

設定資料集によれば、特別指名者は、家柄、スコア、魔法の実力、『優秀』だと判断される程度の能力値《パラメーター》……諸々《もろもろ》を考慮し、寮長の独断によって決定される。

当然、俺は、各寮長が指名する特別指名者を知っている。

そのため、特に驚くことはなかったが、主人公でさえ入るのに努力を要する朱の寮の特別指名者に選ばれながらも、微動だにしないレイの胆力は大したものだ。

どよめきが収まったのは、ひとりの少女が、場を支配したからだった。

しんと——大講堂が静まっている。

蒼色《あおいろ》の髪をもつ美しい少女……世界樹の冠をかぶった彼女は、人差し指を口の前に捧《ささ》げて、ゆっくりと息を吐いた。

しーっ……。

その吐息に魅入られたかのように、生徒たちのおしゃべりがやんだ。

彼女は、文字通り、透き通っている。

精霊種である彼女は、体表を透かしてその背後の景色を見せつけ、純白の薄いベールで端麗な尊顔を覆っていた。

フーリィ・フロマ・フリギエンス——蒼の寮《カエルレウム》の寮長であり、『至高』の位を戴《いただ》く最高峰の魔法士、二つ名は『絶零《ぜつれい》』。

「ご協力、感謝いたします」

そのささやき声は、空気中に溶け落ちてゆく。

その声音は、拡声器もなしに大講堂へと浸透していった。たったの数秒で場を支配した彼女は、いつまでもしゃべり始めることはなかった。

ただ、そこに立っているだけだ。

数分が経《た》って、ハプニングだと思い込んだ新入生がざわめき始め——

「私の寮は」

急に、しゃべり始める。

途端に、ぎゅっと、心臓を掴《つか》まれたかのように。

新入生たちは、何事だと一気に惹《ひ》き込まれ、彼女の実像を探して壇上へと視線を注いだ。

見事なまでの演説手法である。

朗々と、彼女は話し続ける。

左隣のラピスは、ろくに瞬《まばた》きもせずに、壇上の彼女を見つめていた。

フーリィは、演説の終わりに一枚の紙片を開いた。

「蒼《カエルレウム》の寮、特別指名者……ラピス・クルエ・ラ・ルーメット」

一気に場がざわついて、俺の左隣へと注目が集まった。

「…………」

沈黙を守ったまま、目を細めたラピスは壇上を睨《にら》みつけている。

その視線を感じ取ったかのように、フーリィはラピスを見つめ返して微笑《ほほえ》んだ。

朱、蒼《あお》と。

寮紹介が終わって、ついに大トリを迎える。

黄《フラーウム》の寮の寮長、第三のヒロイン、二つ名は『似非《えせ》』――ミュール・エッセ・アイズベルト。

朱、蒼の寮長による完璧と言っても過言ではない演説の後、期待感を抱いている新入生たちは、演説者が壇上に上がる前から舞台上へと視線を集中させていた。

その期待に溢《あふ》れる眼差《まなざ》しの前に、尊大に腕を組んだ小さな女の子が歩いてくる。

彼女の後ろには、従者の少女が付いて歩き、講壇に仕掛けのようなものを施してから去っていった。

髪の一部を編み込んだ白金の長髪《プラチナブロンド》。

学園指定の帽子をかぶって、碧色《あおいろ》の美しい瞳を聴衆に向けるミュールは、どこの幼子を攫《さら》ってきたんだと思われても仕方ないくらいに……小さい。

偉そうに腕を組んで、居丈高にふんぞり返っている彼女は、この世の支配者然としていた。

「えー、ごほん」

彼女は、咳払《せきばら》いをしてマイクを掴む。

キーンッ！

途端にハウリングが発生し、新入生たちは両耳を塞いだ。

あわあわと、泡を食っているミュールの横から、従者の女性がさっと手を出してハウリングを収める。

ミュールは、ホッと安堵《あんど》の息を吐いた。マイクに触れないように気をつけながら、傲岸不遜に話し始めた。

「えー、まずは、新入生の皆さん、入学おめでとう。我々は、貴女《あなた》たちの入学を心から歓迎する」

偉ぶっている彼女は、学園長の締めの挨拶かと疑うような、格式張った美辞麗句を並べ立て始める。

朱、蒼《あお》の寮長によるカリスマ溢《あふ》れる演説とは、かけ離れた面白みのない内容が……延々と朗々と順々と紡がれていく。

手に取るようにして、新入生の期待が萎《しぼ》んでいく様子が見て取れた。

その雰囲気を感じ取ったのか、必死になった黄《フラーウム》の寮の寮長は、身振り手振りを大きくして話し続けていた。

それでも、場の流れは好転しない。

「な、なので、我が学園の歴史は、史上類を見ないものであり……」

ついには、寮紹介から外れて、学園の紹介までし始めた。

前方の席から、くすくす笑いが聞こえてくる。

「なにあれ、だっさ。アレで、寮長って……幾ら、献金詰んでるのよ？」

「噂《うわさ》通りね。黄の寮の寮長は落ちこぼれだって。あのアイズベルト家のご令嬢だって言うから期待してたのに」

「早く終わってくれないかしら。あんな子供相手に時間の無駄だわ。見てて、こっちが恥ずかしくなる」

「それにしても、よくあの形《なり》で、朱と蒼の寮長の後に壇上に上がれたものね。恥ずかしくないのかしら。アイズベルト家の面汚しね」

その悪口と嘲笑は、大講堂内に響き渡り、壇上のミュールにも聞こえていたらしい。一部の教員たちは、周囲の生徒に注意しているものの発言者を見つけられていなかった。

ミュールの両目に、徐々に涙がにじみ始める。

「…………」

無言で、俺は席を立ち上がる。

「ヒイロ？」

ラピスの呼びかけには答えず、わざと聞こえるように小馬鹿にしているふたりの前に立って彼女らを見下ろした。

「ちょ、ちょっと、な、なによ……？」

「…………」

「な、なんなのよ、ちょっとバカにしてただけでしょ？」

「…………」

「き、気色悪い！　男如《ごと》きが！　行きましょ！」

彼女らは立ち上がって逃げ出し、俺は、その席にドカッと腰を下ろして足を組む。

顔を突き合わせて、ひそひそ話をするのは実に結構。

だが、百合《ゆり》に邪悪さは要らない。それは、もう枯れ落ちている。将来、咲き誇る美しい百合の花を枯らそうとしているのもOUTだ。

こちらを見ながら、周囲の生徒たちがうわさ話をしていた。

俺が一方的に因縁をつけたように見えたのか、早くもヒイロの悪評が回り始めているらしい。

俺としては、百合を護《まも》れれば後はどうでも良《い》いので本懐とも言える。

さすがにココまでは追ってこなかったが、月檻《つきおり》は楽しそうに俺のことを見つめていた。

「えー、こ、コレで、黄の寮《フラーウム》の紹介を終える！」

そうこうしているうちに、気を取り直したミュールは、演説を終わらせて紙片を開いていた。

その紙片に書かれている特別指名者の名前は、もう決まっている。

主人公、月檻桜《さくら》――入学式直前の朝、月檻はミュールを助けており、その恩に『利用価値』を見出《みいだ》したミュールが彼女のことを指名するのだ。

そのため、月檻は、朝のショートホームルームに遅れかけていた。

どれ、特別指名者に選ばれた時の月檻の反応でも見てやるかな。

「黄の寮、特別指名者――」

俺は、どことなくワクワクしながら、後方の月檻へと視線を向ける。

「三条燈色《さんじようひいろ》！」

一瞬、時が止まって。

大講堂内を揺るがすようなざわめきが、場を埋め尽くし、驚愕《きようがく》の眼差《まなざ》しが俺の顔面に突き刺さる。

俺は、ぽかんと口を開いて――

「…………はぁ？」

あまりの衝撃に、間抜け面になっていた。

＊

三寮長の紹介が終わった後、教室に戻りロングホームルームが行われた。

全員の自己紹介がつつがなく完了し、その日の放課後から、希望者から優先順に、入寮面接が一週間にわたって実施される。

期間中、生徒たちは自由に入寮面接を受けることが出来るが、各寮の面接を受けられるのは一度切りだ。後日、届く合否判定によって、朱の寮《ルーフス》、蒼の寮《カエルレウム》、黄の寮に割り振られることになる。

原作ゲームでは、この一週間という短い間に、蒼の寮《カエルレウム》に入寮するための条件を整えるのは実質不可能だった。また、朱の寮《ルーフス》も、ゲームに慣れないうちに必要能力値《パラメーター》を取得するのは厳しい。

シナリオに沿って進んだ場合、主人公は黄の寮《フラーウム》の特別指名者に選ばれる。そのため、一周目のプレイヤーは、第三のヒロインこと『ミュール・エッセ・アイズベルト』が治める黄の寮に入ることが殆《ほとん》どだ。

「…………」

月檻《つきおり》が、黄の寮の特別指名者として……指名される筈《はず》、なんだが。

疑問を覚えながら、俺は鷲《わし》の銅像が両脇に置かれた大門を見つめた。見上げてみれば、絢爛《けんらん》たる姿で聳《そび》える黄の寮がある。

敷地面積は、三条家《さんじょう》の別邸に匹敵するどころか、凌駕《りょうが》しているのではないだろうか。学生寮にもかかわらず庭園が存在し、黄色のバラが咲き誇る花園にティールーム、女神像が中央に立つ噴水まである。

誰かが使用しているのか、寮生専用の訓練場からは、魔法の発動音が聞こえてくる。六階建てで、そこらの高級マンションの数倍はありそうな巨体。大時計が据え付けられた最上階の壁面には、黄の寮の象徴《シンボル》とも言える鷲の紋章が描かれていた。

朱の寮は赤色の獅子《しし》、蒼の寮は青色の一角獣《ユニコーン》、黄の寮は黄色の鷲。

各寮の象徴は、入寮後に配られる所属章《バッジ》にも描かれており、各生徒がどの寮に属しているのか一目でわかるようになっている。

黄の寮を前にして、俺は頭を悩ませる。

さて、どうしたものか。

なぜ俺が、黄の寮の特別指名者として指名されたのか……シナリオの流れが変わった理由を探る必要がある。

そのためには、この入寮面接を受けるべきだろう。

入寮面接は受けるにしても、『三条燈色《ひいろ》は、黄の寮に入るべきか？』という命題は残っている。

追加能力値《ボーナス》を求めるのであれば、様々な恩恵を得られる黄の寮に入寮すべきだ。この機会を逃せば、俺《ヒイロ》の入寮はほぼ不可能と言っても良い。

ヒイロは、性格が悪すぎて入寮出来なかったという設定があるくらいで……そもそも、男である時点で、入寮出来るわけもないのだが。

なにせ、寮で暮らすということは、女子たちと共同生活を送るということを意味する。百合《ゆり》ゲー世界でなくとも、男と女は住み分けされているのだ。この世界のお嬢様が、男性と共に暮らすことを良しとするわけがない。

男の地位が底に落ちている世界で、男が入寮することなんて、特例《レアケース》でも無ければ認められるわけもない。

そう、例えば、特別指名者でもない限り。

「…………」

なんとなく、真相が見えてきたな。

俺の考えが正しければ、本来のシナリオの流れを変えたのはアイツだ。

ココで、入寮するかしないかで、アイツとの関わり方も変わってくるかもしれない。だとすれば、大事ではある。

いや、ホントにどうすっかなぁ。

俺は、ため息を吐《つ》く。

入寮する意思がない生徒は、教師にその旨を告げて、入寮面接をスルー出来る。その場合、属する三寮の選択権は教師に一任されることになり、各寮のバランスを考えて該当生徒が振り分けられることになる。

入寮しない生徒のスコアは、増加しても寮スコアとして扱われないため、その生徒は追加能力値《ボーナス》や各寮の特典を受けることが出来ない。

寮対抗のイベントには参加出来るものの、寮のポイントには貢献出来ないため、三寮長としては入寮しない生徒をどこに所属させても問題ない。そのため、基本的には、入りにくい蒼《カエルレウム》の寮か朱《ルーフス》の寮に振り分けられる場合が多い。

特別指名者枠は、飽くまでも、寮長による推薦者枠。

その寮に入らなくとも特に問題はないが、入寮しないという選択をした場合は、強制的に指名された寮に属することになる。

正直、黄の寮《フラーウム》に入ることで得られる追加能力値は、喉から手が出る程に欲しい。一定スコアで得られる特典だって、主人公にとっても有用なのだから、ヒイロにとっては垂涎《すいぜん》ものだ。

ただ、この入寮によって、百合《ゆり》の間に挟まることにならないか。

それだけが、悩みのタネではあるが……なにはともあれ、入寮面接を受けなければ、話が始まらないか。

俺は、黄の寮への一歩を踏み出し――ドグシャァア！

足元に本棚が落ちてきて、勢いよく弾《はじ》けて四散した。

粉々になった棚の破片が飛び散り、寮内から言い争いの声が響いてくる。机が落下し教科書が降り注ぎ、窓から顔を出した寮生たちが『またか』と言わんばかりの顔で引っ込んでいく。

地面に落ちたカルヴィーノの『まっぷたつの子爵』を拾い上げてページをめくっていると、寮内から上級生が飛び出してくる。

「もう、我慢の限界よっ！」

寮へと振り返った彼女は、真っ赤な顔で叫ぶ。

「あんたみたいなバカのいる寮なんて、こっちから願い下げよ！　この落ちこぼれ！　一生、そうやって、お山の大将気取ってなさい！」

「う、うるさいわ、アホーっ！　こっちだって、もう頼まれても、ずぅぇったいに寮に入れてやらないからなぁ！　朱の寮《ルーフス》でも蒼の寮《カエルレウム》でも、好きなところに落ちぶれてしまえー！　ばかーっ！」

最上階の円窓から顔を出したミュールは、大声で叫び返す。

上級生の少女は、手早く教科書をかき集め、俺の手から『まっぷたつの子爵』をひったくる。こちらを睨《にら》みつける目が『なんで、男が』と言っていたが、ミュールへの当てつけがましく声をかけてくる。

「こんな寮、入るのやめておいた方が良《い》いわよ。必ず後悔することになるし、あの似非《えせ》、本当にサイテーだから」

憤慨している彼女は、足を踏み鳴らしながら立ち去っていき――苦笑交じりに、俺は第三のヒロインを見上げる。

「お～！　なんだなんだ、無作法な侵入者が来たかと思えば三条《さんじょう》燈色《ひいろ》じゃないか！　よく来たな！　ようこそ、我が寮へ！」

たった今、上級生を追い出した彼女《ミュール》は、偉そうに腕を組んで笑った。

「黄の寮《フラーウム》の寮長として、お前のことを歓迎するぞ！　なにせ、お前はこの私のお眼鏡に適《かな》った特別指名者なんだからな！　そんなところで足踏みしてないで！　さぁ、入れ、入れ！」

可愛《かわい》らしい叫び声が引っ込んで、俺はため息を吐《つ》いた。

＊

ミュール・エッセ・アイズベルトは、アイズベルト家の末女である。

この世界の例に漏れず、アイズベルト家は女系の公爵家であり、魔法士の名門として名を馳《は》せている。

禁じられている産み分けが行われているのではないかと疑われるくらいに、その家系図には女性のみが連なっている。

ミュールには、五人の姉がいる。その誰もが名門である鳳嬢《ほうじょう》魔法学園をトップの成績で卒業し、卒業後も政界、財界、魔法界……ありとあらゆる方面での目覚ましい活躍で世を賑《にぎ》わせている。

言うなれば、アイズベルト家は、エリートの家系なのだ。

当然、ミュールも、その期待を一身に背負って生まれてきたわけだが……彼女が、両親の想《おも》いに応えることはなかった。

生まれつきの魔力不全。

彼女の魔力は、ほぼゼロに等しく、魔法ひとつまともに使えない。

腰にぶら下げている杖《つえ》型の魔導触媒器《マジックデバイス》は飾りに過ぎない。ミュールにつけられた二つ名『似非《えせ》』の通り、彼女は『似非の魔法士《ニセモノ》』と呼ばれている。

魔法に長《た》けていなくとも、他の分野で頭角を現すことができれば、まだ良かったのかもしれない。

だが、彼女は、どの分野でも力を示すことはできなかった。幾ら努力しても、彼女の成績は、片手間レベルの姉たちにまるで及ばなかった。

毎日、毎日、毎日。

ミュールは努力を繰り返し、ある日、実の母に笑顔で言われた。

『もう、貴女《あなた》は、なにもしなくていいわよ』

その瞬間、彼女の心は、ポキリと折れた。

彼女に残ったのは、アイズベルト家が担った多額の献金によって与えられた黄の寮《フラーウム》の寮長としての立場と、名家の期待を背負ってきた反動で背負い込んだ傲慢さ。

最早《もはや》、ミュールは口と態度で驕《おご》り高ぶることでしか、己を見せる方法を知らなかった。

そんな彼女から、同情的だった人間も離れていくのは当然とも言える。いつの間にか、彼女の傍《そば》に残ったのは、たったひとりの従者だけだった。

「ぐっ……おっ……おお……！」

「な、なんで、三条燈色《さんじょうひいろ》は、急に泣き始めたんだ？」

「さ、さぁ……？」

黄の寮の最上階、寮長室兼応接室に通された俺は、ミュール・ルートの最終盤を思い出し号泣していた。

アレは……アレは、あかん……アレは、最早、百合《ゆり》を通り越してミュールの成長物語だ……最後のあの展開は、ズルすぎて泣くわ……！

「お、俺は……あなたの味方ですから……あなたの敵は……あなたの幸せの途上に立ち塞がる障害物は……この身をもって取り除きます……！」

革張りのソファに座った俺は、向かいのミュールにささやく。

「なんだかよくわからんが、見上げた忠誠心だ！　わたしの全身から溢《あふ》れるカリスマ性は、こんな男ですらも引き寄せるというわけか！　なぁ、リリィ？」

リリィ・クラシカル。

最後の最後まで、ミュールの傍を離れなかった従者は、秀麗な姿勢を保ったまま目礼する。

「ところで、寮長」

俺は、リリィさんに手渡されたハンカチで涙を拭う。

「なぜ、俺を特別指名者に選んだんですか？」

「え？」

満足そうに頷《うなず》いていた彼女は、困り顔でリリィさんを振り返る。物静かに控えていた彼女は、目を閉じたまま答えた。

「もちろん、三条燈色《さんじょうひいろ》様が、お嬢様のお眼鏡に適《かな》ったからです」

「そ、そのとおりだ！　わたしは、あのアイズベルト家のミュール・エッセ・アイズベルトだぞ！　お前のような男と面会するのは、正直、嫌な気分だったが、多少はみるところがあるみたいだから、特別にそこに座らせてやっ――」

「……お嬢様」

びくりと反応して、ミュールは「ふ、ふん！」と腕を組む。

「べ、別に、わたしは間違えたことなんて言ってない！　男なんてゴミだと、お母様も言っていた！　本来であれば、アイズベルト家の令嬢たるわたしが、こんな男に会ってやる必要なんてないんだ！

ただ、アイツが、どうしてもと言うか――」

「へぇ、アイツ、ねぇ……？」

ニヤリと笑った俺は、ハンカチを折り畳みながらつぶやく。

「話の流れから推察するに、寮長様が言うところの『アイツ』に俺を特別指名者枠にねじ込むようにお願いされたわけだ」

俺からハンカチを受け取ったリリィさんは、こめかみを押さえる。

あわあわとミュールは目を白黒させて、誤魔化《ごまか》しているつもりなのか、ソーサーを指でカチャカチャと弄《いじ》り回した。

俺は、苦笑して、背後に呼びかける。

「どうせ、聞いてるんだろ。遠慮してないで入ってこいよ」

扉が開いて――

「月檻《つきおり》」

主人公、月檻桜《さくら》が入ってくる。

栗色《くりいろ》の髪を指先でくるくると弄びながら、俺のコーヒーカップを手に取った月檻はカップを掲げる。

「切れ味鋭いのは、腰の刀だけじゃなかったんだね」

「素直に、頭が切れるね三条燈色さんとお褒めの言葉を投げかけて、円滑なコミュニケーションを築こうとは思わねぇのかよ」

「素直に、思わないかな」

するりと、応接室に入ってきた彼女は、俺の隣に座って――腕を組んでくる。

「……おい、コラ」

「ね？　どこからわかったの？」

ほぼ初対面の男に甘えてきているわけではない。そういう風を装って、俺の腕を極《き》め逃走を阻止しているだけだ。

「世間様をまともに知ってれば、自然な推察の積み重ねだろ。つい先程も、男嫌いの弁論をご披露してくださったアイズベルト家のご令嬢がスコア0で男の俺を選ぶわけがない。であれば、誰かの差し金ってことになる。三条《さんじょう》家の裏工作も疑ったが、ヤツらが俺を寮に入れるメリットはひとつもないからな」

檻《おり》の中の動物を眺めるように、月檻《つきおり》は俺の顔を覗《のぞ》き込む。そのちょっとした動作で、柔らかな胸部が腕に押し当てられる。

「三条家でないなら、学園内で俺に関わりがあり、なおかつ寮に入れたがってる人間ってことになるが……候補はほぼひとり、月檻桜《さくら》、お前一択にまで絞られる。ショートホームルームの直前、月檻が寮長《ミュール》を助けてたって、目撃情報も聞いてたしな」

目撃情報を耳にしたというのは、もちろん嘘《うそ》だ。ミュールが月檻を指名する理由は原作で履修済みだからな。

「寮長が選ぼうとしていた特別指名者は、月檻桜……お前だったんだろ？　そのことを知っていたお前は、特別指名者枠を使って俺を黄の寮《フラーウム》に入寮させることを思いついた。こうとでも言ったんじゃないか？　『三条燈色は、自分と同等の実力を持っている。もし、ヒイロを寮に入れてくれるなら、自分も無条件で黄の寮に入ることを確約する』とか、な」

月檻たちにとっては、原作知識による俺の推理は衝撃的だったのか、目を見開いてこちらを見つめている。

「うん、良《い》い拾い物したかな」

微笑《ほほえ》んだ月檻は、逃さないとばかりに俺の腕を抱き込む。

綺麗《きれい》な栗色《くりいろ》の髪の毛から、シャンプーの良い匂いが漂ってくる。潤んだ瞳が、俺を見上げていた。

「ヒイロくん」

有無を言わさない魅力で、彼女はささやいた。

「黄の寮に入ってくれる……よね？」

こ、コイツ、女だけでは飽き足らず、男の俺まで落とそうとしてやがる!?

「男にしては、なかなか勘の働くヤツだな！　コレが、所謂《いわゆる》、下衆《げす》の勘繰りというヤツか!?　確かに、月檻の言う通りだった！　コレで、今年の黄の寮は一位も狙えるぞ！　なあ、リリィ!?」

「え、ええ……正直、驚きました。まるで、見てきたみたいに」

すいません、実際に、画面越しに拝見させて頂きました。

足を組んだ月檻《つきおり》は、不敵な笑みを浮かべて指先で剣柄《たかみ》を叩《たた》く。逃げられないと悟った俺はつぶやいた。

「入りますよ、黄の寮《フラーウム》に。限界付近まで頭を回してみましたが、たぶん、それが最善だと思うので」

ふっと、微笑を浮かべた月檻は俺の腕を放して――俺の耳に唇を寄せた。

「これからの学園生活……ひとつ屋根の下、だね」

不覚にも動揺した俺に微笑を投げかけ、彼女は退室していった。

さすがは、百戦錬磨の主人公。壁に相手を押し付けてからのキスで、相手を抵抗させずに堕《お》とす肉食系だけはある。

「ふふん、よしよし、私の見事なマネジメントスキルでスピーディーに話が決まったな！疾風迅雷、善は急げ、余り物に福があるわけないだろ、だ！リリィ！廊下の制限速度を守りつつ、コイツを部屋にまで案内してやってく――」

「いや、俺にまともな部屋は要りません」

「ええ？なにぃ？どういう意味ぃ？」

呆気《あっけ》にとられたのか、一瞬、寮長は年相応の可愛《かわい》い反応を見せる。机の上に両手を置いて、ぴょんぴょん跳ねていた彼女は、威厳を取り戻すかのように咳払《せきばら》いをする。

「さ、三条燈色《さんじょうひいろ》、それは、どういう意味だ？」

「俺は、男ですから。寮長や他の皆さんの百合《ゆり》――じゃない、日々の営みを邪魔することは本意ではありません。なので、屋根裏部屋に住みます。共用設備は、深夜か早朝にのみ使用するようにしますし、誰かに姿を見られた場合、即座に俺はスナイパーによって射殺されます」

「されるわけないだろ。なに勝手に、人様の寮をデスゲーム会場に仕立て上げてんだ。多額の予算を割いて、お前の脳みそぶち撒《ま》けるためのスナイパー雇うわけないだろ」

「あんた、寮長でしょうが」

「リリィ！　コイツ、自分の自害を押し進めるために、寮内規則変更をゴリ押ししてくる！　しかも、なんか得意気にドヤ顔してる！　自分の意見がまかり通ると思ってる！」

「お嬢様、世界には多種多様な人がいますから」

「こんな人間、多様性の価値観で認めちゃったらダメだろッ！」

　バンバンと机を叩いていたミュールは、肩で息をしながら俺を睨《ね》めつける。

「お前なぁ！　わたしは、あのアイズベルト家の人間だぞ！　すんごいだからな！　新聞の一面とか公共電波とかイン・ザ・ハリウッドとか、なんかすごい感じで出ててもおかしくないいんだからな！　本来であれば、お前みたいにスコアの低い男が声をかけられるような人間じゃな――」

「……お嬢様」

「で、でも、リリィ、コイツが！」

「お嬢様」

「う～……」

歯噛《はが》みしていた寮長は、全身を上下に揺らしながらそっぽを向く。その様子を見守っていたリリィさんは、申し訳無さそうに深々と頭を下げた。

「三条様《さんじよう》、主《あるじ》に代わり心から非礼をお詫《わ》びいたします。ただ、この子は、よく勘違いされやすいのですが――」

「いえいえ、御安心召されてくださいよ」

俺は、前髪を掻《か》き上げながら彼女の言葉を止める。

「こう見えましても、百合《ゆり》の花を愛《め》でる紳士として、観察眼と頭脳の明晰《めいせき》さには自信がありましてね。驚くかもしれませんが、先日の自己検査で、百合ＩＱも１８０との結果も出ています」

「まぁ、ＩＱ１８０……すごいのですね……」

口に両手を当てたリリィさんの前で、とんとんと、俺は自身の瞼《まぶた》の上を叩《たた》く。

「俺、視力二・〇なんで」

「観察眼と視力の良さは関係ないだろーが、ばーかッ！」

「こうして見てれば、寮長の本心ではないことは手に取るようにわかる」

喚《わめ》いている寮長の横で、リリィさんはふわりと微笑《ほほえ》む。

「なんだ、お前!?　そのわけわからん論調で、男の癖にリリィと仲良くするつもりか！　そんなことは、多様性の世界が許してもわたしが許さないぞ！」

「あはは、まさか（やべー、完全に嫉妬してるじゃねーか！　この濃厚な百合の気配、たまらねぇぜ！　百合エンジンが、久しぶりに温まってきやがった！　全力で吹かすしかねぇ～！　百合エンジン動きまぁす！　ブルゥンブンブンブルゥンッ！）」

「三条様、ご配慮頂けるのは有り難いですが、なにも屋根裏部屋に住まなくても……」

心配そうなリリィさんに、俺は笑顔を返した。

「我が家の格言に『女性同士の恋路を邪魔する奴《やつ》は、馬の代わりに俺が蹴り殺す』とありましてね。屋根裏部屋イズ・ザ・ベスト。この寮は二人部屋だと聞いていますし、百合が育ちやすい環境――じゃない、女性同士であれば安心できる環境ですし、そこに男の俺が割り込むわけにもいきません。自分で勝手に掃除して、ひとりで住ませて頂きますから」

「しかし」

「リリィ、放っておけ！　コイツが、良《い》いと言ってるんだ！　好きにさせてやれ！」

「……そうですね、これ以上は、逆にご迷惑ですか」

ヒュー～ッ！　ナイスフォロー、寮長！　かっけーッ！

「では、コレで失礼しますよ。この寮における定点観測ポイントを見出《みいだ》さなければなりませんので」

無駄に関わらないように、俺はとっとと退室しようとして――

「あぁ、そうだ、三条燈色《さんじょうひいろ》」

寮長から声がかかる。

「お前の婚約者が、寮の外で待ってるぞ。屋根裏部屋であれば、ふたりで暮らしても構わない。とっとと、迎えに行ってやれ」

「あぁ、そうですか、俺の婚約者が迎えに。それはどうも」

俺は、扉を開き――

「俺の婚約者ァ⁉」

大声で叫んで、ビビった寮長がひっくり返った。

「ど、どどどどどどうゆうこと⁉」

「ど、どうゆうこともなにも、お前には婚約者がいるんだろ？　随分と前から待っているみたいだから、早く迎えに行った方が良《い》――あ、おいっ！」

寮長室の扉を開け放った俺は、おっとり刀で廊下を駆け抜けていく。

ヒイロの婚約者――設定上には存在するが、突然、この鳳嬢《ほうじょう》魔法学園に前触れもなく出現するわけがない。

出現するわけがないのだが……最早《もはや》、なにが起きてもおかしくないからな。

ただでさえ、ややこしいこの状況。正体不明の婚約者（女好きのヒイロのことだから、女の子なんだろうが）にまで参戦されたら、さすがに困り果てる。

エレベーターを待つより速いので、俺は、階段を数段飛ばしで駆け下りる。

まだるっこしくなって、引き金《トリガー》を引き、ひらりと三階の窓から身を躍らせて——着地する。

ひとりの少女の前に。

彼女は不敵に微笑《ほほえ》んでいて、俺は驚愕《きょうがく》で目を見開いた。

「お前……なんで……」

予想外の婚約者は、ゆっくりとささやいた。

「この間ぶりです、ご主——」

三条家・別邸に勤めていた白髪のメイド……スノウの頭をぶん殴る。

「驚きましたね、出会い頭のドメスティック・バイオレンスですか。一般的な従者であれば、しくしく悔し泣きして終わるところでしょうが、私レベルにもなればハラスメントの方向性で民事裁判起こして慰謝料ゲットのチャンスだぜ」

「フザけんのも大概にしろやァ……ぁあん……？　こちとら、汗だくで、三階から飛び降りてきてんだぞ……？　なに、事前合意なしで、人様の婚約者名乗ってんだ、マジで焦っただろうがァ……!?」

「あいも変わらず、ご主人様は顔も頭もドアホですね。常にアホでいることの努力を怠らないの尊敬します。すっごーい」

「いい加減にしないと、そろそろ、俺の暴力パラメーターの高さ見せつけちゃうよ……？」

「まぁまぁ、少しは自分の脳の血管を労《いたわ》ってくださいよ。こんなところではなんですから、お茶でも出してください。万クラスの茶葉じゃないと、私の口が受け付けないから気をつけろよ」

「まずは、テメェが口の利き方に気をつけろ」

鳳嬢《ほうじょう》魔法学園は、敷地内への従者の立ち入りを禁じてはいない。そのため、主人と従者の組み合わせはそう珍しいものではない。

だが、男と女の二人連れで言い争っている……というレアケースは、お嬢様たちの好奇心を刺激したらしい。窓から顔を出した寮生たちがこちらを覗《のぞ》き、ひそひそ話でウワサしていた。

「『やだ〜、超絶美少女メイドが主人にいじめられてる〜！』『きっと、男の方が一方的にいいよってるのねぇ〜！』『私の眼下で、恋物語がおっぱじまっちゃう〜！』」

「なに急に、謎のアテレコ始めてんの？　自分をスターだと思い込んだ田舎娘が、この地上をスタジオだと勘違いしちゃったの？」

不本意に人目を引いていたので、スノウの提案もあり移動することにした。

鳳嬢魔法学園の敷地内にあるカフェ。スコア0でも軽食と飲み物を注文できるオシャレカフェで、メニューを挟みメイドと向かい合う。

「…………」

「いや、本気でなにを頼むか悩んでないで『なぜ、俺の婚約者を名乗ったのか』の解決編に、ぱぱっと移って欲しいんだけど」

「ダメ確ですが、コレってヒイロ様のおごりですか？」

「おごりで良《い》いから、答えてくれない？」

「すみません、このメニューの上から下まで。あと、出前で寿司《すし》やら頼みたいので、とっとと電話で注文してもらっても良いで――」

「調子にノるのも、大概にしとけやメイドォ……！」

「び、美少女の顔がァア……！」

自称美少女メイドに、アイアンクローをかけ終えて。

運ばれてきた苺《いちご》パフェと紅茶にブツブツと品評をつけてから、ようやく、メイドは話し始めた。

「このままいくと、ご主人様は、妹様に惚《ほ》れられます」

「……はい？」

予想外の言葉に、俺は、コーヒーを取り落としそうになる。

「どういう意味？」

「どういうもなにも、言葉通りの意味ですが。昨今の妹様は、なにかあれば『お兄様がお兄様がぁ～』で、脳に悪性の腫瘍でもあるんじゃないかと思い、MRIでざっくりスキャンをかけちゃったくらいで。驚くべきことに正常でした」

「お前、この間まで、俺に恩を感じてなかった……？　その物言い、なに……？　教育か……？」

「ここから先は、美少女の勘ですが」

頬杖《ほおづえ》をついたスノウは、スプーンの先端でパフェをほじくる。

「いずれ、あの好意が恋愛感情に変わるのは確実だと思いますよ」

ゆっくりと。

片手で顔を覆った俺は、絶望をもって天を仰ぐ。

「オーマイガッ！　シット！」

「汚い英語の発音がネイティブレベル」

己の眉間を揉《も》み込んだ俺は、湯気を立てるコーヒーの前でため息を吐《つ》く。

「まぁ、あの子、今まで恋愛とかまともにこなしてきてないからなぁ。三条家《さんじょう》のいざこざに巻き込まれて、味方らしい味方もいなかっただろうし。相手が男のスコア0とは言えども、ぽっと出の俺に惚《ほ》れちゃうってのも有り得るか」

傾けていた椅子を勢いよく戻し、俺はスノウを見つめる。

「なるほど、持ち前の百合《ゆり》ＩＱの高さで理解した。レイへの恋心を隠している健気《けなげ》なお前は、俺に協力関係を持ちかけようとしてるってことだな。『私がレイ様と付き合えるように取り計らってもらえますか？』……答えはイエスだ。結婚式の神父役も俺に任せろ。こう見えても、九字切りとかアーメンとか、めっちゃ得意だから。月檻《つきおり》とか他のヒロインも交えて、皆でハッピーになろうな？」

「違いますよ。私は、人生で、女性を好きになったことは一度もありません」

やれやれと、メイドは首を振る。

「良《い》いですか、レイ様は、少なからずご主人様に好意を抱いている。この好意が恋愛感情に変わる前に、諦めさせる必要があるんです。そのために、私が、ご主人様の婚約者役を買って出ようと言ってるんですよ」

「それで早速、俺に何の相談もなく、そのおままごと始めちゃったわけ？」

「いぇ〜い」

「なにピースしてんだ、その調子こいてる指であやとり始めちゃうぞ」

頬にピースを付けたスノウは、こちらにスプーンの先を向ける。

「私は、貴方《あなた》に恩を感じています。だから、恩をお返ししようとしてるんですよ。ヒイロ様にとっても、レイ様や他のご友人から向けられている好意が、恋愛感情に変わってしまったら困るんでしょう？」

「やるなメイド、ものの見事に俺のニーズを鷲掴《わしづか》みしている」

俺は、眼下の黒い液面を見つめる。

「俺としては、スノウにも女の子と幸せになって欲しいんだけど……偽の婚約関係といえども、その邪魔になったりしない？」

「それは、押し付けですよ。ご主人様だって、無理矢理《むりやり》、誰かと誰かをくっつけようとしたことはなかった筈《はず》です。互いの情が通っているのを確認してから、それとなくフォローしていた。お陰様で、別邸のメイドたちのカップル成立率は九割を超えていますからね」

「気づいてたのか。我ながら、良《い》い仕事したと思ってます。ありがとうございました」

「で、どうしますか」

空のパフェグラスを混ぜ、無色透明な音色を奏でながら、テーブルに突っ伏したスノウはちらりと俺を見上げる。

「偽の婚約関係……結んじゃいますか……？」

透き通る白髪に、滑らかで白い肌。呼吸で上下する豊かな胸は、女性らしさをアピールしていて、こちらを見つめる綺麗《きれい》な瞳には俺だけが映り込んでいた。

「俺にとっては都合が良いし、フリだけなら別に構わないけど……ラピスならともかく、レイが信じたりするか？」

「目の前で、ベロチューかませば良くないですか？」

「初手、最終手段を切ろうとするな」

「とりあえず」

隣に移ってきたスノウは、俺の腕を抱き込み柔らかい身体《からだ》を寄せてくる。

「試してみますか、婚約者ごっこ」

「えぇ……でも、コレ、本当に良いのかな……確かに、百合《ゆり》を強要することは出来ないが……なぁ……？」

男子禁制の百合ゲー世界だからと言って、全員が全員、女の子が好きだとは限らない。それにスノウは、モブのひとりで攻略ヒロインではない。当の本人が『女性を好きになったことは一度もない』と言うのだから、無理矢理、女の子とくっつけようとするのは俺のエゴでしかない。

だとしたら、婚約者のフリくらいは良いのか……？　口八丁手八丁で、丸め込まれてるようにも思えるが……？

「では、婚約成立で。生活力皆無のヒイロ様にとっては、この可愛《かわい》いメイドの家事全般をこなす素晴らしい技術《スキル》は実に役立つことでしょう。本日現時点から、ヒイロ様と一緒に住んでやることにします。泣いて喜べ」

「いや、急に一緒に暮らすってのは色々と問題があ――」

「あの寮で暮らすんでしょ？　私たち婚約者同士ですし、学園への従者の出入りは自由なんだから問題はないですよね？」

「え？　あ〜、まぁ、うん……そうね……？」

引きずられるようにして、俺はスノウに立たされる。

「では、ダーリン兼お財布、ココのお代をとっとと払ってください」

「うん、そうね……？」

促されるまま、俺は財布からクレジットカードを出す。流れ作業で、支払いを済ませようとして——困り顔の店員さんが戻ってくる。

「申し訳ございませんが、お客様、こちらのクレジットカードは使用できません。上限で止められていたりしませんでしょうか？」

「いや、金持ちゆえに上限は有り得ないんですけど。だって、コレ、ブラックカー——あっ」

俺は、クレカが使えない理由に思い当たって思わず声を上げる。

三条家《さんじょう》のあのババアども、俺のクレカ止めやがったな!?　いや、あんだけのことしたんだから、当然と言えば当然だけども！

「……スノウ、お前、幾らもってる？」

「は？　メイド、舐《な》めてます？」

　スノウは、猫の形をした小銭入れを開いて中身を確認する。

「百三十二円」

「ペロペロ、舐め回しちゃうねぇ!?」

　俺は、自分の財布を再確認してから微笑《ほほえ》む。

「……俺、現金は持ち歩かないタイプなんだよね」

「はぁ、そうですか……なぜ、急に、そんなことを？」

　悟ったのか、スノウは黙り込み、俺の顔面を見つめてくる。

「もしかして、ご主人様、クレカ止めら――」

「速攻魔法発動ッ！　俺は、手札から婚約関係を会計へッ！」

「はぁ!?」

「止められたクレカが、クズの本能を呼び起こす！　婚約シンクロ召喚！　支払いは頼んだぜ、マイ・ハニーッ！」

　引き金《トリガー》を引いて、脱兎《だっと》の如《ごと》く逃げ出した俺は、いち早く反応したスノウのタックルで転ばされる。

「死なばもろともでしょ、マイ・ダーリン……ッ！」

「婚約者の前に己の立場を忘れたか、メイドォ……！　お得意の家事全般《皿洗》スキ《ぃ》ルで、この苦境から、主人を救いやがれェ……！」

俺たちは、オロオロしている店員さんの前で醜い争いを繰り広げて。

結局、電話で呼び出したレイが文句を言いながらも、どことなく嬉《うれ》しそうに全額支払ってくれた。

「同じ三条家《さんじょう》の人間として、妙な噂《うわさ》を立てられても私が困ります。小遣いくらいなら工面して差し上げますが、そのためには定期的に、お兄様の金銭状況を対面方式で確認する必要がありますね。妹の義務として仕方なく対応しますが。仕方なく。手間のかかる兄のせいで仕方なく」

マズい。このままいくと、レイに養われるルートしか見えない。

俺はスノウと見つめ合い、偽の婚約者を作り上げる必要性を再度確認して――この日から、偽の婚約者《スノウ》との生活が始まった。

つまるところ、俺の生活はまた一変したのだが、新生活に伴う変化はそれだけに留《とど》まることはなかった。

次の日のホームルームで、新しい変化の風が流れてくる。

「そ、それでは、皆さん！　さ、早速ではありますが、我が鳳嬢《ほうじょう》魔法学園は、二週間後にオリエンテーション合宿を行います！」

マリーナ先生は、おどおどしながら宣言する。

「た、たぶん、知っている方は知っていると思いますが、この学園のオリエンテーション合宿はひじょーに大規模なもので！　き、きっと、このAクラスの皆さんが、仲良くなるのに役立つと――げほっ！　ごほっ！」

俺は、先生の話を聞きながら、ちらりとラピスを見つめる。視線の先の彼女は、前のめりになって目を輝かせていた。

――そろそろ、学園も始まるし、入ったら直《す》ぐにアレがあるでしょ？

まぁ、あんなに楽しみにしてたしな。

三条家とのごたごたに巻き込んでしまったせいで、あの日、ラピスのドレスは買えず仕《じ》舞《ま》いだったが……こちらを振り向いたラピスと目が合う。

彼女は、ぱくぱくと口を動かして合図を送ってくる。

『ほ・う・か・ご・の・こ・っ・て・て』

罪滅ぼしのために頷《うなず》いた俺を見て、彼女はにこりと笑《く》った。

そろそろ、俺も合宿に向けての準備を始めないとな。下手すれば、死ぬし。

俺は、来たるべきオリエンテーション合宿、主人公にとっての第一の難関を思い浮かべて……独り、覚悟を決めていた。

＊

鳳嬢《ほうじょう》魔法学園に存在する三つの寮。

朱《ルーフス》の寮、蒼《カエルレウム》の寮、黄《フラーウム》の寮……この三つの寮には、ひとつの共通点がある。

全ての部屋が、二人部屋、だということだ。

百合《ゆり》というものは、基本的には二人一組で生み出される。たったひとりでは、美しい花弁を開かせることはできない。この二人部屋という土壌は、百合を育てるための良質な栄養素を多分に含んでいるのだ。

お嬢様学校なのに、一人部屋じゃないの？　という質問は、愚の骨頂である。

お嬢様学校云々《うんぬん》の前に、この世界、百合ゲーだからさァ!?

メタにはそうなるが、当然、現実的な理由も存在している。

学生の一人部屋は防犯上の危険があり、二人一組だと学生犯罪を抑制できる。また、スコアの相乗上昇効果を狙える。特にスコアの相乗上昇効果は、例年、数字《データ》で証明されている。同室に暮らす同級生を意識することで、成績《スコア》が上がるという結果が見て取れるのだ。

この鳳嬢魔法学園は、金持ちかエリートの通う場所である。

お嬢様たちが、将来の結婚相手を探すのにはうってつけとも言える。むしろ、そういった『おまけ』を狙っているフシさえある。

スコアが上がって、将来の結婚相手候補もできる。どう転んでも、二人部屋というのは万々歳なのだ。

そんな万々歳の学生寮に、俺は住み着くことになった。

最上階、つまり六階の更に上……天窓のついた屋根裏部屋は、縦にも横にも広くて、普通に生活する分にはなんの問題もない。

日を透かして、宙を舞うホコリ。

『今までは、物置代わりに使っていた』と、リリィさんが言っていた通り、ろくでもないガラクタが転がっていた。

タペストリーとか動物の置物とか、水着とかタオルとか、得体の知れないキャラグッズとか、重ねられて縛られた漫画や本の山とか……その大多数は、お嬢様たちが、旅行時に買ってきた思い出の品々だ。

「屋根裏部屋にしては、随分と広いですね」

入寮手続きと挨拶を終えたスノウは、周囲を見回しながらつぶやいた。

「ただ、ごほっ……ホコリが多い……」

同意して、俺はマスクを身に着ける。

「とりあえず、掃除機かけて雑巾がけだな。邪魔なゴミは捨てて良《い》いらしいし、業者も紹介してもらったから、寮の裏に出しておけば回収してくれるとよ」

「家具とか、どうしますか？」

「買い揃《そろ》えようと思ってたんだが……」

俺は、空の財布を振る。

「三条家《さんじょう》のババアに、クレカを止められたので金がない」

ヒイロの両親は、とうの昔に死んでいる。

実質、親権を握っているのは三条家のBBA《ババア》連合であり、彼女らは有無を言わさず、レイのことを三条家の後継者に捩《ね》じ込んでいる。

今までは金品と権力でヒイロくんを黙らせてきたようだが、お転婆《てんば》な俺の態度を見て方針を変えたらしい。

原作ゲーム内では、幼少の頃からヒイロに快楽だけを与えて籠絡し、最終的には暗殺していたりする。人の業、ココに極まれりだ。

そんな境遇にいたヒイロは、なんて可哀想《かわいそう》なんだ……とでも言うと思ったか、○ね。

「もしかして、ヒイロ様は、金目当てで私と婚約を結んだんですか？」

「黙れ、百三十二円。

金を稼ぐ方法は考えてあるが……正直、今は、二週間後のオリエンテーション合宿の準備に全力を注ぎたい」

「この主人、たかがオリエンテーションに命を懸けてますね。

最初だけ張り切る陰キャかよ」

いや、本当の意味で、このオリエンテーションに命が懸かってるんだよ。

主人の心従者知らずか。

即席のダンボール机に悪戯書《いたずら》きしながら、スノウは俺の太ももをツンツンと爪先で突《つつ》いてくる。

「で？　その体たらくで、この二週間をどうしのぐつもりですか。こんなにも可愛《かわい》い婚約者に霞《かすみ》食わせて、仙人にでもジョブチェンジさせるつもりですか」

「是非とも、その小生意気なお口に霞をブチ込んでやりたいところだけどな。最低限の家具は、今日中にリリィさんが用意してくれることになってるし、いざとなれば土下座するので飯くらいは食わせてもらえるだろうという打算がある」

「おまえ、プライドとかないんか」

俺は、しっしっと、しつこく突《つつ》いてくるスノウの爪先を払い除《の》ける。

「本来、新入生が入寮出来るのは、入寮試験が一段落して新入生同士の顔合わせが終わった後……オリエンテーション旅行が終わってかららしいが、特例として寮長が本日時点からの入寮を許してくれた」

「一時、別邸か本邸に避難するかと思いましたが……」

「無理無理」

立ち上がった俺は、散らばっていた女性物の水着をゴミ袋にブチ込む。

「クレカ止められた時点で、やべーだろうなと思ってたからな。さっき、師匠引き連れて別邸を見に行ったら、うようよ、暗殺者が潜んでたからぶっ倒してきた。『俺たちに勝てるヤツ、おる?』って、ラメ文字で書いた俺と師匠のプリクラ（背中を合わせて、両腕を組み、ふんぞり返るポーズ）添付して、分家の方に産地直送しておきました」

「師弟揃《そろ》って、煽《あお》りスキルが高すぎる」

別邸に暮らしていたラピスと御影弓手《アールヴ》は、いち早くその気配を察してホテルに退避していた。

血の気の多いラピスは、殺《や》り合うつもりだったらしい。

さすがに一国のお姫様が、面と向かって三条《さんじょう》家と殺《や》り合うのはマズい。懇切丁寧に『俺の獲物だ』と説得して、渋々ながらに引き下がってもらった。

「というわけで、今後、俺たちはココを拠点にする」

「わーお、名家のお坊ちゃまとは思えなーい」

無表情でスノウは拍手をし、片手を上げた俺はオーディエンスを黙らせる。

「さすがはお嬢様学校の寮と言うべきか、各部屋には風呂やトイレどころか、シアタールームまであるらしいぞ。だがしかし、当然ながらこの屋根裏部屋にはそんなもの存在しないので、共用施設でやりくりする必要がある。

風呂は地下に大浴場があるらしくて、スノウも好きに使って良《い》いってよ。トイレは、寮の管理業者用に作られたものがあるのでそこで。男子トイレなんてものは女子校に存在しないので、俺は駅前まで猛ダッシュする」

「名家のお坊ちゃまが、尿意を催したまま駅前ダッシュとかして良いんですか」

「体育会系の名家だから大丈夫」

「会食の最中に、おしっこしたくなった順にスタート切る名家とか嫌でしょ」

スノウは、リリィさんからもらった『入寮案内』を机に広げる。徐々に、彼女の顔に驚きが浮かび上がってきた。

「寮内にネイルサロンがあるんですが。カフェとか、ベーカリーとか、温水プールとか、マッサージルームとか……内線電話を一本かければ軽食やスイーツを提供してくれて、アメニティ類は学園に行ってる間に補充されるって……どれだけの維持費がかかってるんですか、このお嬢様寮は？」

黄《フラウム》の寮の維持費は、主にアイズベルト家の献金で成り立っている。

我らが傲慢寮長《ミュール》に反感を抱く生徒はたくさんいるが、コレだけ充実した設備とサービスを前にして口をつぐむらしい。

なにせ、その殆《ほとん》どが、アイズベルト・グループのロゴマーク付きだからな。誰の権力と献金でこの生活が成り立っているか、一目でわかる親切設計だ。

このことから、寮長の母親が、かなりの切れ者であることが窺《うかが》える。

アイズベルト家の権威を知らしめるため、グループ会社のエンブレムを寮内に貼り付けて、この寮をアイズベルト柄でデザインしているのだから。さも善意であると言わんばかりに無料提供しているのも、格下を支配することに長《た》けている証拠だ。

「居住区は、一階から六階。利用できる設備の大半は、地下一階から三階だな。リリィさんに事前申請しておけば、地下一階のレストランのキッチンも使わせてもらえるって。お嬢様の中にも、趣味で料理をする子がいるらしい」

俺は、背後から、スノウの見ている入寮案内《ハンドブック》を指す。

「ちなみに、コレらの設備の使用費は無料だが、男の俺は営業時間内に顔を出すつもりが一切ないので利用することができない。スノウ、お前が、俺の代わりに堪能してくれ」

「いや、お金がない問題、ココの設備が使えれば解決じゃないですか……普通に、使わせてもらえば良《い》いのでは？」

「スナイパーに狙撃されるから無理」

「この寮、スナイパーまで無料なんですか」

ふたりの女の子が、一日の思い出話に花を咲かせている。見つめ合う彼女らは、キャンドルライトを挟んで、ドキドキのディナーを楽しんでいるのだ。

そこに、悠々と入ってくる軽薄そうな金髪男——無理だ！　絶対に！　無理だァ！　考えられねぇッ！　頭に銃を突きつけられてもッ！　俺は、絶対にッ！　営業時間内に顔を出すことはないッ！

「では、私も使いません」

「いや、変に気を使うなよ。そこは、笑顔で使ってくれ」

「婚約者同士で、食事を別々に取るのもおかしいじゃないですか。私は、婚約ガチ勢ですよ」

「ま、好きにしろ。俺は婚約ゆる勢だから強制はしない」

俺は、ピラミッドの置物をゴミ袋にダンクシュートする。

「明日から、本格的に師匠との鍛錬を再開するから。基本的には、朝は鍛錬、昼は学園、放課後は鍛錬……になると思うから、飯の時くらいしか顔合わせないかも」

「早速、婚約者を放って、鍛錬に浮気ですか」

スノウは、ため息を吐《つ》く。

「なら私は、浮気性のご主人様のために生活環境の改善に取り組みましょう」

「浮気すらも容認してくれる婚約者のために精々頑張るよ。とりあえず、コレ、二週間分の生活費な」

分厚い封筒を手渡すと、スノウは顔を歪《ゆが》める。

「いや、金がないとか言ったそばから……コレ、マネーロンダリングしなくても使える綺《き》麗《れい》なお金でしょうね？」

「無期限無利子で、暗殺者の人から借りた」

「なんで、暗殺者相手にソロで強盗成し遂げてんですか」

「師匠は、暗殺者から借りたお金で、二〇テンドー〇イッチ買ってた」

「師弟暴力団」

「まぁ、養分《暗殺者》がいつもいるとは限らないから、正規の手順で金を稼ぐ手段は考えとくわ。家具を買い揃《そろ》えられる額じゃないけど、暫《しばら》くの間の生活費くらいにはなるだろ」

「スタミナ尽きるまで、三人で周回しましょうよ」

「ソシャゲスタイルで、強盗をルーティン化するのはさすがにやめよ？」

礼を言ってから、封筒を開いたスノウは札を数え始める。

「ところで、私とご主人様が、婚約者同士であることを明かすタイミングですが――」

「え？　もう、ラピスに話したよ？」

しーん、と。

屋根裏部屋が静まり返って、スノウはゆっくりと顔を上げる。

「…………いつ」

「放課後、ラピスに付き合って、アイツのドレスを買いに行った時に。試着したラピスに『似合う？』って聞かれたから、『そういや、俺、スノウと婚約したわ』って答えた」

「ぐぉおおおおおおおおおおおおおおおお……！」

呻《うめ》きながら、スノウは思い切り仰《の》け反《ぞ》る。

「『1＋1は？』と聞かれて『8と5足して鎌倉幕府』と答えるバカですか、貴方《あなた》は……様々な感情が巡るがゆえに、最早《もはや》、言葉が出てこない……ある意味、完璧なタイミングで、最悪の返答をしてますよ……ラピス様は、どうしたんですか……？」

「ふつーに別れて帰ったよ、その後、用事もなかったし。帰り道で師匠に会ってプリクラ撮ったから、ラピスにも『俺たちに勝てるヤツ、おる？』のプリクラ画像送っといた」

「コイツ……マジで、コイツ……」

俺は、苦笑する。

「別に、大した問題じゃないだろ。確信してるが、ラピスは俺に恋愛感情なんて一片も抱いてねーよ。レイはまだしも、アイツ相手になら、タイミングなんて見計らう必要ないだろ」

「知りませんよ」

じとっと、スノウは俺を睨《ね》めつける。

「一切、私は関与しません。人の口に戸は立てられないんですから。精々、楽しいオリエンテーション旅行の準備に勤《いそ》しんでください」

そんな捨《す》て台詞《ぜりふ》を残し、ゴミ袋を両手に持ったスノウは屋根裏部屋から出ていく。

俺は、この時、なにを大袈裟《おおげさ》なと笑っていたのだが。

次の日から――もう、笑えなくなっていた。

＊

鳳嬢《ほうじょう》魔法学園から、師匠と待ち合わせた公園へはバスで一本。

大体、十五分から二十分の旅路だ。

朝の四時ともなると、さすがにバスなんてものは走っていない。身体《からだ》を温めるついでに、ジョギングで待ち合わせ場所まで向かう。

「ふっ、ふっ、はっ、はっ……！」

呼吸を繰り返しながら、魔力の流れを意識する。

下肢に魔力を集積すれば速度が上がるが、無防備な上半身に攻撃を喰《く》らえば致命傷と成り得る。

常在戦場、三条《さんじょう》家に狙われる立場の人間として必要となる意識。こうして、ただ走っている時でさえも実戦を考える。

薄く、伸ばすイメージ。

必要最低限の魔力を下肢に回して、その他の魔力を上半身に注いだ。

両目へと、徐々に魔力を流し込む。風が流れて木々の連なりがざわめき、眼前を過ぎ去る一葉を捉える。

拡大、拡大、拡大、その葉脈すらも見通せる。

「…………うっ」

立ちくらみ。

一気に、魔力を一箇所に注《つ》ぎ込んだ影響か。魔力切れによく似た、立ちくらみのような症状が表れる。

目を閉じて、魔力を全身に分配した俺は息を吐いた。

やはり、全力で、一部位に魔力を流し込むのはダメだ。一度に流せる魔力量には限界があり、許容範囲を超えれば拒否反応が起きる。

そもそも、全力の状態で戦闘を行えるなんて、そんな甘い状況が続くとは限らない。

相手に合わせて、必要最低限の魔力で対峙《たいじ》する。事前に指標を定めて、どこに何％の魔力を回すのかを考えておく。

体内を流れ体外を覆う魔力を知覚する。己の魔力量をパーセンテージで把握し、調節する緻密なコントロールが求められている。

程よく汗をかいて。

公園に辿《たど》り着くと、先に着いていた師匠がそっぽを向いた。

「つーん！」

「……いや、なに？」

師匠は、明後日《あさって》の方向を向いて叫ぶ。

「つーん！　つんつんつーん！」

ちらちらと俺の反応を見ながら、四百二十歳の師匠は「つーん！」を繰り返す。朝っぱらから元気なアステミルを眺めながら、俺は汗を拭いて水分を補給した。

つんつん攻撃に興味を示さない弟子を確認し、師匠は「むむむ」と顔をしかめる。

「わかりませんか？」

腕を組んだ師匠は、ぷくぅと、頬《ほお》を膨らませる。

「怒ってますけどぉ!?」

「あ、はい。そうすか」

「理由を聞きなさい！　理由を！　理由を聞きなさいッ！　師匠、理由を聞くまで帰しませんからね！」

「なんで、怒ってるんですか（棒）」

「スノウとやらと婚約したそうですね」

もう、ラピスから、情報が流れてるのか。

炭酸抜きコーラを喉に流し込み、首を回した俺は答える。

「さすが師匠、お耳が早いことで。どこのラピスから聞いたかは知らんけど、噂《うわさ》通りに婚約させてもらいましたよ。お相手は、なんと三条《さんじょう》家の別邸に勤めてたメイド。前々からアプローチしてたんだけど、この間、ようやく了承をもらった次第です」

「私、師匠なのに、聞いてませんよ！」

「言ってないのに聞けてたらエスパーだからな」

頬を膨らませた師匠は、懐からニ◯テンドー◯イッチを取り出す。

「折角《せっかく》、◯イッチ買ったのに！　可愛《かわい》い弟子と、スマ◯ラやりたくて買ったのに！　なのに、寝取られた！　愛弟子《まなでし》、寝取られたァ！」

「なんで、右のコントローラーが左に、左のコントローラーが右に挿さってんの？　ハンドルもぎ取って、インパネにブチ込んでから運転するみたいなことしてない？」

よよよと、師匠は泣き崩れる。

「可哀想《かわいそう》に。ラピスは上の空で、一日中、ぼーっとしてたんですからね！　両鼻に指突っ込んで上に上げても、一切、無反応だったんですから！　この鬼畜！　最低！　こんな酷《ひど》いこと出来るなんて、どういうメンタルしてるんですか！」

「お姫様相手に、鼻フックで反応確かめるあんたの方が鬼畜だろ。ラピスの護衛の癖に、そこまでしちゃうあんたのメンタルを問いたいよ」

やり取りしている間に落ち着いたのか、師匠は◯イッチを懐に仕舞《しま》う。

「私は立派な大人なので、婚約自体は否定しません。むしろ、男性の貴方《あなた》にとって、早めに婚約者を作っておくことは立派な自衛になる。三条家への牽制《けんせい》にもなるでしょうしね」

「いや、さすがに、三条家《さんじょう》の連中に公言するつもりはないけど……妙に勘ぐられて、スノウに手出しされたら困るし」

師匠面のエルフは、重苦しく頷《うなず》く。

「そうであれば、そこは、ヒイロの判断に任せます。ただ、ひとつ、貴方《あなた》には遵守してもらいたいことがある」

「なに？」

「師匠＞＞＞＞＞＞＞＞＞＞＞＞＞＞＞＞＞＞＞＞＞婚約者＞＞その他。いかなる場合でも、この図式を崩さないように徹底してください」

「真顔でなにフザけたこと言ってんだ、コイツ」

そう言った途端、大袈裟《おおげさ》に師匠は叫んだ。

「だってぇ！　私の方が、先にヒイロを見出《みいだ》したんですよ！　どう考えても、師匠が上でしょう上！　私がスマ○ラやろうと誘ったら、ヒイロは、婚約者を放り出して会いに来る義務があるんですぅ〜！　けってい〜！　はい、けってい〜！　師匠権限で、異議は認められませぇ——」

「いや、俺、師匠よりも先にスノウと逢《あ》ってるから」

「…………………」

黙り込んだ師匠の周囲を回りながら、俺はその足に蹴りを浴びせる。

「なんとか言ってみろよオラ、なに黙ってんだコラ。四百二十年間、無駄に熟成させてきた脳みそで反論してみろや」

距離をとった俺は、両手を口の周りに当てて、踏ん張りながら大声を張り上げる。

「や～い！　おまえの立ち位置、婚約者以下ぁ～！」

「これぇえ～！　ひいろぉおおお～！」

その間延びしたセリフに反して、両目を見開いてガチで走ってきた師匠に捕まった俺は、号泣している師匠に関節を極《き》められ、暴力に屈して泣きながらスピード謝罪した。

散々、謝らせられた後、口論を暴力で制した師匠は艶《つや》めいた笑顔で言った。

「準備運動も終わりましたし、今日も元気に修行しましょうか！」

「……うぃ～す」

アステミルは、棒の形をした魔導触媒器《マジックデバイス》を投げ渡してくる。

受け取った途端、ずしりと、両腕が沈み込んだ。

普段、腰に下げている九鬼正宗《くきまさむね》の数倍は重い……それでいて、引き金《トリガー》は固定されているかのように固い。

固いと言うより、引けるように作られているとは思えない。引き金がなければ、魔導触媒器だと気づくことすら出来なかっただろう。

黒く、鈍く、重く……それは、ただの鉄塊のように思えた。

「なにコレ」

「黒戒《カノン》」

組んだ腕の上で、指を立てた師匠はささやく。

「式枠《スロット》が存在しない魔導触媒器《マジックデバイス》ですよ。かつて、神殿光都《アルフヘイム》を治めていたエンシェント・エルフが好んで用いたとされる太古の遺物《オーパーツ》」

「いや、式枠が存在しないって……どうやって、魔法を発動させんの？」

「式枠要らずで発動出来る魔法があるでしょう？」

俺は、ゆっくりと目を見開く。

「無属性魔法か……」

こくりと、師匠は頷《うなず》く。

「いや、でも、無理だろ。生成系統の導体《コンソール》がないと、なんの形も保てないんだから魔力が雲散霧消する」

「さすがの洞察力と言いたいところですが、たったひとつだけ使用出来る方法がある」

まじまじと、黒戒を見つめて、俺はようやく気がついた。

もしかして、コレ、『ナナシ』か？

『世界樹のダンジョン』のボス敵からドロップして、説明文には『使用出来ない魔導触媒器。骨董品《こっとうひん》であり、換金以外で価値を見出《みいだ》せない』と書かれている換金用アイテム。

それが、エスコで言うところの『ナナシ』である。

でも、確か、ナナシを強武器に変化させる条件があって……俺は、ピンとくる。

「魔眼か」

嬉《うれ》しそうに、師匠は微笑《ほほえ》む。

「その通り。その勘の鋭さには舌を巻きますね。ヒイロ、私が貴方《あなた》を評価しているのは生まれ持った能力ではない。努力が出来ることでもない。その勘の良さと勝負強さですよ」

「いや、褒めてくれるのは嬉しいけど……魔眼って……俺、開眼出来るの……？」

「素養はある。貴方は、三条《さんじょう》本家、唯一無二の正当な後継者でしょう？」

よく調べてるな。ヒイロが、三条本家の正当後継者だなんて、設定資料集にしか書かれてない情報だぞ。

こうして言われてみれば、三条燈色《ひいろ》には魔眼の開眼条件が整っている。

生来の所以《ゆえん》により、生成された特殊な内因性魔術演算子が眼《め》へと集積され、目玉自体が擬似的な魔導触媒器に変わることがある。

その変化した眼を——魔眼と呼ぶ。

引き金《トリガー》は、眼に魔力を流し込むことで引くことが出来る。

目玉自体が魔導触媒器であり導体でもあるため、たったひとつの特殊魔法を発動させることしかできないが、その威力は絶大であるし、その他にも副次的な効果を生み出す（この副次的効果で、師匠は黒戒《カノン》を使おうとしてるらしい）。

魔眼は、血統による相伝が最も開眼確率が高い。生まれが良ければ良いほどに、開眼確率は上昇する。

エスコ世界の公爵家は、約３％の確率で魔眼を開眼出来るという設定だった筈《はず》だ。

三条家《さんじょう》の持つ魔眼――『払暁叙事《ふつぎょうじょじ》』。

レイ・ルートでは、イベントをこなして条件を満たした上で、低確率でレイが開眼する場合がある。

「いや、一気にステップ飛ばしすぎじゃない？　まずは、水属性の魔法を身につけたいと思ってたし、剣術と弓術の基本を習得していきたい心持ちなんだけど」

「もちろん、魔眼の開眼は、今の目標ではありません。いずれ、の話ですよ。運や環境、状況によっても左右されますからね」

師匠は、指先で、自分の顎を撫《な》でながら微笑する。

「とは言え、早いうちから意識しているのと意識していないのとでは、開眼の確率に雲泥の差が出てきますからね。今のうちから、黒戒を手にして、目標を見据えておくことは必要不可欠だと思いますよ」

個人的には、気が早すぎるとは思うが。

師弟関係を結んでいるがゆえに師の命は絶対なので、重くて邪魔な黒戒を腰にぶら下げておくことにした。

「で、まずはなにから教えてくれるの？」

「剣術の基礎は、素振りから。とは言っても、走ってきて早々、単純な鍛錬に勤《いそ》しむのもアレでしょうし」

師匠は、微笑《ほほえ》む。

「弓から教えましょうか。でも、貴方《あなた》に教えるのは、ただの弓矢ではありません」

俺の眼《め》の前で、師匠は引き金《トリガー》を引いて――

「貴方にとっては、普通の弓矢よりもこちらの方が、ずっとよく馴染《なじ》む筈ですよ」

こちらの想像を上回ったその『弓矢』が生成される。

その弓矢には、弓が存在していなかった。正確に言えば、一般に想像《イメージ》される弓は存在していなかった。

師匠《アステミル》の腕の裏に、一本の矢が張り付いている。

それは、水流で象《かたど》られた一矢。

ゆらゆらと、水の矢は彼女の右腕に纏《まと》わりついている。怖気《おぞけ》が奔《はし》る程に膨大な魔力がゆらぎとなり、周辺の空間が捻《ね》じ曲がっているように見えた。

静かに――師匠は、口端を曲げる。

瞬間、穿《うが》たれる。

見えない。いや、見えないように細工されている。

不可視の矢《ニルアロウ》は、大木の中心を捉えて穿《うが》ち、ぽっかりとした空洞が生み出される。射出音は聞こえず、ただ、無音のうちに穴が生まれた。

残ったのは、一粒の水滴のみ……師匠の人差し指と中指の間。

そこにしがみついていた水滴は、ぴちょんと音を立てて地面に落ちる。

「不可視の矢」

彼女は、微笑《ほほえ》む。

「メリットはみっつ。

ひとつ、腕を弓と化すことで弓具の携帯を必要としない。

ふたつ、矢を都度生成するので矢の携帯を必要としない。

みっつ――」

師匠は、人差し指を自分の口の前に立てる。

「この矢は、見えず、音も立てない」

「……すげぇ」

感嘆の声が漏れて、俺は頷《うなず》く。

「確かにコレなら、魔力量不足で二つ目の魔導触媒器《マジックデバイス》を使えないって問題はクリアできる……水属性の魔法の鍛錬も兼ねてるし、刀から弓に持ち替える必要性がない……近距離から中距離をカバーしたい俺の要望に適《かな》ってる……！」

「ふっふっふっ！」

腕を組んだ師匠は、鼻高々に笑う。

「どわーはっは！　どうですかぁ！　貴方《あなた》の師匠はスゴイんですよ、ヒイロ！　婚約解消する気になりましたか！　こんな師匠を持てて幸せ者ですねぇ!?　うぅ～ん!?」

「いや、本当に、あんたは……いや、貴女《あなた》はスゴイよ。本来、ヒイロなんかの師になるべき存在じゃない。ただの凡俗なら、そこらの弓矢を渡してきて終わりだ。俺の要求を完全に叶《かな》えた上で、数倍上の提案を出来るのは師匠くらいだろ」

「きゅ、急に普通に褒めてくるのこわい……」

アステミル・クルエ・ラ・キルリシア。

この女性《ひと》は、ただ、強いだけじゃない。適した戦術を思考する能もある。

不可視の矢……現在の俺の状況を鑑みれば、この一手が最善手であることは明白だ。

原作ゲームをプレイ済みで、不可視の矢の存在を知っていたにもかかわらず、俺は『普通の弓の使い方を教えてくれ』と凡俗丸出しのことを言った。

対して、師匠は俺から話を聞いた直後、不可視の矢の可能性に思い当たっていた。普通の弓矢を使わせるつもりなら、俺が魔力切れでダウンしていようとも、基本的な構えや撃ち方くらいは教えられたのだから。

この女性《ひと》の強さは、複合的なものだ。

ありとあらゆる要素が絡み合って、一本の強者としての立場を構成している。

――いずれ、私すらも超えるでしょう
本当に、俺が、この女性《ひと》を超えられる日なんてくるのか？

「ですが、ヒイロ、この不可視の矢《ニルアロウ》にはひとつの大きな問題がある。と言うよりも、その問題のせいで、貴方《あなた》は『普通の弓を教えてくれ』と言ってきた筈《はず》です。

では、その問題とはなんでしょうか？」

「式枠《スロット》だ」

即答した俺に対し、満足そうに師匠は頷《うなず》いた。

「俺の九鬼正宗《くきまさむね》は、式枠3。この不可視の矢を使うには、最低でも、3式枠を導体《コンソール》で埋める必要がある」

俺は、指を三本立てる。

「『属性：水』『生成：矢』『操作：射出』……魔法で作った矢を飛ばすこと自体は、俺も考えたけど、近距離戦から中距離戦までカバーするには、導体の付け替えが必須になるのは致命的過ぎる。

だから、俺は、普通の弓を使うつもりだった」

「近距離戦は魔導触媒器《マジックデバイス》、中距離戦は一般的な弓矢を使うということですね？」

師匠に頷きを返す。

「師匠が、無銘墓碑を使ってるのも同じような理由だろ？」

「いえ、アレは、ただのハンディキャップです。私ぃ～、強いのでぇ～？」

ウザさのコクがえぐい。

「でも、師匠がわざわざ、この不可視の矢を提案してきたってことは、式枠の問題を解決できる方法があるんだろ？」

「正解。でも、さすがに、その方法はヒイロにも思いつかな――」

「弾帯だ」

ゆっくりと、師匠は目を見開いた。

「ぐるりと、こう、射出の起点となる弓……つまり、腕の周りを囲むように不可視の矢の弾帯を生み出しておく。この時点で必要なのは、『属性：水』、『生成：矢』の式枠2。式枠1余るから、無属性の刀身くらいは生み出せる。この水矢の生成時点では、中距離を保って防御に専念、もし距離を縮められても無属性の刀で牽制《けんせい》出来る」

俺は「ココまでがワンステップ」と前置きをして、二本目の指を立てる。

「弾帯の生成を終えたら導体を付け替え、式枠1を使って『操作：射出』をセットしておく。魔力を保つことさえ出来れば、いつでも不可視の矢を撃てるし、式枠2余ってるから近距離戦にも対応出来る。むしろ、この備えが出来た状態で攻めに転じる」

師匠は、満面の笑みを浮かべ――

「良《い》い」

俺の頭を抱え込み、めちゃくちゃに撫《な》でてくる。

「その感覚《センス》！　その感覚《センス》ですよ、ヒイロ！　愛弟子《まなでし》！　愛弟子ですね、愛弟子！　ラピスも天才だと思いましたが、貴方《あなた》もまた、天才天才天才！　カワイイ！　なんて、カワイイんですか、ヒイロ！」

「そういうの、ラピスとやってくんない？」

もみくちゃにされて、ぎゅうぎゅうに抱きしめられた俺は、その柔らかな女体牢獄《ろうごく》からどうにか顔を出す。

「矢が消えるトリックもわかったよ」

「……は？」

呆然《ぼうぜん》とした師匠を押しのけてから、魔導触媒器《マジックデバイス》に必要な導体《コンソール》を嵌《は》める。

息を吸って、吐いて。

水矢を形成する――が、安定しない。

水の属性能力値《パラメーター》が足りないせいだろうか。

丸みを帯びて篦《の》が曲がっている矢は、対象に当てるどころかまともに飛ぶとも思えない代物だった。そこまで不出来な未完成品を拵《こしら》えただけでも、根幹から一気に魔力を吸われて眼前がちかちかと点滅する。

導体は、飽くまでも、魔法士の脳内で行われる想像演算《イメージ・デイテイール》の補助品に過ぎない。

『生成：矢』の導体を嵌めたところで、ソレがどんな矢なのかは、魔法士の想像《イメージ》に委ねられる。

光玉《ライト》は、ただの球だったから、想像《イメージ》が楽だった。

だが、矢は違う。弓道部でもない俺にとって矢は馴染《なじ》みがないし、どのように飛ぶのかの想像《イメージ》も湧きづらい。その上、水の想像《イメージ》と噛《か》み合わせるのも困難で形を伴わせることが難しかった。

脳で組み合わせている想像《イメージ》が適当なので、こんな子供の落書きみたいな一品が出来上がるのだ。

「…………ッ！」

射出台となっている腕も安定せず、上手《うま》く狙いがつけられていないせいか、俺が撃った水矢は明後日《あさって》の方向に着弾した。

そう、着弾した。

腕の裏に付いている水矢はそのまま、あたかも射出されていないかのような状態で、狙いから外れた大木に穴が空く。

その結果を捉えた俺は、大きくため息を吐《つ》いた。

「全然、ダメだわ。死ぬ。弾帯とか調子にノッてたけど、一本、水矢を安定させるのもしんどくてまともに使える気がしないわ。

つーか、そもそも、相手に当たるとは思えな――」

「たった、一度」

師匠は、まるで、幽霊を目撃したかのような目つきで俺を見る。

「たった、一度、見ただけで……不可視の矢《ニルアロウ》の撃ち方を理解して……しかも、応用までしましたね……？」

「え、うん。師匠の撃ち方と同じかはわからないけど」

俺は、魔力切れに近い症状、倦怠感《けんたいかん》を覚えながら言った。

「実際には、アレって、水矢の生成を二度繰り返してるんでしょ。

まず、目に見える水矢をふたつ重ねた状態で腕の裏に生成するのが一度目。そのうちの一矢を『操作：射出』で飛ばして、軌道に乗った状態で水矢の生成を解除。この時点で水矢は見えなくなるが、魔力自体は既に軌道に乗ってるから進み続ける。見えなくなった魔力の矢が着弾した時点で、再度、水矢の生成を行えば相手には軌道が見えない。

つまり、一度目に生成する水矢は見せかけのフェイク。実際の狙いは、水矢を飛ばしたと思わせて、見えない魔力の矢を軌道に乗せて射《う》つこと……違う？」

空気中には、魔力……つまり、魔術演算子が大量に散らばっており、一度、ソレらに混じってしまえば魔力の痕跡を追うことは難しい。

だから、相手には、自分へと飛来してきている魔力の軌道が見えない。

それこそが、不可視の矢の絡繰《トリック》である。

「……ふっ、ふふっ」

ぞくりと、背筋が寒くなる。

両目を光らせた師匠は、息を荒らげながら、俺を見つめていた。

「最高だ……最高じゃないですか、この素材は……どこまでも……どこまでも、強くなる……才能の塊……天才……私の愛弟子《まなでし》……誰の弟子よりも賢くて強くカワイイ……ふふっ……もっと、強くしてやる……モアモアモアモァ……ッ！」

俺は、がしりと、師匠に肩を掴《つか》まれる。

「あ、あの、師匠、俺、もう今日は魔力切――」

「今夜は寝かせませんよ」

「いや、あの、今、朝だし昼間は俺、学園が……し、師匠……なぜ、真剣を……剣術の基礎は、素振りからって……ちょ、ちょっとまっ――」

ぁあ～っ！　鍛錬の苦悶《くもん》っ～！

俺の声なき声が上がり、早朝からたっぷりとアステミルに絞られる。

放課後には戻るからと、笑顔で真剣を振り回す師匠を説得し、鍛錬を抜け出した頃には遅刻寸前だった。

息も絶え絶えに、既に閉まっていた学園の門を乗り越えて、どうにか授業に間に合いそうだと思った時——敷地内に着地して、彼女と目が合った。

「ヒイロ」

待ち伏せしていたらしいラピスは、目を伏せてぶらぶらと片足を振った。

「……ちょっと、付き合って」

有無を言わさない雰囲気。

「お、おう」

彼女が纏《まと》っている緊張感に引きずられるようにして、俺はその背中に付いていった。

＊

さすがは、お嬢様学校だと言うべきか。

鳳嬢《ほうじょう》魔法学園の食堂は、第一から第三まで存在する。

スコアに支配されているこの世界ならではの決まりで、この第一から第三食堂の利用者はスコアで厳格に制限されている。

第一食堂は、万超えの高スコア専用。

第二食堂は、数千規模の中スコア以上。

第三食堂は、誰でも利用できる。

第一食堂なんかは、食堂というよりかは式典場と形容した方が良《い》い。立ち入るお嬢様たちも、服装規定《ドレスコード》に則《のっと》ってか、夕食時には綺羅《きら》びやかなドレスを身に纏っている。

最下級の第三食堂だって、食堂と言うよりもレストランの方が近い。

なにせ、セルフサービスなんてものは存在しない。テーブルごとに給仕とシェフが控えており、座ろうとすれば椅子を引いてくれるご奉仕ぶりだ。

テーブル席の周囲は円形の仕切り《パーテーション》で囲まれており、手元のグラスが空けば勝手に注《つ》いでくれる。

朝食から夕食まで提供され、値段もリーズナブル。

夜にはコース料理も提供されるらしいが、金銭とテーブルマナーに縁のない俺が利用することはないだろう。

先導するラピスに付いてきた俺は、第三食堂の隅のテーブルに座っているわけだが。

「…………」

「…………」

「…………」

「…………」

『席だけ使わせて欲しい』と、ラピスが給仕人を追い払ってから、ゆうに十分ほど無言が続いている。

「…………」

「…………」

え、なに、この空気？　近々、鍛錬で死ぬ予定の俺の生前葬？

重苦しい空気に耐えかねて、口を開こうとした時――隣から、甘酸っぱい声音が聞こえてくる。

「はい、あ〜ん！」

「い、いいよ、あたし、そういうの苦手だって……恥ずかしいし……」

「周りに誰もいないんだから、大丈夫大丈夫！　ほら、あ〜ん！」

「わ、わかったよ……あ、あ〜ん……」

俺は、全ての意識を耳に集中させる。

「美味《おい》しい？」

「美味しいけど……」

声だけだったが。

目を閉じた俺の脳裏には、はっきりと、顔を赤らめるボーイッシュな女子の姿が映った。

「は、恥ずかしい……」

静かに、俺は涙を流した。

世界は……こんなにも、美しかったのか……ココに連れてきてくれたラピスには、感謝の言葉を伝えたい……いや、この感動を伝えたい……ラピス、この世界は、こんなにも美しいよ……聞こえるか、お前にも……この感動《おと》が……。

「ヒイロ、あの、その、ね……君に渡したいも——なんで、泣いてるの!?」

「聞こえるか……この感動《おと》が……」

「なんの話!?　なんの音楽もかかってないのに、スタンディングオベーションするのやめて!?　ほら、ちゃんと拭いて！　なんか、わたしが泣かせたみたいじゃない！」

ラピスは、優しく俺の目元にハンカチを当てる。丁寧に俺の涙を拭き取ってから、彼女はピンク色の包みを取り出し突きつけた。

「……は、はい」

頬《ほお》を染めて、ぶっきらぼうに、片手で突き出してきたピンク色の包み。

困惑しながら、俺はそれを受け取る。

「俺の生前葬の香典……？」

「ば、バカ、どう見てもお弁当でしょ。さ、さっきからなに言ってんの」

「弁当？」

事態を呑《の》み込めていない俺は、恐る恐る包みを開いた。

リボン結びを解《ほど》くと、楕円形《だえんけい》の小さな弁当箱が現れる。

可愛らしい色合《パステルカラー》い。二段になっているその弁当箱は、うさぎのキャラクターバンドで止められていた。

「で、コレを月檻《つきおり》に渡せば良《い》いのか？」

「は？　なんで、アイツの名前が出てくるの？」

え、こわい……本気でキレてる……た、確かに、初期のラピスと月檻の仲が険悪なのは、シナリオの通りだけども……殺意さえ混じってませんか……？

打って変わって。

もじもじとしているラピスは、ごにょごにょと口ごもる。

「ほら、君って、アステミルと朝早くから鍛錬してるでしょ……朝ご飯、食べる時間ないかなって……だから、お弁当……このサイズだったら、授業前に、ちょっとはお腹《なか》が満たせるかなーって……」

しげしげと、俺は、その弁当箱を見つめる。

「コレ、俺の!?」

「そ、それはそうでしょ」

「お前が作ったの!?」

「う、うん……御影弓手《アールヴ》の中に、料理が得意な子がいて……習ってみたの……たぶんだけど、上手《うま》く作れたと思う……」

俺は、絶望の面持ちで、きらめく手作り弁当を見下ろした。

ま、マズい……手作りのお弁当はマズい……完全に、ラブコメのアレだ……だが、ラピスは、俺に恋愛感情は持っていない筈《はず》……それだけは間違いない……婚約者アピールで距離を取りつつ、なぜ、こんな事態に陥ったのかを探らなければ……。

「俺、婚約者がいるんだよね（強者の風格）」

「うん、知ってる」

「え、あ……ふぅん……（負け犬）」

震える手で、俺は、弁当の箱《パンドラボックス》を開いた。

一段目がご飯。二段目には、卵焼き、肉団子、おひたし、肉巻きアスパラ。手の込んでいる料理が並んでいて、俺は、思わずフタと目を閉じた。

ふぅーっと、息を吐いてから俺は片手で目元を覆う。

ガチのヤツやん……レパートリーが、少女漫画でよく見るヤツやん……まともに料理をしてこなかったお姫様が、丹精込めて作った感が全面に出てきてとるやん……男の子の心にぐっとくる料理を取り揃《そろ》えてくる恋愛シェフやん……。

「ヒイロってさ」

上目遣いで、ラピスは俺の反応を窺《うかが》ってくる。

「嫌いな食べ物とかある……？　あと、好きな食べ物……知りたいな」

知りたいなァ!?　知りたいな、知りたいな、知りたいなァ!?　俺も、こういう時に相手の心を傷つけず、嘘《うそ》をつかずして回答拒否出来る手段を知りたいなァ!?

「…………」

沈黙！　それが正しい答えなんだ。

「……声、聞こえなかった」

ラピスは、俺の隣の席に移ってから——テーブルに突っ伏して、赤らめた顔で覗《のぞ》き込んでくる。

「もういっかい、いって」

回答！　それが正しい答えだったんだ。

悪化していく状況を横目で眺めながら、大量の汗を流した俺を取り残し、事態は前へ前へと進み続ける。

頬《ほお》を染めたラピスは、こてんと首を倒し、俺の腕をつんつんと突《つつ》いた。

「……食べないんですか～？」

なぜだ。

なぜ、こうなった。

理由を……理由を探らなければ……婚約者がいると明言したにもかかわらず、前よりも悪化しているのはどういう……なにか……なにか、理由がある筈《はず》だ……原因を掴《つか》んで、対策しなければマズい……！

「な、なんで、急に弁当？　俺たち、友達だよね？」

「友達じゃないでしょ」

えっ!?

「好敵手《ライバル》、でしょ」

お、ＯＫ！　ＯＫ！　ＧＯＧＯＧＯＧＯＧＯッ！

「好敵手にお弁当作ってくるのはおかしい……？」

「お、おかしいかな。敵に塩を送る的な言葉はあるけど、敵に手作り弁当まで送っちゃったら、それはもう恋心的なニュアンスを抱いてない？」

「こ、恋……？」

ようやく、自覚したのか。

ラピスは、大きく目を見開いて、純白の肌を真っ赤に染めた。

「ち、ちが……っ！　こ、コレ、そういうのじゃなくて！　わ、わたし！　あのっ！」

「オーケーオーケー、大丈夫だ、まずは落ち着け。俺たちは、今、ようやく心が通い出した。安堵《あんど》感で、心臓が落ち着いてきた。コレは、そういう甘酸っぱい系統のお弁当じゃないんだよな。神殿光都《アルフヘイム》のお姫様が、婚約者のいる男にちょっかいかけるわけないもんな」

「う、うん……わたし、あの……だって、急に、ヒイロに婚約者がいるって言われて……」

ぎゅっと、握った両手を膝に置いて、ラピスはとつとつと語り始める。

「色々、考えちゃって……勝負とか一緒に出かけたりとか……そういうの、もう、迷惑だからやっちゃいけないのかなって……そもそも、最初に『勝負勝負！』なんて言って押しかけて……ヒイロの優しさに甘えて、居候させてもらっちゃったけど……わたし、ヒイロになにもしてあげられてないなって思って……」

罪悪感で青くなっている俺の前で、真剣に彼女は言葉を紡ぎ続ける。

「わたし、学園に友達とかひとりもいないし……ヒイロくらいしか、まともにしゃべれる相手いないから……こ、婚約者のいる男の子に近づくのはダメってわかってるけど……できれば、今まで通りに接したくて……そういうの、全部、籠《こ》めて……お弁当、作ってみたの……ごめんなさい……」

今にも、泣き出しそうなラピスを見て。

俺は、弁当箱を開けて、美味《おい》しそうなソレらをかき込む。

呆気《あっけ》に取られているラピスの前で、完食し終えた俺は彼女に微笑《ほほえ》みかける。

「最高に美味《うま》い。才能あるよ、お前」

「ヒイロ……」

「俺たちは、好敵手《ライバル》で、それ以上でもそれ以下でもない。それなら、別に、今まで通りでも問題ないだろ」

「じゃあ……！」

笑顔になったラピスに、俺は頷《うなず》きかける。

「今まで通りだ。たまにならいつでも、勝負は受け付けるし、一緒に遊びたければ遊べば良《い》い」

顔を輝かせるラピスに、俺は笑顔を向ける。

「好敵手だからな、俺たちは。好敵手だから。それ以上でもそれ以下でもなく、好敵手だから。お前に好きな女の子が出来たら俺は応援するし、お前も、俺と婚約者の恋路を手助けする。なぜなら、好敵手だから。この世界で、男と女が恋人関係に至ることはない。なぜなら、好敵手だから。俺とお前は好敵手だ――」

「じゃあ、明日からも、お弁当作ってくるから！」

「えっ」

話は終わったと言わんばかりに。

弁当箱を包み直したラピスは、笑顔で、俺に手を振りながら走っていく。

「明日も、同じ時間にね！　ヒイロ、頑張って！　応援してる！　好敵手だから！」

その可愛《かわい》らしさに、一瞬だけ見惚《みと》れる。

我に返った俺は、胃に重たいものを抱えながら、Ａクラスの教室へと足を運んだ。

呆然《ぼうぜん》としたまま、自席に着く。

両手で顔を包んだ俺は、隣の月檻《つきおり》にささやきかけた。

「たすけてくれ、月檻……取り返しがつかなくなる前に……はやく……はやく、たすけてくれ……月檻……俺を救ってくれ……頼む……月檻……たすけて……」

「ん？　よしよし、大丈夫大丈夫」

気安く、笑顔で頭を撫《な》でるなァ……！　お前、クールキャラだろうがァ……！　その美しい手で、男なんぞの頭に触れるなァ……！

俺たちのやり取りを眺め、左隣の噛ませお嬢《オフィーリア》が鼻で笑う。

「あらまぁあらあらまぁまぁ、お汚らしいですわねぇ。汚物汚物ぅ。こんなお日柄のよろしき日、お爽やかな朝から男に触れるなんて。月檻桜《さくら》、さすがは庶民と言うべきか、常識も知らないのかしら？　おほほ」

「よしよし」

「ひ、人の話をお聞きなさい！」

未《いま》だに仲良くなる素振りもなく、このふたりは犬猿の仲のままらしい。

本当に噛《か》みつきそうな噛ませお嬢《オフィーリア》と、まるで相手にしていない月檻との間（つまり、俺）で火花が散っているようだった。

心からの願いだが、ふたりには、俺を挟まずに徹底的にやり合って欲しい。そうすることで生まれる絆《きずな》が、百合《ゆり》が、きっとある筈《はず》だと信じている。

お嬢と月檻の間に挟まって、ふたりの邪魔をしたくはない。なるべく、このふたりに関わらないようにしなければ。

改めて、そう決意した時、マリーナ先生が入ってきてホームルームが始まる。

「お、オリエンテーション合宿で、行動を共にしてもらう班《グループ》決めですが……ま、まだ、互いをあまり知らない皆さんに任せるのもどうかと思いまして……こ、こちらで決定しておきました」

黒板に張り出された班《グループ》表。それを見上げた俺は、絶望の面持ちで佇《たたず》む。

「あ、やった。ヒイロくんと一緒だ」

「は、はぁ!? こ、このわたくしが、庶民と男と同じ班!? この三人で動けと仰《おっしゃ》るの!? ご、御免被りますわ！　責任者ァ！　責任者ァをお呼びなさいッ！」

「…………」

月檻桜、三条《さんじよう》燈色《ひいろ》、オフィーリア・フォン・マージライン。

第五班としてまとめられた三人の名前を見て、俺は、微笑を浮かべて頷《うなず》いた。

もう、どうしようもねぇ。

＊

目が覚める。

「…………」

当然の権利のように、スノウが、俺にくっついて眠っていた。

睫毛《まつげ》まで真っ白な彼女は、すぅすぅと寝息を立てながら、俺の胸元にしがみついている。

黄の寮《フラーウム》の大浴場には、高価で質の良《い》いシャンプーでも置いているのか、なんとも言えない甘くて良い匂いがする。

あと、なんか、柔らかい。腕からなにまで、なんか、柔らかい。

それなりの距離を離して、ふたつ並べられた布団。

この数日、もうひとつの布団は抜け殻と化していた。別々に眠っている筈《はず》なのに、一緒に目を覚ましている。

スノウは、しれっと『寝相が悪いので』とか言っていたが、こう何日も続いていると確信犯であるように思えて仕方がない。

早朝、三時半。

春先ということもあり、まだ冷える。

この柔らかくて温かい暖房器具は便利ではあるものの、手を出したら破滅する光景《ビジョン》しか見えない。

コイツ、俺の金目当てで、ハニトラ仕掛けてきてるんじゃないだろうな？

誘惑を撥《は》ね除《の》けて、俺は、布団から出ようとする。

寝付けない子供みたいに、俺にしがみついていたせいか。起こさないように気をつけていたのに、寝ぼけ眼のスノウが薄目を開けた。

「…………」

「お前、また、俺の布団に潜り込んでたぞ。寝てろ。まだ、朝の三時半だから」

「…………」

髪を下ろしたスノウは、無防備な微笑《ほほえ》みを浮かべる。

「いってらっしゃい、ヒイロくん……」

「…………」

俺は百合《ゆり》を護《まも》らなければならぬ俺は百合を護らなければならぬ俺は百合を護らなければならぬ俺は百合を護らなければならぬ俺は百合を護らなければならぬ俺は百合を護らなければならぬ俺は百合を護らなければならぬ俺は百合。

悪魔の誘惑に打ち勝って、外に出ると、リリィさんが掃除をしていた。

勤勉な侍女《メイド》さんは、トレーニングウェア姿の俺を見かけると、微笑を浮かべてこちらに近づいてくる。

「おはようございます、三条《さんじょう》様」

「あ、どうも、おはようございます。早朝三時半、この世界で起きているのが俺だけじゃなくて良かったですよ」

手を口に当てて、くすくすと、彼女は上品に笑う。

「三条様《さんじょうさま》は、毎朝、お早いんですね」

「鍛錬があるので……リリィさんこそ、朝、早くないですか？　もしかして、密《ひそ》かに鍛えてたりします？」

「いえ、まさか」

由緒正しき竹箒《たけぼうき》を持って、彼女は微笑《ほほえ》む。

「業者に任せているとは言え、アイズベルト家管理の寮ですので。さすがに、全てには手が回りませんが、玄関口は常々整えてのおくのが義務かと思いまして」

なんて、素晴らしいメイドさんだ……主人への敬意が、目に見える形で表れている。

主人を平気で足蹴に出来る、どこぞの白髪メイドにも見習って欲しい。まぁ、アイツはアイツで、良《い》いところはたくさんあるが。

「そうでしたか、お互いに頑張りましょう。フレーフレー俺、フレーフレーリリィさん。すべての百合《ゆり》に幸あれ。では、コレで」

「三条様、少々、お待ちを」

懐から櫛《くし》を取り出して、リリィさんは俺の髪を撫《な》で付ける。

「少々、寝癖が」

「あぁ、なんかすいません、ありがとうございます」

「いってらっしゃいませ」

リリィさんは、微笑んで、深々と頭を下げる。

従者の鑑みたいな女性《ひと》だなと思いつつ、俺はいつものランニングコースを駆け抜けて公園に辿《たど》り着く。

到着するなり、勇み足の師匠《アステミル》が無銘墓碑を片手に寄ってくる。

「早い！　婚約者とイチャコラしていても、こんなに早いんですかッ！」

「アレだよね、師匠って結構、根に持つタイプだよね……というか、早い分には問題ねぇんだから、それは褒めてると判断してもいいの？」

「どぅはぁいッ！」

「朝っぱらから、声、でかぁい……！　良いお返事ぃ……！」

早速、俺は、刀の素振りから始める。

とは言っても、ただの素振りではない。

『生成：刀身』の導体《コンソール》を嵌《は》めた状態で、無属性の刀身を生み出して魔力《ソレ》を維持し続ける。

刀身と一口に言っても、長さ、幅、硬さ、刃紋、反りの具合……ありとあらゆる要素が備わっており、それらを脳内で想像《イメージ》して保つ必要がある。

頭から想像《イメージ》が外れると、刀身が消えてしまったり、急に長さが変わったりして混乱をきたす。実戦の最中にそんなことが起きれば、今生とはさよならバイバイだ。

今までは、間合いや剣筋なんて考えたことなかったからな……能力値《パラメーター》頼りの脳筋スタイルだった。

でも、それにも限界はある。

正しい構えと魔力の維持。今後は、整然とした型が不可欠になってくるし、命綱ともなってくるだろう。

「うっ!?」

無銘墓碑の鞘《さや》で手首や膝裏を叩《たた》かれ、構えを矯正される。

「……違う」

こういう時の師匠は容赦がない。お陰様で、俺の身体《からだ》は青あざだらけだ。

蒼色《あおいろ》の瞳で睨《ね》めつけられながら、ビシバシとしごかれ続ける。

厳しいようにも思えるが、当然と言えば当然だ。

師匠が仏心を出して、俺が妙な構えを憶《おぼ》えたりすれば、実戦で死ぬのは俺自身なのだから。

真剣を用いる際には、常に緊迫感を保った方が良《い》い。

この一撃が鞘によるものではなく真剣のものであれば、俺は何度も死んでいるのだと言い聞かせる。

緊張感と恐怖感が持続すればするほど、鍛錬は質の良いものになる。本来、真剣での立ち合いは、まともに受ければ死ぬしかない世界なのだ。

実戦により近い感覚を掴《つか》めば、地道な素振りも、よりよい方向に向かう標《しるべ》となる。

一段落して。

師匠は、当然のような顔つきで、俺のシャツを脱がして塗り薬を塗り始める。

「…………」

「…………」

「……前から言おうと思ってたんだけど」

「なんですか？」

「早朝の公園で、半裸の男に美女がなにかを塗りつけるって光景……ご近所さんに見られたら、あらぬ疑いをかけられない？」

「び、美女って！　もう、ヒイロは褒め上手ですね！」

「話の本質を掴めない雑魚か？」

本質は、心優しい人なのだ。

俺の青あざに塗り薬を塗りつける師匠は、申し訳無さそうな顔で、丁寧に時間をかけて隅々まで塗ってくれる。

だからこそ、怪しい雰囲気が出ているような気がしてならない。

「自分で塗るよ」

「だ〜め！　ダメで〜す、美人の師匠権限で許しません。そういうワガママを言うと、師匠、許しませんからね。めっ！」

『めっ！』じゃねぇんだよ、四百二十歳がよォ……！

どことなく楽しそうな師匠に『ぬりぬり』されてから、俺は不可視の矢《ニルアロウ》の練習を始める。

が、当然のように、的に当たらない。

「う〜ん……？」

安定性が足らないのか？

相変わらず、ぐにょぐにょとしている水矢。

生成した水矢を人差し指と中指の間にセットし、真《ま》っ直《す》ぐに狙っている筈《はず》なのだが……狙いが逸《そ》れる。

不可視の矢は、言うなれば、経路線《レール》に乗せた魔力の弾体を矢に変換している魔法だ。

魔力で象《かたど》られた筒状の経路線を想像して欲しい。

その経路線の内部を沿うようにして、『操作：射出』で魔力の弾を飛ばす。その弾が対象に着弾したタイミングで、『属性：水』『生成：矢』を発動し水矢を生成する。

魔力は、魔導触媒器《マジックデバイス》による形質変更の影響を受ける。飛距離や速度を高めて魔力の弾丸を推進させるため、最初に水矢の形をした弾体を生成し経路線上を飛ばしている。

不可視の矢を撃つための準備として、最初に生成している水矢は目に見える魔力の塊《弾》に過ぎない。だが、この矢の形をした魔力塊の形状は、水矢の生成を解除しても魔術演算子が記憶したままだ。

そのため、再度、魔力を籠《こ》めれば着弾時に水矢が作られる。

それが、不可視の矢の原理原則だ。

魔力とは、魔術演算子の集合体のようなものである。

空気中にも体内にも存在しており、直接、人体に影響を及ぼすことはない。魔力の弾を当てられたところで、痛くも痒《かゆ》くもない。

だからこそ、武器として用いるには、『生成』で物質《矢》を生み出す必要がある。

先に生成するか、後から生成するか。

不可視の矢は、空気中を飛ぶ魔力を基にして後から矢の生成を行うことで、不可視を実現しているのだ。

「………」

微笑を浮かべる師匠は、考え込む俺を見守っている。

想像するための基礎知識が足りない。

まず、矢が飛んで、対象に命中する原理から学んだ方が良《い》いな。原理原則に則《のっと》って矢を生成し、魔力弾を誘導する経路線《レール》形成の鍛錬にも時間を割く。そうしているうちに、魔力量も上がっている筈《はず》だ。

方針が定まった俺は、師匠と別れて、鳳嬢《ほうじよう》魔法学園までトンボ返りする。

教室の席に着くなり、朝のホームルームが始まって――

「…………」

「…………」

「……ふんっ！」

オリエンテーション合宿の班《グループ》で集まり机を合わせ、月檻《つきおり》とお嬢の間に挟まっていた。

――ホームルームの時間を使って、班《グループ》内で自己紹介をお願いします

俺たちにそう指示を出すなり、マリーナ先生は見守りムーブに移っていたが、教員の手助けを必要とするくらいに場は緊迫していた。

「わたくしは、マージライン家のご令嬢ですわよ。貴女《あなた》たちと仲良しこよしで班行動なんて、しかも男とだなんて……御免被りますわ、御免被りますわ！」

「なんで、二回言っ――」

「御免被りますわぁっ！」

三回も言ったよ、この子……。

「なら、抜ければ」

眠そうに、月檻はあくびをする。

「わたしは、ヒイロくんがいればそれでいいし」

「あらあら、おほほ、落ちこぼれの麗しいご友情というヤツかしら。仲睦《むつ》まじくて、実に結構ですこと」

どこからともなく取り出したド派手な扇で、嘣ませお嬢《オフィーリア》は優雅に自身を扇《あお》いだ。

「もしかして、男なんかと、お付き合いしてらっしゃるのかしら？　だとすれば、男と庶民、底辺同士でお似合――」

「うん、付き合ってるよ」

聞き耳を立てていたのだろうか。

教室中がざわつき、がたんと音を立てて、誰かが立ち上がる。

「…………」

ラピスが、唖然《あぜん》とした表情で俺を見つめていた。

「…………」

振り向いたレイは、こちらを凝視したまま微動だにしない。

「ね、ヒイロくん」

月檻は、俺の肩に自分の頭を預けてくる。内心、ニヤニヤしているであろう彼女は、俺の肩を人差し指でくるくると撫《な》でた。

「あははははッ！　冗談はよせよ、月檻《つきおり》ぃいい！　お前と俺は、友達同士で、それ以上でもそれ以下でもないよなぁぁあッ！」

「でも、ひとつ屋根の下で、一緒に住んでるよね？」

「同じ寮だからなぁああ！　ぬぅぁあああッん！」

　起立して咆哮《ほうこう》を上げるものの、ふたつの視線は俺を捉えたままだった。扇で口元を隠したお嬢は、ほんのりと頬《ほお》を染める。

「ふ、ふん、いやらしい！　男みたいな下等生物と付き合えるなんて、どんなおめでたい脳みそしてるのかし――」

「そう言うあなたは、誰かと付き合ってるの？」

「えっ」

　クラスメイトたちの視線が、一斉に噛《か》ませお嬢へと集まる。衆目を集めたお嬢は、ぎくしゃくとした動作で自分に風を送った。

「も、もちろんですことよ……あ、アレですわ……あの……あ、愛人……？　とか、五百人くらい……いるかも……？」

　のるなお嬢！　戻れッ！

「へぇ、じゃあ、いつも夜は大変だね」

「よ、夜……？　そ、そうですわね、いつも、夕食のテーブルの大きさが足らなくて困ってしまいますわ……？」

お嬢……お嬢ぉ……っ！

堪《こら》えられなかった誰かが吹き出し、教室中が上品な笑い声で包まれる。見当違いの回答をしていることに気づいたお嬢は、顔を真っ赤にして立ち上がる。

「お、おぼえておきなさいーー！」

マリーナ先生の制止を振り切り、見事な捨《す》て台詞《ぜりふ》を残したオフィーリアは、風のように去っていった。

俺に寄り添った月檻は、勝ち誇ったかのように鼻で笑う。

「……月檻、あんまりいじめてやるなよ」

「反応が良くて面白いんだもん。また、決闘、挑んでこないかな……ボコボコにしてあげるのに」

「その時は、俺が全力で止め――」

がたんと、椅子を引く音。

お嬢の椅子に綺麗《きれい》な姿勢で座ったレイは、余所《よそ》行《ゆ》きの笑顔を月檻に向ける。

「月檻桜《さくら》さん」

彼女は、笑っていない目で言った。

「貴女《あなた》に決闘を申し込みます」

「……へぇ」

見つめ合う月檻《つきおり》とレイの間で、俺はニコニコと笑う。

「………………」

なんでそうなっちゃったか、誰か説明してくれる？

＊

鳳嬢《ほうじょう》魔法学園、屋内訓練場《バトルフィールド》。

一般的な高校の体育館の数倍はあるであろう広大さ、三段の観客席が設置されており、場内の魔術演算子量を調節可能……積もり積もった献金で、拡充を図られ続けたその場所には、自動訓練人形《オートボット》も導入されている。

この世界の端末は、魔導触媒器《マジックデバイス》に統一されている。

通信用の小導体《ミニコンソール》を取り付ければ（式枠《スロット》とは別枠）、眼前に画面《ウィンドウ》を呼び出して、電話やメールにチャット、ネットサーフィンまでこなすことが出来る。

小導体と屋内訓練場は同期可能で、画面上の操作で床や的、自動訓練人形を出現させたり、地形自体を変えることも出来る。

コレらの処理をこなしているのは、敷設型特殊魔導触媒器《コンストラクタ・マジックデバイス》と呼ばれる巨大な魔導触媒器である。

端的に言えば、ソレは、魔術演算に特化した演算器みたいなものだ。

この演算器は、三条《さんじょう》家の別邸にも設置されており、別邸の塀に施されていた対魔障壁を生み出していたりもする。

特殊な導体《コンソール》を用いたり、複雑な導線を結んでいたりするので、魔法士の携帯を前提としている魔導触媒器とは、基本理念は同じでも使用用途は異なっている。

敷設型特殊魔導触媒器は、対魔障壁を張るのに使われることが殆《ほとん》どだ。ソレ以上の処理を求めるとなると、それなりのお値段と規模感を想定しなければならない。

屋内であるにもかかわらず、砂場を生み出したり海水で満たしたり、重力さえもコントロール可能。屋内訓練場に設置されている敷設型特殊魔導触媒器の凄《すさ》まじさが伝わってくる。

そんな屋内訓練場が、鳳嬢魔法学園には六つも存在している。

三寮それぞれに小規模のものが三つ、学園の敷地内に大規模のものが三つ。

教員の許可と適正なスコアさえあれば、屋内訓練場は自由に使用することができる。

学園生であれば立ち入り自体は禁じられていないため、たまに行われる訓練試合等の際はスコア０の俺でも入場できる。

というわけで、俺とラピスは観客席に並んで、中央の決線《バトルライン》に立っている月檻《つきおり》とレイを眺めていた。

俺の眼下。

制服姿のレイは、赤色の槍《やり》を回転させて脇で止める。

「基本形式《スタンダード》でよろしいでしょうか」

その艶《あで》やかな立ち姿に、女子の集団が黄色い歓声を上げる。

あの三条《さんじよう》家のご令嬢が、鳳嬢《ほうじよう》魔法学園に入学した。その噂《うわさ》は学園中に伝わり、徐々に熱を帯びていった。

類《たぐい》まれなるルックスのお陰もあってか、学園入学からたったの数日で、レイは大量のファンを獲得していた。隠し撮りされた写真《ブロマイド》が、高額で取引されているという熱狂ぶりである。

クソ野郎との評価を頂いている兄と、この世界の正しい姿を取り戻している妹……ふたり揃《そろ》って、テリボーブラザー＆ワンダフルシスターだね。

兄の方はいずれこの世から消してやるから、そのうちワンダフルシスターだけになるね。

「なんでも良《い》いよ、あなたが勝ちやすい方にすれば？」

決闘を挑まれた月檻は、余裕綽々《よゆうしやくしやく》で、騎士の右奪手《ライト・ナイト・ハント》……長剣型の魔導触媒器《マジックデバイス》を放り投

げ、くるくると回転させ、キャッチするという手遊びを繰り返していた。

女の子たちは、そんな月檻《つきおり》に熱っぽい視線を注いでいた。瞳を潤ませた彼女らは、集結して内緒話を繰り返している。

公言出来ないいんだろうが、月檻のファンであることは明白だった。たぶん、天然ジゴロの主人公様が、無意識に落としてきた女の子たちだろう。

「ヒイロ、基本形式《スタンダード》って？」

俺の周囲の席はガラ空きだ。

それでも尚《なお》、俺の隣をキープし続けるラピスが尋ねてくる。

「決闘……もとい、訓練試合って言っても、普通に殺《や》り合ったら魔法でお互いを殺しかねないだろ？　だから、事前に、明確な勝ち負けの条件《ルール》を決めておく」

「その条件《ルール》のひとつが基本形式ってこと？」

「そういうこと。基本形式ってのは、訓練試合で一般的に適用される条件《ルール》で、敷設型特殊《コンストラクタ》・魔導触媒器《マジックデバイス》の張った三重の対魔障壁を相手よりも早く剥《は》がしきれば勝ちってヤツ」

「つまり、三回、相手に魔法を当てればいいのね？」

「イエス。勝利条件以外は、基本的になんでもあり。相手がギブアップしたり負けを認めたりすれば、その時点でも試合終了、降参した方の敗北になる」

なるほどなるほどと頷《うなず》いていたラピスは、ちらりと俺を窺《うかが》う。

「条件《ルール》はわかったけど……あのふたり、止めなくても良かったの？」

「………………」

正直、止めるかどうかは迷ったんだよな。

原作ゲームであれば、オリエンテーション合宿の班《グループ》は、その時点で最も好感度が高いふたりと組むことになる。

つまるところ、月檻は、他の誰よりも俺とお嬢の好感度を稼いでいたわけだが……俺にとっては予想外、どころか都合が悪い。

俺をOUTしてラピスかレイをIN、もしくは俺とお嬢をOUTしてラピスとレイをINが最も良《い》い流れの筈《はず》だ。

メインヒロインふたりと同じ班《グループ》にならず、腐れお邪魔キャラと同じ班《グループ》とか絶望しかない。

このままいくと、月檻がヒロインの好感度を稼ぐ時間がなくなる可能性がある。

本来であれば、この『決闘イベント』は、ラピスとの間で発生するものだ。

このイベントで月檻に敗れたラピスは、負けず嫌いを遺憾なく発揮し、敗北を喫した月檻桜《さくら》に固執するようになる。

このふたりの仲は険悪な雰囲気から始まるものの、ゆっくりと彼女らは互いに好意を抱いていく。

原作ゲームを知る者の立場から言えば、レイが月檻に決闘を挑むのは予想外だった。

でも、コレはチャンスでもある。月檻《つきおり》とヒロインの間で発生するイベント、それはふたりの繋《つな》がりとなり、未来の百合《ゆり》へと繋がる栄光の道となるだろう。

だからこそ、俺は、ふたりを止めない。

俺は、この因縁が明るい希望へと変わることに――三条燈色《さんじょうひいろ》の魂を賭けるぜッ！

「私が勝ったら」

ヒュンヒュンと。

風切り音を鳴らしながら、自由自在に槍《やり》を廻転《かいてん》させ、腰の後ろを回しきったレイは微笑を浮かべる。

「今後一切、お兄様への接近を禁じます。この条件を満たす場合、不可抗力的にオリエンテーション合宿の班《グループ》も交換してもらいます」

「あぁ、あなた、ヒイロくんの妹か」

導体《コンソール》を弄《いじ》りながら、月檻は生成した刃《やいば》に指先を滑らせる。

「でも、弱いね。基礎能力は高いのかもしれないけど、お座敷遊びみたいな鍛錬しかしてこなかったでしょ？　実戦は未経験？　大好きなお兄ちゃんを取られそうになったから、慌てて玩具《おもちゃ》でも持ち出してきたの？」

目にも留《と》まらぬ速さで、レイは穂先を月檻に突きつける。

「端的に言いましょう」

彼女は、笑顔を消す。

「不快だから、私の兄に近寄るな。あの人は、妹である私の管理下にいます。面倒事を招きかねない貴女《あなた》が寄るようであれば、御尊顔に風穴を空けて、二度とその余裕めいた笑みを浮かべられないように処置します」

「ヒイロくん」

月檻は、客席の俺に手を振る。

「妹さん、たぶん、泣いちゃうけど大丈夫？」

「泣かせたら、俺が泣くぞ。すぐ、泣くぞ。絶対、泣くぞ。ほら、泣くぞ」

「それは困るかな」

月檻は、綺麗《きれい》な髪を掻《か》き上げる。

「ヒイロくんには、いつも笑ってて欲しいから」

なんで、コイツ、直《す》ぐに人を落とそうとしてくるの……？

気配を感じて隣に目をやると、ラピスは怪訝《けげん》そうに俺を窺《うかが》ってくる。

「なんで、あんなに月檻桜《さくら》に好かれてるの？　婚約者いるんだよね、ああいうの放置しても良《い》いの？」

「アイツ、予測がつかないから、婚約者の存在を明かすタイミング計ってるんだよ。オリエンテーション合宿の後くらいが良いかなとは思ってるが」

「えっ……れ、レイには、自分の口からもう言ってるんだよね……？」

「まだ。スノウとタイミングを計ってる」

「…………」

くるりと、ラピスは身体《からだ》の向きを変える。

「…………」

「…………」

「……なに、さっきの『えっ』て？」

俺は、不自然に目を逸《そ》らしたラピスに詰め寄る。

「おい、なんだ、お前、その不穏な顔つきは……なぜ、目を逸らす……こっちを見なさい
……怒らないから……怒らないから、なにを仕出かしたのか、ちゃんと言いなさい……」

「……った」

「なんて？」

申し訳無さそうに、顔を背けたラピスはつぶやく。

「れ、レイに言っちゃった……ヒイロに婚約者がいること……」

ぐにゃりと視界が歪《ゆが》んで、俺は膝から崩れ落ちる。

喉から、くぐもったうめき声が漏れた。

「お、俺の妹は……なんて……？」

「笑いながら『そうですか』って……目は笑ってなかったけど……」

えへ、えへん、えほっ、ほほ、えへへへぇ、うふふぅ！

「ご、ごめんね、ヒイロ……だって、ヒイロの家族だし……婚約したなら、まず最初に報告してるかなと思って……もうレイは知ってると思い込んで、色々と相談しちゃった……ホントにごめんね……泣かないで……」

「泣いてないよ」

「な、泣いてる……」

ラピスに慰められながら、号泣している俺を他所《よそ》に。

中央の決線《バトルライン》で、月檻《つきおり》とレイは睨《にら》み合っている。

「お兄様には、婚約者がいらっしゃいます」

あぁ、本当に知ってるぅう！

「知ってる」

なんで、月檻まで知ってんの!?

俺は、バッと、振り返る。

背中を丸めて、必死に縮こまっているラピスにささやきかけた。

「ら、ラピス……お前、まさか……？」

「だ、だって、月檻桜《さくら》がヒイロにちょっかいかけるから……婚約者のいる人にそういう迫り方したらダメだって……あの、説教、しちゃって……あ、アイツ、聞く耳持たなかったけど……」

「…………」

びくびくと痙攣《けいれん》しながら、俺は眼《め》の前を巡る走馬灯に微笑《ほほえ》みかける。

「い、いいんだよぉ、気にしないでねぇ……お、俺の危機管理が悪かったんだもんねぇ……お前に『誰にも言わないでくれ』なんて、一言も言ってなかったもぉん……ふふっ、アレは六歳の頃かなぁ……あの頃は、楽しかったなぁ……！」

「ひ、ヒイロ！　大丈夫だから！　まだ、どうにかな――」

ラピスの声を遮るように、レイの声音が響き渡ってくる。

「お兄様が、私に何の相談もせずに婚約者なんて作るわけがありません。貴女《あなた》が、お兄様をそそのかして、虚偽を語らせたのでしょう？」

「あぁ、それ、わたしがあなたに言いたかったセリフだ。ヒイロくんを取られそうになって、慌てて浅知恵働かせちゃったんだ？」

「「…………………」」

無言でラピスはそっぽを向き、泣きながら俺はその細い肩を掴《つか》み上げる。

「どうにかなるんですか、ラピスさん!?　ココからどうにかなるんですかァ!?　ココから入れる保険があるなら紹介してくださいよォオ!?　なぁ!?　お前、なに顔背けてんだよ!?

現実と向き合えよ!?　逃げてもなんにも変わらねぇんだぞ!?」

号泣する俺の眼下で、レイと月檻《つきおり》は睨《にら》み合う。

「嘘《うそ》つき」

「どっちが？」

ぁあ～ん！　とっても、まじゅいよぉ～！

ふたりの殺意が高まり、互いに魔導触媒器《マジックデバイス》を向け合う。

「構えなさい。お兄様に代わって、貴女を成敗いたします」

「良《い》いよ。ブラコンの矯正、手伝ってあげるから」

自動訓練人形《オートボット》の審判が、試合開始の合図をして――

「悪い。やっぱ、止めるわ」

「えっ!?　ちょっと、ヒイロ!?」

正気を取り戻した俺はラピスの制止を振り切り、二人の間、決線《バトルライン》へと飛び出す。

ほぼ同時に、月檻とレイは引き金《トリガー》を引いた。

術式同期、魔波干渉、演算完了。

導体《コンソール》、接続――蒼白《あおじろ》い魔力線を身体《からだ》に引いたふたりは、凄《すさ》まじい速度で正面から衝突し
――俺は、その間に飛び込む。

右合いからの刺突。

低く突いてきたソレを右足で搦《から》めとって、床に叩《たた》きつけて止める。

左側からの斬撃。

半身をズラしながら抜刀し、上段から飛んできた斬撃に九鬼正宗《くきまさむね》を合わせる。

両者の攻撃を止めて、俺は、安堵《あんど》の息を吐いた。

「お兄様!?」

「ヒイロくん!?」

ぶつかり合う直前、間に俺が立ったのを視認していたらしい。

ふたりがブレーキをかけなかったら、きっと、止めることはできなかっただろう。それほどまでに鋭い攻撃だった。

「ふたりとも、そこまでだ。俺に婚約者がいるっていうのは、月檻《つきおり》、レイ、どちらかが吐《つ》いた嘘《うそ》でもなんでもない。勘違いでクラスメイト同士が、憎しみ合って戦い合うのは違うだろ。互いに好意が生まれそうにもないし、そもそも、解釈違いだ」

俺は、自身の首筋の寸前まで迫っていた刃《やいば》を見つめる。

「………」

あれ？　なんで、対魔障壁が展開されてないの？

そのタイミングで、ようやく俺は現状を理解しゾッとする。

よくよく考えてみれば、スコア0の俺には、屋内訓練場《バトルフィールド》の使用許可は出ていない。

設備の使用許可が出てないのだから、決線《バトルライン》に立っても、自動的に対魔障壁が張られるわけがない。

あぶねー……どうでも良《い》いところで、犬死にするところだった……。

「話の流れで、最初に、俺からラピスに伝えたんだよ。ふたりには、タイミングを見て話をするつもりだった。それがあべこべになったから、ふたりとも勘違いしたんだろ」

「では、お兄様に婚約者がいるというのは事実なのですか？」

「う、うん……そ、そうだよ……う、嘘なんてつかないもん……」

「俄《にわか》には信じられないけど」

疑いの眼差《まなざ》し。

最早《もはや》、ココで打ち明けるしかないと判断した俺は、電話でスノウを呼び出した。

やって来た白髪のメイドは、無表情のレイと月檻を見るなりぎょっとして、俺のことを恨めしそうに睨《にら》んでくる。

「よ、よぉ、ハニー……」

「やってくれましたね、ダーリン……」

予想外の事態にもかかわらず、婚約者のフリは続けてくれるらしい。

強張《こわば》った笑顔で、スノウは俺の腕を抱え込む。

「…………」

「…………」

その瞬間、月檻《つきおり》とレイの眼差《まなざ》しが更に冷たくなる。

ガタガタガタガタ。

小刻みなスノウの震えが俺に伝わってくる。落ち着かせるように、俺は彼女の肩を抱いて引き寄せる。

「こ、婚約者のスノウだ。可愛《かわい》いだろ」

「す、スノウです……ど、どうも、見ての通り可愛いです、こんにちは……」

偽りの笑みを浮かべたまま、俺とスノウは互いの脇腹に肘を入れ合う。

「ふざけてんですか、このバカ主人……！　レイ様へのカミングアウトは、タイミング計るって言ってたでしょぉがぁ……！」

「仕方ねぇだろぉがぁ……！　わけわからんうちに、どうしようもない事態に陥ってたんだからよぉ……！」

「レイ様、めっちゃこっち見てるんですけどぉ……！　絶対零度の冷めきった眼差しなんですけどぉ……！　なんか、しゃべってくださいよ……！」

「無理に決まってんだろうがァ……！　会話のレパートリーがねぇんだよォ……！　今の俺に喋《しゃべ》れるのは、朝に食べたラピスの弁当の感想くら――」

「もう喋るな、カスぅ……！」

「お兄様」

笑っていない目で、レイはささやいた。

「彼女は、三条家《さんじょう》のメイドですが。賢いお兄様であればご存知《ぞんじ》だとは思いますが、念のために確認させて頂きますね。彼女は、三条家の、メイド、ですが」

圧。

表面上では笑みを浮かべているにもかかわらず、鬼の形相が重なって見えるレイに対し俺は震え上がる。

「い、いや、それは……あの……スノウが説明してくれるって……」

目を逸《そ》らした俺の脇腹をスノウが抓《つね》り上げる。

「あはは……ヒイロ様は、恥ずかしがりやですね……貴方《あなた》が説明するに決まってんでしょうがァ……！」

「なんだよ、スノウ、くすぐるなってェ……！（頼む頼む頼む！）」

「もう、ヒイロ様ったら、やめてくださいよォ……！（お願いしますお願いしますお願いします！）」

「へぇ、仲、良《い》いんだ」

笑いながら、月檻はささやく。

「でも、やっぱり、信じられないかな。ふたりの間には、微妙に距離感があるし」

「えっ!?」

一瞬だけ顔を輝かせたレイは、こほんと咳払《せきばら》いをする。

「ほ、本件は、嘘《うそ》なのでしょうか、お兄様。虚偽であるならば、情状酌量の余地くらいは与えて差し上げますが」

「………………」

大量の汗を垂れ流す俺の前で、いつの間にか、月檻《つきおり》とレイはタッグを組んでいる。さっきまで争っていた筈《はず》なのに、ふたり仲良く並んで、俺たちを追い詰めていた。

余裕の笑みを浮かべている月檻は、騎士の右奪手《ライト・ナイト・ハント》を放り上げ——

「ヒイロくんの性格上」

キャッチする。

「全てが嘘であった場合、ココで私が『証拠を見せてよ』と言っても、なにも出てこないんじゃないかな?」

「なるほど、合理的な判断ですね」

あっという間に追い詰められていく俺の頭の中で聖歌が鳴り響き、満面の笑みを浮かべたキューピッドたちが腕をぐいぐいと引っ張ってくる。

「キスしてみせてよ」

口端を曲げた月檻は、俺にささやく。

「男と女だし、婚約者なんだから、キスくらいは済ませてるよね？」

ため息を吐《っ》いて。

覚悟を決めたかのように、スノウは俺の袖を引いた。前掛けを手で払った彼女は爪先立ちで背伸びをし、そっと俺の胸元に寄りかかった。

「ヒイロ様……」

スノウは、俺を見上げて、静かに目を閉じる。

「貸し1、ですからね……」

ここで緊急速報が入ってきました、コレから俺は死にます。

絶望で黒く濁った俺の頭が、ぐるぐると回転する。

ココで、スノウにキスしなければ、きっとふたりは婚約者の存在なんて信じようとはしないだろう……だが、スノウの意思は……スノウは、女性を好きになったことはないと言っていたが、別に、俺を好きとは言ってないわけで……いっそ、白状するべきか……。

俺は、スノウの両肩に手を置いて。

どうするべきだと、考えあぐねたまま、ゆっくりと彼女の顔に唇を寄せ——

「だ、ダメぇえええ！」

飛び降りてきたラピスが、俺たちの間に割り込んだ。

室内に響き渡った大声。驚愕《きょうがく》でその場にいた全員が硬直し、勢いにのった彼女は着地するなり叫ぶ。

「わ、わたし、実はヒイロのことが好きだったの！　恋愛感情的な意味で！　だ、だから、目の前でふたりにキスして欲しくないっ！」

ラピス、なにを言って――俺は、彼女の意図に気づく。

「そうだったのか、ラピス……お前の気持ちに気づけずに悪かった。そもそも、疑われているからと言って、人前でキスなんてはしたない真似《まね》をする必要なんてなかったな。なにせ、俺とハニーの愛は不滅なんだから」

「そうですね、ダーリンの言う通りですね」

俺の制服のシワを直し、スノウはゆっくりと俺から離れる。

顔を真っ赤にしたまま、ラピスはわたわたと手を動かした。

「ふ、ふたりの気持ちはわかる！　わ、わたしもヒイロのことが好きだったし！　婚約者なんて存在しないって思っちゃうよね！　で、でも、このふたりは間違いなくラブラブの婚約者！　この間、わたしの前でキスしてたもの！」

月檻《つきおり》とレイは、顔を見合わせる。

「いや、別に、ヒイロくんのことをそういう目で見てたわけじゃないけど」

「私も、当然、兄妹《きょうだい》以上の感情を抱いたことなどありません」

「だ、だったら、そんなに疑う必要ないんじゃない!?　黙って、ふたりのことを祝福してあげましょうよ！　ヒイロだって、婚約者がいるからと言って、無理に距離を取る必要はないって言ってるし！　ね、ヒイロ!?」

「お、おう、もちろん！」

俺の様子を観察していたふたりは、こくりと頷《うなず》いた。

「釈然としないものはありますが……相手は見知ったスノウですし、兄の恋路に口出ししようとも思いません」

「私は最初から、今まで通りにからませてもらうつもりだから」

どう見ても、ふたりは、俺に婚約者がいることを信じ切っていない。

それでも、この場は収めることにしたのか、ふたり仲良く連れ立って屋内訓練場《バトルフィールド》を去っていった。

俺が飛び込んだ時点で、白けきった観衆たちはいなくなっていたらしい。

無人の屋内訓練場の中央で、俺たちは同時に肩の荷を下ろし、互いに目配《めくば》せし合う。

「ラピス、本当に助かった……ありがとうな」

「いいよいいよ。元々、わたしが蒔《ま》いた種みたいなものだし、あんな追い詰めるみたいに、無理矢理《むりやり》、キスさせるのもおかしいと思ってたから」

「でも、本当に良《い》いのか？　あのふたり、ラピスが俺のことを好きだったなんて、勘違いしたままになるが」

「もうフラれて、きっぱり、諦めたって設定でいけば特に問題ないんじゃない？　あのふたりにどう思われようと構わないし」

「……ヒイロ様」

袖を引っ張られた俺は、スノウに場内の隅へと連れて行かれる。

「ラピス様に真実をお話しした方がよろしいかと」

「えっ!?　なんで!?」

「恐らく、薄々、ラピス様はこの関係が嘘《うそ》のものだと気づいていますし、月檻《つきおり》様もレイ様も疑惑を残しています。学園生活内では、従者の私はフォロー出来ませんし、アホバカマヌケの三拍子様は女心というものがわからないので、割り切ってラピス様に協力を仰いだ方が良いかと……もちろん、危険性《リスク》はありますが」

「アホバカマヌケの三拍子様って、もしかして俺のこと……？　危険性《リスク》って……？」

「ラピス様が、ヒイロ様に恋をすることです」

俺は、思わず笑った。

「大丈夫だ、なにがあってもありえねーよ」

「………」

涙目になった俺は息を荒らげながら、黙り込むスノウの両肩を掴《つか》み上げる。

「有り得ないよね……？　ね……？」

「ラピス様は、本当にヒイロ様を助けるために、あのキスを止めたと思いますか？」

「お前、不穏なことを言うのはやめろ！　これ以上、俺の心を虐《いじ》めることは許さんぞ、お前ぇえ！」

俺の肩をぽんと叩《たた》いて、スノウは微笑《ほほえ》んだ。

「もう、全員、落としちまえば良いじゃないですか。レイ様以外なら、喜んで認めますよ」

「いや、お前、ホントに黙ってろ……今、めっちゃ考えてるから……まだ、大丈夫……ココからだ……俺の百合《ゆり》は、ココから始まるんだ……」

ぶつぶつと、つぶやいていると、背後からラピスが覗《のぞ》き込んでくる。

「ご、ごめん、聞こえちゃったんだけど……婚約者って、嘘だったの……？」

「はい、嘘ですよ。申し訳ございません、うちの嘘つき主人が。この人、指切りげんまんからの嘘を吐《つ》き過ぎて、小指を複雑骨折してるし、胃の中に一億本くらい針があるんですよ」

「いや、ちょっ、お前、そんなあっさり、待っ――」

「そっか」

ラピスは、微笑を浮かべて、自身の両手をぎゅっと握り込んだ。

「嘘《うそ》だったんだ……そっか……」

「もしよろしければ、この情けない面ランキング三連覇を成し遂げた主人のフォローをして頂けないでしょうか？　やんごとなき事情で、こちらの三条燈色《さんじょうひいろ》様は、女性とお付き合いすることが出来ないのです」

「あ、そうなんだ……この間、三条家と色々揉《も》めてたもんね……レイたちに嘘を吐《つ》いてるのもそういうこと……？」

「そ、そんなところかな。うん」

「なんだ、そういう事情なら早く言ってよ！　ヒイロが困ってるなら、もちろんフォローするから！　わたしに任せて！」

俺の手を握って、ラピスは目を輝かせる。

「差し当たって、ラピス様には、オリエンテーション合宿中の手助けをお願いしたいのですが」

「もちろん！　ヒイロ、大船に乗った気分で安心してよ！」

愛想笑いを浮かべた俺は、こっそりとスノウに顔を寄せる。

「ついさっき、その大船、ド派手に転覆してなかった……？」

「その後、飛び降りからの見事なフォローで乗客の全滅は避けられたでしょ……余計な戯《ざれ》言《ごと》抜かさず、ご厚意に甘えて乗船させてもらえば良《い》いんですよ……」

優しく、俺の手を両手で包み込み、顔を寄せてきたラピスは微笑《ほほえ》む。

「ヒイロのために、わたし、頑張るから！」

「………………」

拝啓、百合《ゆり》の神様。

もしかしたら、俺、もう詰んでるかもしれません。

＊

波打つ天井。

天井に投影された白い海は、人々の足音に反応して波打っている。

大量の本が詰め込まれた本棚が、宙空を行き交っていた。中身の魔導書もまた飛び交い、整理整頓が行われている。

蒼白《あおじろ》い燐光《りんこう》を帯びた魔導書は、空気中にきらめく文字列を投影し、粉微塵《こなみじん》となって消えていく。

中央には、純白の天球《スフィア》が置かれていた。

見上げんばかりの巨体。

星図が描かれた天球《スフィア》は、厳かに、ゆっくりと回転を続けている。

その芸術的な白い球は、鳳嬢《ほうじょう》魔法学園の大圖書館《アーカイブ》を支配する敷設型特殊魔導触媒器《コンストラクタ・マジックデバイス》。

通称、『銀白の天球《シルヴァ・スフィア》』。

手のひらを押し当てて魔力を流し込み、学園生だと認識されれば、思い浮かべた本を自動検索し持ってきてくれる。

月檻《つきおり》とレイの決闘の翌日。

諸々《もろもろ》の課題を放り捨てて、不可視《ニルアロウ》の矢の問題を解決しに来た俺は、『銀白の天球』に手を当てる。

俺と同じように、本を探しに来たのだろうか。

何人かの生徒たちも、円になって、目を閉じ『銀白の天球』に手を当てていた。

「…………」

俺も、集中するために目を閉じる。

矢、矢、矢……見えない矢……『アーチェリーノート』『弓道の基本』『不可視理論』『メタマテリアル』『弩《ど》の構造』『魔法の矢～基本編～』『魔法基礎理論』『エルフの用いる矢とは？』『神殿光都《アルフヘイム》～謎に包まれる古都～』『黒戎《カノン》の発現技術』『魔眼全書』。

いやいや、どんどん、脇道にズレてるわ。

俺は、眉根を寄せて、集中力を取り戻そうとする。

記憶を掘り起こす形で想像《イメージ》しているせいで、本質からズレたところに着地してしまっている。

俺は、矢の作り方を知りたいんだ。その上で、矢を真《ま》っ直《す》ぐ飛ばす方法を教えて欲しい。

今度は、上手《うま》くいった。

俺の腕の中に、どさどさと、数冊の本が降り注いでくる。

「うおっとっと！」

キャッチした本を両腕に抱えた俺は、閲覧室へと移動することにした。

スコア０の俺には小さな個室の使用許可が与えられているが、高スコアの生徒たちには映像記録も見られるシアタールームが提供されている。

各個室は、当然、完全防音。机や椅子、仮眠用のベッドが設置されており、電話一本かければ司書が飛んでくるサービス付きだ。

この大圖書館には、エスコ・ファンが『ツンとデレの幅が、絶対零度と絶対熱くらいある』と言われているサブヒロインもいるわけだが……当然、男の俺が絡んで良《い》い存在ではないのでスルーする。

俺は、画面《ウィンドウ》を開いて、大圖書館の空き室を探す。

全体の生徒数に対し十二分な個室が用意されていることもあり、低スコア用の空き室も簡単に見つかった。

「三十二番……三十二番……」

三十二番の個室を探し求めて歩き回る。そこら中をうろつき回る男子生徒に対し、嫌悪感を滲ませた女生徒は道を空けてくれた。

思えば、教室以外の学園の敷地内で男と出会ったことがない。

どうやら、俺以外の男は、空気を読んで姿を消しているらしい……NINJAかな？

正直な話、それは俺も見習うべきところで、本来であれば主人公やらヒロインズやらと絡むべきではない。まぁ、今から急に距離をとっても、その分だけ詰められるだけの話で手遅れのような気もするのだが。

どうしようもないことを考えていても仕方ない。

今は、差し当たっての課題、オリエンテーション合宿に向けての能力向上を図らなければ……月檻ならば問題ないとは思うが、なにもかもが、ゲーム通りに運ぶとは言い切れない。

未来の百合のため、自身を盾にしてでも、主人公が死ぬことだけは避けなければならない。

いざという時に動けるよう、不可視の矢の習得を急ごう。

「おっ、三十二番！」

ようやく、俺は三十二番の個室を見つけ出し――

「…………」

自分の両手が塞がっており、開けられないことに気づいた。

面倒だが、一度、床に本を置くしかないか。

俺は、ため息を吐《つ》いて、本を床に置こうとし……にゅっと、横合いから腕が伸びてきて、扉を開けてくれた。

「どうぞ」

かぼそい声が聞こえて、透けている腕が取手に指をかけていた。

思わず、見上げて、笑顔の彼女と目が合った。

「こんにちは、三条燈色《さんじょうひいろ》さん」

蒼の寮《カエルレウム》を統べる寮長、フーリィ・フロマ・フリギエンス。

純白のベールをかぶった制服姿の彼女は、透けた体表から冷気を発しており、透明の瞳が俺を射抜いていた。

「……どうも」

こんなところで、ヒイロとフーリィの遭遇イベントなんてあったか？

エスコは月檻桜《主人公》の視点で進行するから、ヒイロがどこで誰と会ったかなんてわかるわけもないが……ココで、フーリィと関わり合うのは得策ではない。

いや、どこであろうとも、フーリィとは関わり合いたくない！　強いヤツと出会えば出会うほど、死亡する可能性が高まる！　主人公に関係のないところで、犬死にするのは御免だ！

俺は、そそくさと、個室に入ろうとして――透明な手に阻まれる。

「お忙しいところ、ごめんなさいね。ちょっとだけ、お話しさせてくれない？」

「すいません、新聞もネズミ講も急に男性主人公をブッ込んできた百合《ゆり》ソシャゲも間に合ってます」

フーリィは、綺麗《きれい》な笑みを浮かべる。

「あらあら、もしかして、知らないうちに嫌われてた？　日曜日に来る営業は、たとえ美人であろうとも追い返しちゃうタイプ？」

「いいえ、たとえ日曜であろうとも、百合営業であれば鑑賞することは吝《やぶさ》かではありませんが」

「じゃあ、ちょっとだけ。ね」

「え、ちょっ、あの！　あんた、単品で百合営業名乗って百合詐欺るつもりか!?　コレから相方の呼び出しかけるなら喜び勇んでお待ちしておりますし、粗茶も出すから思い留《とど》まれッ！」

押し切られて、俺は、ぐいぐいと個室に詰め込まれる。

精霊種である彼女特有の靄《もや》が、独特の感触を俺に伝えて、狭苦しい個室内で絶世の美少女とふたりきりになる。

じっと、頬《ほお》に手を当てた彼女は、俺を見つめる。

「ヒーくんって、呼んでいいかしら？」

「……はい？」

彼女は、腕を組んで、豊満な胸を意図せずに寄せる。

「ほら、私って、寮の皆にニックネームを付けてるでしょう？　どうにも、これから親しくなろうと思った人間《ひと》のことはただの名前で呼ぼうって気がしないの。ちなみに、ラピスちゃんは『ラッピー』って呼んでるのよ」

「そんなグッピーみたいな……ぜ、絶対、嫌がってますよね……？」

「大丈夫。私、可愛《かわい》い子の嫌がる顔ってそそるタイプだから」

なにも大丈夫ではねーよ。

「と言うか、俺、男なんですが……こういうの嫌じゃないんですか……？」

「それを言うなら、私、精霊なんだけど嫌じゃないの？」

原作通りの『気に入った相手』に対する押しの強さを発揮し、俺に覆いかぶさったフーリィは続ける。

「ヒーくんって、案外、可愛い顔してるわね。化粧水、なに使ってるの？」

「い、いや、特に使ってませんよ」

「うそだぁ。こんなに、お肌、すべすべもちもちなのにぃ」

両手で顔を挟まれて、ぐにょぐにょに両頬《りょうほお》を揉《も》まれる。

「でも、ヒーくん」

彼女は、澄んだ瞳で、俺を覗《のぞ》き込む。

「凶相が出てる……たぶん、近いうちに死んじゃうわね……可哀想《かわいそう》に」

「え、マジですか」

フーリィは、占星術や人相占いといった卜占《ぼくせん》を得意とする占い師でもある。

原作ゲームで、彼女は、何度も占いを的中させている。ヒイロが彼女に『死ぬ』と言われた翌日、大型トラックに轢《ひ》かれて死亡し、周囲の人々にフーリィが尊敬されるという抱腹絶倒のイベントが存在する。

「ま、そんなことはどうでもいっか」

どうでもよくねーよ。

「今日は、ヒーくんに用事があってね」

「用事……？」

「ラッピーに、貴方《あなた》が黄の寮《フラーウム》に入ることを明言して欲しいのよ」

あぁ、なるほど、そういうことか。

納得がいった俺は、どんどん、迫ってくる彼女から顔を背ける。

「ラピス、寮に入らないって言ってるんですか？」

「そ。貴方に固執してるからね」

ジロジロと、彼女は、至近距離から俺を見つめる。

「貴方が黄の寮に入るって言えば、さすがに諦めて蒼《カエルレウム》の寮に入ると思うのよね。昨日、星を見たから確実、バッチリ、安心安全の占い印」

「わかりましたわかりました、早いうちにラピスに伝えときますよ。だから、可及的速やかに退《ど》いてもらってもいいですか？」

「うーん……もったいない……」

さわさわと、太ももの内側を撫《な》でられる。

「いや、ちょっと!?　あんた、どこ触ってんだ!?」

「あぁ、ごめんなさい。私、人間の感覚ってよくわからないから。あんまり、触ったらダメなところだったのね」

パッと、手を離して彼女は微笑《ほほえ》む。

「よく鍛えてるわね。ホント、もったいない」

「……俺が死ぬからですか？」

「うん。だって、貴方、自分の生き死にに執着してないでしょ？　自分の命よりも大切なものがあって、そのために喜んで命を放り出せるタイプ。むしろ、自分が存在していない方が、都合が良《い》いとか思ってない？」

合ってるぅ……こわぁ……！

「長生き出来るわけないわよねぇ……自分の命を惜しんでないんだもの。でも」

フーリィは、俺の両頬《りょうほお》を包んで、真正面から覗《のぞ》き込む。

「私は嫌いじゃないわよ、そういうの。だって、人間の特権でしょ。命よりも大切なものに全てを捧《ささ》げるって。なんだか、ロマンティックじゃない」

そっと。

なぞるようにして、俺の頬を指で撫《な》でてから、フーリィは俺から離れる。

「たまには、私の占いが外れることを祈るわ。運命くらい覆してみたら……命を懸けてでも、護《まも》りたいものがあるんでしょ、騎士様《ナイト》」

ひんやりとした冷気を残して、蒼《あお》の寮長は去っていった。

暫《しばら》くの間、呆然《ぼうぜん》としていた俺は我を取り戻し、机の上に置かれた本の山へと向き直る。

ありとあらゆる意思が、そこへと集中していくような気がした。

俺は、書物を読み知識を吸収し、知恵として活《い》かして、不可視の矢《ニルアロウ》の完成に取り組んだ。

彼女の言うところの運命を——覆すために。

光陰矢の如《ごと》し、いつの間にか、時は流れ去り。

「うん」

太陽が昇って、師匠は頷《うなず》いた。

「素晴らしい」

宵闇に眠っていた大木に日が差して、俺の狙い通りに空いた穴が現れる。

「…………」

俺は、自分の両手を見下ろす。

皮が擦り切れて破れ、何度も赤黒い血で染まり、疲労で小刻みに震えている手を。

そっと、俺は、その手を握り込む。

「……師匠」

師匠《アステミル》は、静かに頷いた。

「貴方《あなた》は、強くなった。前よりもずっと」

俺は、声を振り絞る。

「はい……」

なにがあろうとも、俺は護り切る。

俺が目指すのは、この世界の主人公、ヒロインたちが笑って終われる世界だ。

「いってきます」

「いってらっしゃい」

俺は、ゆっくりと、集合場所へと移動する。

着いた頃には、既に全員が集まっていた。

月檻《つきおり》、オフィーリア、ラピス、レイ……彼女らは、俺を見つめる。俺は、全員に微笑《ほほえ》みかけて、海に浮かぶ巨大な豪華客船を見上げた。

始まる。

主人公にとっての分水嶺《ぶんすいれい》――オリエンテーション合宿が。

男子禁制ゲーム世界で
俺がやるべき唯一のこと

百合の間に挟まる男として転生してしまいました

あとがき

はじめまして、端桜了《はざくらりょう》です。

この度は、本作を手に取って頂きましてありがとうございます。

本作は、小説投稿サイトに連載しているWEB版を加筆修正したものとなります。初読の方も既読の方も楽しんで頂けるように書いてみたつもりでしたが……いかがだったでしょうか？　楽しんで頂けたのであれば幸いです。

40文字×17行の2P分の『あとがき』を依頼されておりますが、既にネタ切れなのでネタの尽きない謝辞を送らせて頂きます。

大変お忙しい中、本作の出版に尽力くださった担当編集のM様。的を射た指摘をくださり、作品に寄り添って対応してくださったお陰で、無事に本作を世に送り出すことが出来ました。感謝しかありません。

また、撮影するものが特になかったため、著者近影を包装紙から剥《は》がしたぷっ○ょにしようとした自分を、『写真の右半分に影が入っている』という的確なアドバイスで止めて頂きましてありがとうございました。Mさんは、私の大事なブレーキです。

素晴らしいイラストで、本作を表現してくださったhai《はい》様。ご多忙の中、ハイクオリティなイラストを描いてくださり、各キャラクターのイメージに沿ったデザインを仕上げて頂きまして本当にありがとうございました。

ｈａｉ様が『このシーンを描きたい』とリクエストしてくださったラピスがヒイロにお弁当を渡すシーン、点数をつけるならば４万８０００点（１万６０００点オール）です。最高でした。私のハートと点棒は、別途、端桜念力便で発送します。

ＭＦ文庫Ｊ様、また、本作の出版にかかわったすべての皆様。本作へのご尽力、本当にありがとうございました。

ＷＥＢ版から応援してくださった読者の皆様。書籍化の『書』の字もなかった頃から、応援頂きましてありがとうございました。

皆さんのお陰で、本作はココまで来れました。本作の行く末がどうなるのか、皆さんと一緒に見守ることが出来れば嬉《うれ》しいです。良《い》い結果で終わろうと悪い結果で終わろうと、この一冊を皆さんにお届け出来て良かったと思います。

本作を手に取ってくださった皆様。繰り返しとなりますが、数ある作品の中から、本作を見つけてくださり本当にありがとうございます。もし面白いと思って頂けたのであれば、大変嬉しいです。感謝の念を送っておきます。

以上、謝辞となります。

では、皆様、またどこかで。

端桜了

ファンレター、作品のご感想をお待ちしています

あて先

〒102-0071　東京都千代田区富士見2-13-12
株式会社KADOKAWA　MF文庫J編集部気付
「端桜了先生」係　「hai先生」係

MF文庫J

男子禁制ゲーム世界で俺がやるべき唯一のこと 1
百合の間に挟まる男として転生してしまいました

2023年4月25日　初版発行

著者　端桜了

発行者　山下直久

発行　株式会社 KADOKAWA
〒102-8177 東京都千代田区富士見2-13-3
0570-002-301（ナビダイヤル）

印刷　株式会社広済堂ネクスト

製本　株式会社広済堂ネクスト

Printed in Japan　ISBN 978-4-04-682400-4 C0193

◇◇◇

EVERYTHING FOR THE SCORE

さらなるメディアミックス企画も進行中！

詳細は公式Twitterにて発表予定！

DANSHI KINSEI GAME SEKAI DE
ORE GA YARUBEKI YUIITSU NO KOTO

作品公式Twitterは

こちら!!!

情報を
続々
発信中！

※2023年4月時点の情報です。

聖剣学院の魔剣使い

好評発売中

著者：志端祐　イラスト：遠坂あさぎ

見た目は子供、中身は魔王!?
お姉さん達と学園ソード・ファンタジー！

INFORMATION

Re：ゼロから始める異世界生活

好評発売中

著者：長月達平　イラスト：大塚真一郎

幾多の絶望を越え、
死の運命から少女を救え！